Das Kleine Buch Flann

Sebastian Goy

Das Kleine Buch Flann

lipa verlag

Impressum

Erste Auflage

Satz und Umschlag: Philipp Arnold
Schriften: Caslon Buch und Akzidenz Grotesk
Belichtung: HGB, Leipzig
Papier: ›Selena‹ Werkdruck 90g/qm von Geese, Hamburg
Druck: Druckerei Pöge, Leipzig
Bindung: Kunst- und Verlagsbuchbinderei, Leipzig

isbn 3-9804986-9-7

Inhalt

Meinen Eltern, meinen Kindern, meinen Geschwistern, all meinen Freunden und Gabriele gewidmet.

»Am Ende können wir uns keinen Himmel, der nicht eine Erde wäre, malen, so eingeschränkt sind wir, daß sogar unsere Wünsche es sind.«

Jean Paul

»Ich denke an Auerochsen und an Engel, an das Geheimnis zeitbeständiger Pigmente, an prophetische Sonette, an die Zuflucht der Kunst. Und dies ist die einzige Unsterblichkeit, an der du und ich gemeinsam teilhaben dürfen.«

Vladimir Nabokov

» ... und es war noch warm.«

Maurice Sendak

Es hat begonnen, alles ist vorbey

Eins

Kaum war ich durch den engen, weichen Schlauch ins Freie gelangt, stand ich auch schon im Mittelpunkt des Geschehens. Alle, die sich versammelt hatten – und es waren nicht wenige –, starrten zwischen die weit gespreizten Beine meiner Mutter, dorthin, wo jetzt mein Kopf herausschaute. Nach einem Augenblick kurzer Benommenheit hörte ich aufgeregtes Schwatzen, vernahm brodelnde, blubbernde Vokale, kehlige Konsonanten, Buchstaben, Silben, Wörter und Sätze, denen ich zunächst keinerlei Sinn abgewinnen konnte. Die für mich nur die beißende Ohrensalbe ungewöhnlicher Rhythmen waren: Stimmbandabszesse, Rülpser, schmerzhafte Zischlaute, die Sprache der Irdischen – zu denen ich jetzt auch gehörte – in der kakophonischen Ausprägung einer Großfamilie. Einer Sippschaft, von der ich schon nach wenigen Augenblicken genug hatte, wenn ich von Tante Claudine absehe, die mich auf die Stirn küßte und mir samtweich und verführerisch ins Ohr flüsterte, daß es der Sinn des Lebens sei, Familie stoisch zu ertragen und des weiteren auf einer von Maulwurfshügeln übersäten Wiese eines Tages ein Fellchen zu entdecken, aus dem es verheißungsvoll schimmere. Onkel Georg dagegen, mit dem sie verheiratet war, gehörte zu jenen Produzenten heißer Luft, von denen ich später viele in Klassenzimmern, Amtsstuben, Redaktionsräumen, auf Kongressen, Seminaren und Zusammenrottungen anderer Art kennenlernen sollte. Er nahm meine Geburt zum Anlaß, von einem neuen Menschlein zu sprechen, das in die Verantwortung des Lebens entlassen worden sei, wo es sich zu bewähren habe durch sein Tun, das stets von strenger Rationalität geleitet sein müsse und vom Bewußtsein um den schlechten Zustand der Welt, die er zum Guten zu verändern verpflichtet sei. Den Teufel fühlte ich mich zu irgendetwas verpflichtet. Es gelang mir, meine Arme aus dem weichen Tunnel zu befreien und mir die Ohren zuzuhalten. Als ich mich dann vor meiner Familie wieder ins Innere meiner Mutter zurückziehen wollte, hörte ich die protestierende Stimme der Waldgassinger, meiner Hebamme, und – kaum wahrnehmbar – als kleines Echo ihrer Gedanken Großmamas Stimme, die »Feigling« murmelte. Da ich noch nicht genug Lebenserfahrung hatte, um zu wissen, daß es sich nicht lohnt, auf Reizwörter der untersten Kategorie einzugehen, spürte ich den starken Drang, mich gegenüber Großmama zu rechtfertigen. Ohne groß nachzudenken, beschloß ich, geschwind aus meiner Mutter herauszuklettern und auf Großmamas Begleiter, einen schwarzgekleideten jungen Mann, der Farbe an seinen Fingern hatte – weshalb ich auf Kunstmaler tippte – aus dem Stegreif Elogen hemmungslosester Art anzustimmen. Und wie erschrak ich, mich dabei zu ertappen, als Frischgeborener genauso nichtssagend flüssig und druckreif parlieren zu können wie Onkel Georg. Wurde ich als Schwätzer geboren oder war es nur auf den plötzlichen Zustrom von Sauerstoff auf meine Gehirnzellen zurückzuführen, was eine Art euphorischen Schwall bei mir auslöste? Wie immer man mein Verhalten einordnen mochte, für die Nachwelt war festzuhalten, daß all das und noch einiges andere an einem vierundzwanzigsten August im Sternzeichen der Jungfrau geschah. Der Kalender wollte es, daß dies auch der Tag war, an dem die Hundstage zu enden pflegen. So widmete ich mein in Sekundenschnelle mir ausgedachtes, die Zeit auf den Kopf stellendes imaginäres Hunds-Tage-Buch kurzerhand dem Liebhaber meiner Großmutter. Zunächst aber schob ich diskret die Beine meiner Mutter zusammen, die in wenig schicklicher Pose dalag und ermattet schien. Dann fixierte ich Großmama, wobei mein Blick lange auf ihrem Busen verweilte, solange, bis sie »so ein kleiner Teufel« flüsterte. Sie hatte den »Feigling« also schon vergessen und mich als einen ihr Ebenbürtigen akzeptiert. Von dieser Entwicklung beflügelt, wandte ich mich an ihren Begleiter und sprach zu ihm: »Mein verehrter Meister, lieber Zoltan Müller, heute ist der vierundzwanzigste August, es hat begonnen, alles ist vorbey!« Das letzte Wort betonte ich auf eine sehr altmodische, lange nicht gehörte Art, was die Anwesenden erstaunte. Ihr Staunen steigerte sich zu kindisch blödem Gegackere, als ihnen bewußt wurde, daß ich, noch keinen einzigen Tag alt, sprechen konnte. Entsetzensschreie waren zu hören, Ausrufe der Begeisterung und Applaus. Die alte Waldgassinger, die von allen Seiten um Aufklärung gebeten wurde, stimmte der verwegenen Theorie des zufällig anwesenden Professors Paradeiser* hilflos zu, meine Sprache müsse das zeitversetzte Echo von längst gesprochenen Worten meines Erzeugers sein. Als die allgemeine Aufregung endlich wieder verebbte, brachte ich die Anwesenden durch ein knappes Handzeichen vollends zum Schweigen. »Dreiundzwanzigster August«, trompetete ich einen imaginären Eintrag hinaus, »Zoltan malt und malt, und wenn er nicht malt, bedient er die Betonmischmaschine und baut an seinem Werk, dem gesamten!« Die alte Waldgassinger unterbrach mich, indem sie mich an den Füßen hochhob, so daß mein Kopf nach unten hing. Und zu allem Überfluß schüttelte sie mich auch noch und klopfte mir mit der flachen Hand auf den Rücken. Irgendetwas zwischen meinen Beinen bewegte sich hin und her, auf und ab wie der Klöppel einer Glocke, ohne aber deren Klang zu erzeugen. In Großmama aber brachte es etwas zum Schwingen. »Es ist ein Junge«, schwärmte sie.

*Wie ich später erfuhr, war Paradeisers Anwesenheit keineswegs zufällig. Gehörte er doch zur Möblierung jenes Strandhotels, in dem Großmama zunächst mit ihren Eltern, später dann mit ihren jeweiligen Liebhabern die italienische Sommerfrische verbrachte. Während die Wellen des Mittelländischen Meeres leise und gleichmäßig an den Strand rollten und aus der Ferne der Ruf »Oggi il mare è tranquillo!« zu hören war, lag Professor Paradeiser neben Großmama auf einem großen Badetuch und unternahm den Versuch, sie zu examinieren, indem er von ihr wissen wollte, was die Fremdwortungeheuer »Ambidextrie« und »äquatisch« zu bedeuten hätten. Großmama antwortete ihm: »Ich geh jetzt schwimmen«. Worauf Paradeiser es ihr gleichtat und beide lachend ins Wasser rannten.

Als die Waldgassinger nicht aufhörte, mich zu schütteln, so daß sich das Ding wie wild bewegte und dabei größer und größer wurde, wiederholte Großmama verzückt: »Es ist wirklich ein Junge!« Zoltan, dem es nicht schlecht gefiel, daß er von demjenigen, der im Mittelpunkt stand, in den Mittelpunkt gerückt wurde, sagte gerührt: »Er kennt mein Werk!« – »Einundzwanzigster August«, krähte ich gegen seine aufkommende Sentimentalität an, »es kühlt nur langsam ab. Die Hundstage dauern an, Zoltans Pelzmantel wird nicht der Truhe entnommen. Auch der Schlitten wird nicht angespannt!« – »Wie verlogen der Junge daherredet, heutzutage spannt kein Mensch mehr auch nur irgendeinen Schlitten an!« sagte Onkel Georg böse. »Zwanzigster August«, lachte ich ihn aus, »siebzehn und vier.« – »Nicht genug, daß er reden kann, was sämtlicher empirischer Forschung widerspricht, nein, er verwendet auch noch die heiligen Chiffren der Spieler!« schnitt mir Onkel Georg das Wort ab. »Der Junge hat Ähnlichkeit mit einem Prachtexemplar des Talpidae«, ließ Tante Claudine vernehmen, Tante Claudine, die an einer Neuausgabe von Brehms Tierleben mitarbeitete und während meiner gesamten Kindheit das Kapitel über die Maulwürfe bearbeitete. Ihre Bemerkung über mich brachte Onkel Georg kurz aus der Fassung, so daß ich Gelegenheit hatte, lachend fortzufahren. »Siebzehn leichtbekleidete Schönheiten tragen siebzehn Bilder von Zoltan durch die Speisekammer, in der mein rechter Arm bis zum Ellenbogen in schwarzer Johannisbeermarmelade steckt. Ich betrachte Bilder und Bilderhalterinnen wohlgefällig und vergesse zu naschen. Vier weitere Schönheiten mit vier weiteren Bildern erscheinen, da hat Zoltan gewonnen. Während Zoltan vor Staunen der Mund jetzt weit offenstand, hörte ich meine Mutter im Wochenbett flüstern: »Sei nicht immer so vorlaut, Junge!« – »Laß ihn, laß ihn«, widersprach Großmama ihr sogleich. Und Mama ließ mich und äußerte sich hinfort nicht mehr. Die alte Waldgassinger schnitt entschlossen die Nabelschnur durch, was mir eine neue Freiheit bescherte. »Achtzehnter August«, sagte ich mit furchteinflößender Stimme, »die Beeren am Hollerstrauch sind schwarz und jetzt kann ich es mitteilen!« – »Was für ein Blödsinn!« rief Onkel Georg. Ich ließ seinen anschwellenden Ärger nicht zur Entfaltung kommen und schüttelte ohne Punkt und Komma den siebzehnten August aus meinem Hundsgelenk: »Ich habe meiner getigerten Katze das Alphabet rückwärts aufgesagt, bei den Buchstaben Z und M bat sie mich, innezuhalten: ›Teufel noch mal‹, rief sie dann, ›das sind Zoltans Initialien.‹« Zoltan konnte nicht mehr an sich halten, er lachte und lachte und lachte. Die alte Waldgassinger schien von allem nicht sehr beeindruckt zu sein, sie tauchte mich in eine kleine Wanne und wusch mich. »Im Stoppelfeldmonat August«, schrie ich, »sind Zoltans Bilder eine Lust!« »Er kennt sich in meinem Werk besser aus als jeder bestallte Kritiker«, murmelte Zoltan, »und das im zarten Alter von zwanzig Minuten.« – »Mir scheint eher, daß er ein Hochstapler ist«, meinte Onkel Georg. »Ich dränge mich niemanden auf«, sagte ich, »Tagebuchnotizen sind wirklich nicht dazu da, um hinausposaunt zu werden. Noch dazu wenn sie pränataler Natur sind.« Großmama und Zoltan wollten nichts von meiner plötzlichen Bescheidenheit wissen und forderten mich auf, zum dreizehnten August zu kommen. Ich warf Onkel Georg einen hämischen Blick zu und fuhr fort: »Als einmal eine Ausstellung von Zoltan eröffnet wurde, schauten viele Frauen in seine Augen und auf seine Hände. Da wurden seine Bilder ein wenig eifersüchtig und das Gelb des Schnabels der Amsel wurde ein paar Sekunden für alle sichtbar. »Natürlich seine Hände«, seufzte Großmama. »Wieso denn das Gelb des Schnabels der Amsel?« fragte Onkel Georg verdrossen. »Für Eifersucht gibt es kein schöneres Bild«, antwortete ihm die alte Waldgassinger. Überrascht betrachtete ich sie mir daraufhin genauer und erkannte, daß sie eine Frau mit gesundem Menschenverstand war. Großmama klatschte vor kindlicher Freude in die Hände und Zoltan stöhnte: »Er ist genial, er ist genial!« Zu meiner Verblüffung sagte er es noch weitere zwanzig Mal, ehe Großmama ihm mit einem Kuß den Mund verschloß. »Der Geburtsvorgang ist längst beendet, ich werde jetzt die Rechnung schreiben«, sagte die alte Waldgassinger. Viele Jahre später machte ich eine eigene Rechnung und kam zu dem überraschenden Ergebnis, daß die »alte« Waldgassinger bei meiner Geburt höchstens siebenundzwanzig Jahre gewesen sein konnte. »Mein Gott«, sagte sie jetzt, »ich habe ihn noch gar nicht gewickelt!« Sie eilte auf mich zu, ölte meinen Popo und puderte meinen Pint und packte mich mit routinierten Bewegungen in eine Windel. Während ich schon die zweite Erektion meines Lebens verspürte, ohne zu wissen, daß es sich um eine handelte, keuchte ich heraus: »Nervös macht mich ausschließlich Zoltans Beharrlichkeit, mit dem Pinsel über Papier, Leinwand oder Tafel zu streichen.« – »Weiter, weiter«, stöhnte Zoltan, denn er konnte sich nicht satthören an meinen Texten, in deren Mittelpunkt nur er stand. »Zweiundreißigster Juli«, fuhr ich fort, »Hundsfott Müller wechselt die Seite, wird Begeher seiner selbst erschaffenen Welt, entwirft Wanderkarten durch die Dünen seiner schwarzen Töne, schnallt die Lampe an die Stirn und leuchtet sich schlußendlich den Weg ins Museum.« Zoltan Müller war jetzt nicht mehr zu halten, er führte einen Veitstanz der Begeisterung auf, warf seine dünnen Beine in die Luft und ahmte mit seiner Stimme die Töne einer Fiedel nach. »Neunundzwanzigster Juli«, sagte ich tiefernst, »die Hundstage dauern an, die Farben zerlaufen, das Wasser kocht in den Leitungen, das Gehirn birst, und zu allem Überfluß Beatrix ihres Glaubens wegen erwürgt.« – »Freilich erwürgt«, kreischte Zoltan und fiel polternd zu Boden, auf dem er mit schäumendem Mund hin und herzuckte. »Helfen Sie ihm doch«, sagte Großmama zu der Hebamme. Die alte Waldgassinger ließ sich nieder und arretierte Zoltans Kopf zwischen ihren Beinen. Zoltan beruhigte sich wieder, schlug die Augen auf und fragte mich, ob er meinen Text für seinen neuen Katalog verwenden dürfe. »Dafür ist er ja gedacht«, gab ich ihm zur Antwort. Großmama nickte begeistert. Der zufällig anwesende Professor Paradeiser, der einzige in der Runde, der mich siezte, sagte: »In welche Räume Sie mit Ihrem Text vorstoßen! Unglaublich!« Alle feierten mich jetzt und priesen meine bildhafte Sprache. Paradeiser überreichte mir gar eine Rose. Onkel Georg schwieg und schaute mißmutig in die Welt. Trotz seiner Jugend hatte er etwas arg philisterhaftes an sich. Ehe ich weiteres von mir zum besten geben konnte, kam er mir zuvor und behauptete, er könne in meinem Text keinerlei Ernsthaftigkeit entdecken. »Dann mußt du dich an die Hebamme halten«, konterte ich, »sie ist gerade dabei, einen ernsthaften Text zu verfassen, sie schreibt eine Rechnung. Wenn es dir wirklich so ernst ist mit der Ernsthaftigkeit, kannst du sie begleichen.« Alle lachten jetzt und Onkel Georg, der registrierte, daß ich wieder gegen ihn gepunktet hatte, erwiderte matt, das sei wohl Sache meiner Eltern.« – »Von meinem Vater ist nichts zu sehen«, gab ich zurück, »und meine Mutter ist zu erschöpft, um zu zahlen.« – »Bleiben wir bei deinem verstiegenen Text«, sagte Onkel Georg unwirsch, »er macht keinerlei zuverlässige Aussagen über das Werk Zoltan Müllers!« – »Der Junge hat es kongenial erfaßt«, wiedersprach ihm der Meister, »assoziativ schreiben, assoziativ malen, assoziativ leben, das ist der höchste Grad, den ein Künstler oder ein Lebenskünstler erreichen kann.« »Das ist eine romantische, veraltete Betrachtungsweise der Welt«, sagte Onkel Georg. »Das ist mein Thema«, schrie Zoltan, »assoziativ leben, so wie wir es an Leuten bewundern, die keine Schulen, Universitäten, Akademien durchlaufen haben, deren Sprache nicht abstrakt, von irgendwelchen zweifelhaften Theorien verwässert ist, sondern bildhaft, von Erfahrung gespeist, weil ihre

Universität das Leben ist!« – »Lebe ich nicht?« fragte der zufällig anwesende Professor Paradeiser, nur weil ich die meiste Zeit in einer Universität lebe?« – »Auf eine bestimmte, uneigentliche Art schon«, sagte Zoltan, »aber doch nicht wie dieser Junge« – er deutete auf mich – »der noch keine Stunde alt ist und auf alles völlig unverfälscht reagiert!« In mir regte sich Widerspruch, ich wolle mich nicht in eine Schublade packen lassen, die viel zu klein für meine vielseitige Art war, und so unterbrach ich seine Ausführungen: »Zum Thema Ernsthaftigkeit bitte ich einen meiner Lieblingsschriftsteller, Herrn Laurence Sterne, sich ausführlich zu äußern!« Professor Paradeiser blickte gespannt und voller Unruhe in die Runde. Wie erstaunt war ich, als keine zehn Sekunden später Herr Laurence Sterne tatsächlich den häuslichen Kreißsaal betrat und sogleich folgende Rede gebar: »Auf meiner empfindsamen Reise, Sie wissen, worauf ich anspiele, hat es mich hierher verschlagen.« – »Ich bin erstaunt«, sagte Professor Paradeiser. »Ich überhaupt nicht«, sagte Laurence Sterne, »schon immer wußte ich, daß mein Werk mich weit überleben würde. Aber es hat einen bestimmten Grund, warum ich hier bin.« Er blickte Onkel Georg mißbilligend an. »Ich bin gekommen, um zu sagen, daß Yorick und ich einen unüberwindlichen – äh« – »Widerwillen«, half ich ihm aus der Klemme. »Ganz recht, Widerwillen«, nickte mir Laurence Sterne dankbar zu, »einen unüberwindlichen Widerwillen gegen die Ernsthaftigkeit hegten. Bisweilen pflegte Yorick in seiner ungestümen Redeweise zu sagen, der Ernst sei ein durchtriebener Spitzbube, von der gefährlichsten, weil schlauen Art; und er glaubte wahrhaftig, daß dadurch mehr ehrliche, wohlmeinende Leute in einem Jahr um Hab und Gut geprellt würden als durch Taschen- und Ladendieberei in sieben. In der unverhüllt guten Laune, die aus einem fröhlichen Herzen kommt, pflegte Yorick zu sagen, liege keine Gefahr –, höchstens für diese selbst.« – »Wohingegen das eigentliche Wesen der Ernsthaftigkeit

Absicht und folglich Betrug sei«, warf ich ein. »Ganz recht«, fuhr Sterne fort, »ein angelernter Trick, um vor der Welt die Glaubwürdigkeit zu gewinnen, daß man mehr Verstand und Wissen als sonst ein Mensch besitze; und daß bei all ihrer Anmaßung sie um nichts besser, wohl aber oft schlechter sei als ein französischer Schöngeist vor langer Zeit formulierte – nämlich, meine Junge?« Auffordernd wandte er sich an mich. Ohne auch nur eine Sekunde zu zögern, vollendete ich seinen Satz: »› Die Ernsthaftigkeit ist nichts als eine geheimnistuerische Körperpose, um die Mängel der Seele zu verdecken.«‹[*] Onkel Georg, der sich schon längst unumkehrbar in seine kleine Sicht der Dinge verrannt hatte, nahm Sterne überhaupt nicht wahr. Und da er mir dessen Worte zuschrieb, schüttelte er sich wie ein Hund, der eben der Jauchegrube entstiegen war. Ehe es aber zu einer neuen Auseinandersetzung kommen konnte, brachte ein anderer Lieblingsschriftsteller von mir, der alte Jean Paul, sich in die Runde ein, indem er ein kleines Fäßchen mit braunem Bier zur Tür hereinrollte und sich auf ihm niederließ. Der zufällig anwesende Professor Paradeiser hielt den Kopf etwas schief, kniff sich das eine um das andere Mal in die Wange und ein ungläubiges, kindliches Lächeln umspielte seinen Mund. Zoltan entfuhr ein hohes, hysterisches Lachen, das sich keckernd in den Raum ergoß. Großmama blickte mit nur schlecht kaschiertem Entsetzen auf die beiden Eindringlinge, die ihrem Zoltan plötzlich die Schau stahlen. »Was der Junge für Freundschaften pflegt!« Sie blickte dabei irritiert auf Wams und Reiseanzug der Herren, die nicht die saubersten waren. »Sterne und Paul, wer diese Freundschaften nicht pflegt, ist nicht nur literarisch gesehen ein Trottel«, sagte ich mit sanfter Stimme. »Was der Junge alles auf Lager hat«, lachte Großmama. Mir wurde schlagartig bewußt, daß ich tatsächlich einiges auf Lager hatte.

[*] Aus Jean Paul, *Vorschule der Ästhetik,* Hamburg 1804.

Was mich selbstsicher und überlegen machte. Was mich glauben ließ, die Welt lasse sich mit einer dreisten Aneinanderreihung von Worten bewältigen, man müsse nur ein bißchen Sterne und Jean Paul durcheinanderwirbeln und schon sei sie nach der eigenen Vorstellung geformt. Bald indes sollte ich erfahren, wie grau, ja voller Grauen Kindheit sein konnte. Aber zum Teufel, Jean Paul saß auf seinem Bierfaß und wollte endlich zu Wort kommen. »Bittesehr«, sagte ich zu ihm. Er hatte eine stark gerötete Nase, lächelte etwas dunstig, als ob er dem braunen Bier heute schon tüchtig zugesprochen habe. Aber seine schwere Zunge hinderte ihn nicht daran, zu Onkel Georg etwas sehr Gescheites zu sagen: »Der Deutsche verzeiht den Witz als Nebensache lieber denn als Sache – er will ihn als Putzkleid, nicht als Amtskleid erblicken, und er entschuldigt ihn zwar an einem gelehrten Professionisten als ein kurzes hors d'œuvre, aber nicht an einem, dessen sämtliche Werke solche hors d'œuvre sind.«* – »Ich halte das nicht mehr aus!« brüllte Onkel Georg und sprang auf, so daß sein Stuhl krachend umkippte. »Ich dachte lange Zeit, Georg, daß du sanft bist wie ein Talpidae«, sagte Tante Claudine. Ich betrachtete sie verliebt. Für mich stand fest, daß ich diese wunderschöne Frau eines Tages heiraten würde. Umso mehr, als Onkel Georg und sie die absolute Fehlbesetzung waren. Aber ich wurde in meinen Schwärmereien für Tante Claudine durch einen weiteren meiner Lieblingsschriftsteller unterbrochen, der jetzt zur Tür hereinkam. Es war, und ich verrate damit kein Geheimnis, der sonst im fernen Irland selig ruhende Flann O'Brien, der einer ihm verwandten Seele, nämlich mir, einen kurzen Besuch abstatten wollte. Er warf seinen breitkrempigen Filzhut achtlos auf einen Stuhl, entledigte sich seines Regenmantels und kam ohne große Umstände zur Sache. »Ich bin gekommen, um euch von Trellis zu erzählen, je-

*Aus Jean Paul, *Vorschule der Ästhetik,* Hamburg 1804.

nem Trellis, der eigentümliche Gewohnheiten pflegte, was seine Lektüre anging. Alle Farben außer Grün betrachtete er als Symbole des Bösen, und er beschränkte seine Lektüre daher auf Bücher mit grünem Einband. Obgleich er ein Mann von vielseitiger Bildung und Gelehrsamkeit war, führte diese willkürlich gezogene Richtlinie denn doch zu ernsthaften Klüften in seiner Belesenheit. Die Bibel war ihm zum Beispiel unbekannt, und vieles von seinem Wissen über die großen Mysterien der Religion und des Menschen Ursprung stammt von Dienstboten und Gaststättenbekanntschaften. Wenn ein Freund ihm empfahl, eine soeben im Buchhandel erschienene verdienstreiche Arbeit zu lesen, erkundigte er sich jeweils besonders nach der Art des Einbands, und wenn er erfuhr, daß derselbe nicht von grüner Farbe war, verurteilte er das Buch (obwohl er es nicht einmal überflogen hatte) als ein Werk des Satans.«[*] Er beendete seine Rede und setzte sich zu den Herren Sterne und Paul auf das Sofa, wo sie sich kurz die Hände drückten und dann sofort einnickten. Professor Paradeiser erwachte wie aus einem Traum und fragte mich, welchen Zusammenhang ich zwischen den Beiträgen der Herren Paul und Sterne einerseits und diesem O'Brien andrerseits sehe. »Ich habe letzteren hergebeten«, erwiderte ich nach kurzem Überlegen, »um euch darauf hinzuweisen, daß ich ein ebenso leidenschaftlicher Bücherleser bin wie Trellis, aber auch wie er die Angewohnheit habe, alle Lektüre völlig unsystematisch oder aber nach einem rein willkürlichen System anzugehen. Und wie Sterne bin ich gegen die falsche Ernsthaftigkeit derer, die sich professionell mit Literatur beschäftigen. Des weiteren halte ich den Witz wie Jean Paul für ein Lebensmittel, ohne das ich verhungern müßte. Aber um endlich von Ihrer Frage abzulenken, steuere ich die grundsätzliche Frage bei, ob zuerst die Literatur oder das Leben da

[*] Aus Flann O' Brien, *Zwei Vögel beim Schwimmen,* London 1939.

war?« – »Natürlich zuerst die Literatur«, sagte Professor Paradeiser. »Ich halte es hier nicht mehr aus«, wütete Onkel Georg, »nicht nur, daß dieser überkandidelte Säugling sich Zitate berühmter Leute zurechtfummelt, wie er sie gerade braucht, nein, er erhält auch noch Unterstützung von einem sich Professor schimpfenden Greis.« Er verließ empört den Raum. Sterne, Paul und O'Brien blickten kurz auf, schliefen aber sofort weiter. Sie waren der wohlberechtigten Meinung, für die Literatur genug getan zu haben, sich jetzt ein Schläfchen erlauben zu dürfen. Eine ungewöhnliche Stille trat ein, die von mir aber sogleich durchbrochen wurde. »Habt ihr eigentlich schon einmal darüber nachgedacht, wie ihr mich nennen wollt?« wandte ich mich an die Familie. »Natürlich Zoltan«, sagte Großmama. »Ich bin es nicht wert, seinen Namen zu tragen«, erwiderte ich, »da meine Begabung eher auf dem Gebiet des Wortes liegt.« – »Wenn du ein Mädchen geworden wärst«, sagte Professor Paradeiser, »hätte ich Elisabeth vorgeschlagen«. Er blickte dabei Großmama an, die ein wenig errötete. »Ich bitte euch, mich nach einem meiner drei Lieblingsschriftsteller zu nennen«, meldete ich mich zu Wort. »Wir fühlen uns geehrt«, murmelten Sterne, Paul und O'Brien im Schlaf. Großmama ließ die drei Namen genüßlich auf ihrer Zunge zergehen, lauschte nach ihrem Klang und entschied sich dann für Jean. Ihr Vorschlag fiel auf steinigen Boden. Nach einer umständlichen Prozedur von Abstimmungen hieß ich »Flann«. Mit zweitem Vornamen Laurence und erst mit drittem Jean. Der alte Jean Paul schreckte aus dem Schlaf und seufzte: »Ich sehne mich längst nicht mehr nach Satiren, sondern nach Elegien, und mein Interesse ist oft so jämmerlich weich, als läge es in der Brust eines Mädchens von siebzehneinhalb Jahren!« Ich schaute ihn verständnislos an, da ich keine Ahnung hatte, daß es mir siebenunddreißig Jahre später genauso wie ihm ergehen sollte. Verlassen von Jeans Schwester, fertig mit der Welt. Daß der kleinste Windhauch, aus welcher Richtung er auch kam, meine Nerven zum Flattern bringen sollte! Aber noch war ich erst ein paar Stunden alt und mit meinem neuen Namen mehr als zufrieden. Meiner Mutter war er völlig gleichgültig, denn sie sagte weder Muh noch Mäh. Und als ich sie gekränkt fragte, ob sie mit Flann einverstanden sei, gab sie mir keine Antwort. Ich fragte sie wieder und wieder und jedes Mal mit noch lauterer Stimme, bis die alte Waldgassinger auf unseren einseitigen Dialog aufmerksam wurde und mit besorgter Miene ans Wochenbett trat. »Flann, deine Mutter ist tot!« sagte sie mit Tränen in den Augen. Meine Mutter war tot? Hieß das, daß man schon damit begann, mir den Übermut, den ich in den ersten Stunden meines Lebens an den Tag gelegt hatte, auszutreiben? Mir wurde schlagartig klar, daß ich zu denen gehörte, die zur falschen Zeit die falschen Dinge taten. Sterne, Paul und O'Brien saßen plötzlich nicht mehr auf dem Sofa. Zoltan Müller war nur noch ein kleiner, aufgeblasener Wicht, der mir merkwürdig blaß vorkam. *Tristam Shandy*, *Die Vorschule der Ästhetik* und *Zwei Vögel beim Schwimmen* waren mir so gleichgültig, wie Literatur mir nur gleichgültig sein konnte. Ich hätte mich um meine Mutter kümmern sollen. Als ich noch wie betäubt dalag, öffneten sich plötzlich ihre Beine und ein weiterer Mensch wurde geboren. Bei genauerem Hinschauen sah ich, daß es kein Mensch war. Es war ein Buch, das den Titel *Das kleine Buch Flann* trug. Es war die Geschichte meines Lebens. Großmama starrte wie gebannt auf die Nachgeburt. »Um Himmels willen«, rief sie dann, »ich habe deine Mutter gewarnt. Laß dich nicht auf Literatur ein, habe ich ihr gesagt, Literatur hat Folgen!« – »Alles steht geschrieben, Großmama«, gab ich zu bedenken. Worauf die von mir angebetete Tante Claudine seufzte, daß die Länge des Maulwurfs höchstens siebzehn Zentimeter betrage. Von welch melancholisch stimmender Schönheit sie war! Ich riß mich von ihrem Anblick los und schlug *Das Kleine Buch Flann* auf.

Nun war ich einigermaßen verwirrt, da ich die ganze Zeit der Meinung gewesen war, vor der Geschichte meines Lebens auf die Welt gekommen zu sein. Dem stand im *Kleinen Buch Flann* die Behauptung gegenüber, nicht das Buch, ich sei die eigentliche Nachgeburt. Da war sie schon wieder, die alte Geschichte von der Henne und dem Ei. Sollten sich doch die Anhänger der jeweiligen Theorie die Köpfe einschlagen. Wie hatte Onkel Georg gesagt? »Ohne Leben keine Literatur«. Dem Paradeiser sein »Ohne Literatur kein Leben« entgegengehalten hatte. Aber im Grunde war es müßig, darüber nachzudenken, ob ich zuerst da war oder die Geschichte meines Lebens, da das eine ohne das andere nicht denkbar war. Ich erinnere mich an einen Klassenkameraden, der zum besten gab, daß er gar nicht bestreiten wolle, daß der Körper den Schatten werfe. Daß es aber sein könne, daß es den Körper nur wegen des Schattens überhaupt gebe. Wie ich im *Kleinen Buch Flann* nachlesen konnte, hatte mich Onkel Georg an dieser Stelle verärgert gefragt, wie ich mich an einen Mitschüler erinnern könne, wenn ich überhaupt noch nie zur Schule gegangen sei? Und ich hatte ihm lachend geantwortet: »Henne oder Ei?« Ich war froh, daß mir Leute vom Schlage meines Klassenkameraden frühzeitig über den Weg gelaufen waren, da all die anderen Langeweiler wie Onkel Georg oder sein Friseur nur in der Lage waren, herkömmliche Kausalketten zu stricken. Folgerichtig war ihnen meine nichtchronologische, sprunghafte Wahrnehmung ein Greuel. »Zuerst muß ich Haare schneiden, ehe ich Geld dafür verlangen kann«, pflegte sein Friseur zu sagen, wenn ich ihn auf das Glatteis einer anderen Denkungsart locken wollte. Dieser Dummkopf kam nie auf die Idee, seine Kundschaft mit ungeschnittenen Haaren vor die Tür zu setzen, oder einen Vorschuß zu verlangen und ihnen dann wortlos ein Ohr abzuschneiden. Ich dagegen hatte oft Lust, diese anderen Dinge zu tun. Nach dem

Tod meiner Mutter zum Beispiel verspürte ich den Drang, das Sprechen einzustellen. Um ihre Worte in mir nachklingen zu lassen, die mich ratlos machten. »Sei nicht vorlaut, mein Junge.« Meine tote Mutter wie meine lebendige Großmutter mit ihrem bewundernden »So ein kleiner Teufel« überforderten mich gleichermaßen, ich zerrieb mich zwischen ihren konträren Haltungen. Ich wohnte bei meiner Großmutter, war jetzt ein Säugling wie jeder andere, nicht mehr in der Lage, die einfachsten Sätze zu formulieren, geschweige denn meine Gedanken zu artikulieren. Nicht einmal einzelne Worte wollten mir gelingen. Nur unreine Vokale entwichen mir unkontrolliert, um irgendwelchen diffusen Gefühlen Ausdruck zu verleihen. »Im Alter von ein paar Minuten redet und redet er, um dann plötzlich gar nichts mehr zu sagen«, war Onkel Georgs Kommentar. Und Tante Claudine suchte mich aus meiner Schweigsamkeit zu locken, indem sie mich fragte, aus wieviel Zähnen das Gebiß eines Maulwurfs bestehe. Auch wenn mich aufs neue ihre beinahe unwirkliche Schönheit blendete, interessierte mich nach dem Tod meiner Mutter das Gebiß eines Maulwurfs einen Dreck. »Es ist ein Jammer mit deiner Mutter, daß sie so früh von uns gehen mußte«, sagte Großmama. Es war mehr als ein Jammer, es war ein solches Unglück für mich, daß ich eines Nachts beschloß, nach dem Sprechen auch noch das Atmen einzustellen. Großmama, die sofort meinen Atem vermißte, wachte auf, hob mich aus meinem Bettchen, eilte mit mir ins Badezimmer und drehte alle Wasserhähne auf, auch den, aus dem heißes Wasser strömte. »Zoltan, mein Gott, der Junge erstickt«, stöhnte sie. Bald war der Raum von Dampfschwaden erfüllt, aus denen urplötzlich Zoltan auftauchte, den die Eifersucht auf mich aus dem Bett getrieben hatte. »Der Junge pih, der Junge pah«, rief er wütend. Hatte er das Loblied, das ich kurz nach meiner Geburt auf ihn gesungen hatte, schon vergessen? »Er ist am Ersticken«, sagte Großmama. »Das kann er auch ohne mich«, murmelte Zoltan und verschwand. Von Zoltan alleingelassen, erzählte Großmama mir in ihrer Not Begebnisse aus dem Leben jenseits des Weihwasserkessels. Sie wiegte mich dabei in ihren Armen und ging nervös auf und ab und stieß Namen hervor, die ihr weiß der Teufel wer eingab. »Abbadon! Ammon! Asmodi!« Wenn ihr bewußt wurde, welch unpassende Herren sie da anrief, kommentierte sie erschrocken ihre eigenen Hervorbringungen mit einem klagenden »Mon dieu, mon dieu!« Für mich hörte sich das dann ungefähr so an: »Abigor!« – verzweifelt schier. »Adrammelech!« – mit schon hysterischer Stimme. »Aquaresso!« – kreischend wie eine von einem Kater bedrängte Katze. »Ammon!« – flehend wie in die Enge getrieben. »Asmodi!« – seufzend. »Astarotte! Mon dieu, mon dieu! Behemoth! Belfagor! Belial! Beelzebub, Luzifer! Leviathan! Mephistopheles! Mon dieu! Mon dieu!« Doch keiner der Herren, die sie anrief, erschien. Es war Zoltan, der wieder einmal auftauchte, noch schlaftrunken, von Großmamas Schreien geweckt. »Was sollen die Nachbarn denken, Elisabeth?« war seine Sorge. »Auf die Nachbarn geschissen«, brüllte Großmama, »der Junge nippelt gleich ab!« – »Und du glaubst, diese satanischen Gestalten sind dazu angetan, den Jungen zu beruhigen? Nichts war dazu angetan. Und meine Mutter machte es auch nicht wieder lebendig! »Meine Fresse«, sagte Zoltan jetzt plötzlich ganz ängstlich, »der Junge ist tiefblau!« – »Dann lenk ihn ab, um Himmels willen!« kreischte Großmama. »Womit denn?« – »Erzähl ihm was von Abbadon!« Und Zoltan begann, mir in rasender Geschwindigkeit von ihm zu erzählen, wechselte dann zu Abigor und klärte mich dann darüber auf, daß Adrammelech der Großkanzler der Hölle war, der die Garderobe des Satans beaufsichtigte, wohingegen Aquaresso sich im Gewand eines Edelmanns zeige, der auf einem Krokodil reite und einen Sperber in der Hand halte. Er verleihe Würde, lehre sämtliche Sprachen und lasse die irdischen Geister tanzen. »Flann, Flann, wach auf, meine Junge!« rief Großmama verzweifelt!« – »Er ist ohmächtig«, sagte Zoltan. Von irgendwo weither hörte ich die verführerische Stimme Tante Claudines, die sich in meinen sauerstofflosen Träumen einnistete. »Du darfst mir einen Kuß geben, Flann, auch wenn du nur halb so viele Zähne hast wie ein Maulwurf. Dich wieder in deine Mutter zurückziehen zu wollen ist keine Lösung!« Als ich wieder zu mir kam, sah ich Großmama über mir, die mir mit nassen Tüchern ins Gesicht klatschte, während Zoltan mir hektisch erklärte, daß Asmodi der Verwüster sei, der auch Samiel genannt werde. Er habe sieben Männer Sarahs, der Tochter Rachels, umgebracht, noch ehe diese mit ihr die Ehe hätten vollziehen können. Vom nächtlichen Kampf um mein Leben angelockt, stand Onkel Georg in der Tür des Badezimmers. »Glaubt ihr im Ernst, eure Badezimmerkolloquien sind dazu angetan, dem Jungen eine realistische Sicht auf die Welt angedeihen zu lassen? Auf die Welt, so wie sie ist?« – »Du bist der einzige, der weiß, wie sie ist«, höhnte Zoltan. Und Großmama wies ihn zurecht: »Es ist nicht der Zeitpunkt, klugzuscheißen, Georg! Siehst du nicht, daß er unter Atemnot leidet?« Onkel Georg verließ kopfschüttelnd den Schauplatz und Onkel Zoltan ging ungeniert daran, vor Großmama und mir sein Wasser abzuschlagen. Und seltsamerweise linderte das beruhigende Plätschern für kurze Zeit meine Atemnot und gab mir Gelegenheit, mir auszumalen, wie es gewesen wäre in ein paar Jahren, wenn Mama nicht gestorben und der Mann, der mein Vater war, nicht abgehauen wäre. Zoltan, der inzwischen seine Blase geleert hatte, tropfte ab und langte bei Asterotte an, dem besonders mächtigen Großfürsten der Hölle, der von Astarte, der phönizisch-kanaanäischen Göttin der leiblichen Liebe, der Fruchtbarkeit und des Krieges abstamme, aussehe wie ein häßlicher Engel und nach Meinung einiger Magier das Abendland besetzt halte.« – »Flann hat schon wieder einen völlig glasigen Blick. Was stellt er mit uns an?« rief Großmama panisch. Obwohl Zoltan und sie mir in einer schnell aufkommenden Schwärze abhanden kamen, erleuchtete Tante Claudine mit ihrer Engelsgestalt mein elendes Dasein: »Mit Hilfe seiner starken Nackenmuskeln und der gewaltigen Schaufelhände bohrt er die Schnauze in den lockeren Boden ein«, sagte sie mit ihrer warmen Stimme, die beinahe zum liturgischen Singsang wurde, »zerscharrt um sich herum die Erdschollen mit den Vorderpfoten und wirft sie mit außerordentlicher Schnelligkeit und Eleganz hinter sich.« – »Er kommt wieder zu sich«, drängte sich Großmamas Stimme dazwischen, »sprich mit ihm!« – »Ich war gerade dabei, dir von Behamoth zu erzählen«, sagte Zoltan übereifrig, »das Buch Hiob berichtet, daß er ein grobschlächtiger, dummer Dämon ist, dessen ganze Kraft in seinen Lenden liegt und dessen Besonderheit die Naschhaftigkeit ist! Manche Dämonologen behaupten, er arbeite in der Hölle als Kellermeister und Mundschenk. Auch soll er die Gestalt aller großen Tiere annehmen können: Nilpferd, Walfisch, Elefant, aber auch von Fuchs und Wolf. Und Schaukelpferd«, fügte er gezwungen lachend hinzu. Angeregt von diesen nervösen nächtlichen Seáncen kam Zoltan später auf die Idee, mich bis zu meinem fünfzehnten Geburtstag Jahr für Jahr in der Gestalt eines anderen Teufels zu porträtieren. Dadurch fand er zu seinem Stil. Und Hunderte von Variationen meiner teuflischen Gestalt überschwemmten den Kunstmarkt, da er das jeweilige Jahresbild bis zum Exzeß variierte. Später mußte ich auf eine Galerie von fünfzehn Bildern zweifelhafter Qualität schauen, wohin ich den Blick in meiner kleinen Wohnung auch richtete. Einige Wochen vor meinem neunten Geburtstag malte mich Zoltan auf einem Misthaufen sitzend als Gott der Fliegen, um die Stirn ein Feuerdiadem, meine Brust gebläht, mein Gesicht fleischig, meine Brauen über den sprühenden Augen gekrümmt, mein Atem Schrecken einjagend. Aus meinem Kopf wuchsen zwei große Hörner, aus den Schultern zwei Fledermausflügel. Tante Claudines mehrfachen Bittens zum Trotz malte Zoltan mich niemals als Maulwurf, obwohl, wie sie sagte, dieses sympathische Tier selbstlos waagrechte Gänge unter ganz Europa grabe. Auch als Zoltan sich schon lange von Großmama getrennt hatte, tauchte er Jahr für Jahr mit seiner Staffelei bei mir auf und malte mich, bis unsere Sitzungen durch sein Verschwinden während einer Besteigung des Stromboli für immer unterbrochen wurden. Neben der Eingangstür zu meinem winzigen Bad hing ich viele Jahre als Luzifer in Gestalt des gefallenen Engels, des Lichtträgers, der die Macht Gottes herausfordert, als Anführer der rebellischen Engel. Als Tante Claudine eines Tages dieses Bild zu Gesicht bekam, rief sie mit gespielter Empörung: »Zoltan hat dir einfach mein Hochzeitskleid angezogen!« Ich konnte meine immer wieder aufwallenden Gefühle gegenüber Tante Claudine nur in Schach halten, indem ich tagträumte, sie eines Tages zu meiner Frau zu machen.

Kurz vor seinem Verschwinden äußerte Zoltan die Absicht, mich im Format vier mal sechs Meter auf einer Landkarte zu zeigen, die das Herrschaftsgebiet des Bösen abdecke, die Hölle also, die untere Luftatmosphäre, die Erde, das Wasser des Meeres, die Flüsse und Seen, den Untergrund und die ewige Finsternis. Er kam nicht mehr zur Ausführung dieses Werks. Ich hätte auch gar nicht gewußt, wo ich ein Bild solchen Ausmaßes in meiner kleinen Wohnung aufhängen sollte. Im übrigen stieß ich eines Tages auf die befremdliche Tatsache, daß ein gewisser Hieronymus Bosch sämtliche Motive der Bilder Zoltans Jahrhunderte früher schon einmal gemalt hatte und daß in diesen, wenn man von kleineren Ausnahmen absieht, das zwanzigste Jahrhundert öfter als in Zoltans Bildern auftauchte. Durch meine anhaltende Atemnot verbrachte ich viele Nächte mit Großmama im Badezimmer, und sie hatte viel Zeit, mich in die Geheimnisse einzuweihen, mir die Orte auszumalen, an denen das Böse wohnte oder wohnt. Ich war sehr erstaunt, daß es nach ihren Schilderungen nicht nur die Hölle war. Daß diese jedoch der einzige Platz im Universum sei, wo man Gott nicht begegnen mußte, wo die Gemeinschaft mit Christus also unmöglich war. Großmama definierte die Hölle als »überall hineindiffundierenden Nichtort«. Oder sie berichtete mir von einem Ignatius von Loyola, wer immer das sein mochte, der vorgeschlagen hatte, die Hölle solle man sich in ihrer ganzen Breite, Länge und Tiefe vorstellen, so lange, bis man den Schmerz der Verdammten selbst spürte. Für Dante, einem großen italienischen Dichter, wie sie mir erzählte, lag die Hölle im Zentrum der Erde. Der Volksglaube verlegte sie kurzerhand nach Italien in die Krater des Vesuv, des Ätna oder des Stromboli. Stromboli? Hielt sich Zoltan vielleicht seit meinem fünfzehnten Geburtstag in der Hölle auf?! Eines Nachts, als einer meiner Anfälle verebbte, erklärte mir Großmama kichernd, es gebe auch die ganz kleinen Höllen der Obsessionen verschiedenster Art. Eine davon seien erotische Sammlungen in Büchereien. In denen sich Sexualität und Teufelei vereinten. Die größte sei sonderbarerweise in der Vatikanischen Bibliothek anzutreffen. Da Großmamas Erzählungen manch einen Salto schlugen, sich um Chronologie oder Logik einen Teufel scherten, war es nicht erstaunlich, daß sie mich aus der Vatikanischen Bibliothek ohne unnötige Umwege an diverse mittelalterliche Legenden heranführte, in denen der Teufel Architekt spielte und innerhalb einer einzigen Nacht Brücken baute, worauf der Mensch mangelnder technischer Möglichkeiten wegen hatte verzichten müssen. Er habe mit halsbrecherischen Konstruktionen Schlünde und Abgründe überwunden, als Gegenleistung meist nur die Seele des ersten Lebewesens verlangt, das die Brücke überschritt. Das Volk habe den Teufel regelmäßig ausgetrickst, indem es einen Hund, eine Katze oder einen Hasen über die Brücke jagte. Eine meiner Lieblingsgeschichten wurde die von König Salomon. Durch allerlei Gesten und der Verschlimmerung meines Zustands nötigte ich Großmama, sie mir immer wieder zu erzählen. Und sie tat es mit Vergnügen. Es war die Geschichte von Salomon, der versuchte, die Teufel der Hölle zu zählen. Zu diesem Zweck ließ er eine riesige Glasflasche bauen, auf deren Grund ein Köder lag – eine wunderschöne Pfeife. Da kamen dann alle Teufel angelaufen, weil jeder das herrliche Ding Satan bringen wollte, der bekanntlich Pfeifen sammelte. Salomon verschloß die Flasche und alle Teufel waren darin gefangen, so daß er sie nur noch zählen mußte. 6666 zappelnde Teufel sollen es gewesen sein. Einer meiner schlimmsten Anfälle bescherte mir eine Gespenstergeschichte, die Großmama in farbigen – vom Schrecken über meinen Zustand wie vom schaurigen Inhalt gleichermaßen beeinflußten – Tönen zum besten gab und die mir später in der Oper *Der Freischütz* wiederbegegnen sollte: vom Amtsschreiber Wilhelm, der sich in Käthchen, die Tochter des Försters verliebte. »Warum erzählst du das? Er kann es doch noch gar nicht verstehen«, warf Zoltan ein. Warum sollte ich das Gefühl nicht verstehen, das man Liebe nannte? Waren es doch eher Nichtsäuglinge wie Onkel Georg, die ihren Gefühlen nicht vertrauten, eine Sache immer und immer wieder nur mit dem Kopf erfassen zu können glaubten. Die sich vor ambivalenten Gefühlen ängstigten, denen es nie vergönnt war, dahinzutreiben. Die nicht eintauchen konnten, die sich in Oberflächlichkeiten erschöpften. »Die das Leben der Maulwürfe nicht gelten lassen, weil es nicht oberflächlich an der Oberfläche stattfindet«, hörte ich Tante Claudine. »Ich bleibe dabei, er kann es noch nicht richtig verstehen«, beharrte Zoltan auf seinem Standpunkt. Er täuschte sich, wenn er aus meinem zarten Alter, meinem blöden Schweigen, meinem schlechten Gesundheitszustand, der sich vorübergehend in meiner Blautönung manifestierte, schloß, ich verstünde nicht, was Großmama erzähle. Wie stark empfand ich die Gefühle, die Käthchen und Wilhelm füreinander hatten. Und besonders Wilhelms Regungen konnte ich verstehen, weil ich an meine eigenen dachte, die Tante Claudine galten. Meine Gedanken wurden von Zoltan unterbrochen, der Großmama etwas ins Ohr flüsterte, worauf sie auflachte und »später« flüsterte. Ich merkte, daß Großmama plötzlich sehr nervös wurde und mich, bei dem der Anfall inzwischen völlig abgeklungen war, eilig in mein Bettchen legte, das am Fußende ihres breiten Bettes stand. Sie wünschte mir eine gute Nacht und schlüpfte dann zu Zoltan ins Bett. Bald war ich eingeschlafen. Wie erstaunt war ich, als ich durch ein Keuchen Großmamas geweckt wurde und feststellen mußte, daß sie es dieses Mal war, die einen Anfall von Atemnot hatte. Aber warum brachte Zoltan sie nicht ins Badezimmer und öffnete alle Wasserhähne? Warum hatten sie alle Knöpfe geöffnet und sich ihrer Kleider entledigt? Warum lag Zoltan auf ihr und bewegte sich dabei auf närrische Weise? Versuchte er, sie voll mit Sauerstoff zu pumpen? Ich schaute ihnen eine Weile zu, ehe es mir langweilig wurde. Großmamas Methode, meine Atemnot mit Wasserdampf, Teufels- und Gespenstergeschichten zu bekämpfen, gefiel mir damals bedeutend besser. Erst später, als mir Tante Claudine diesen Vorfall dechiffrierte, fand ich großen Gefallen an Zoltans lustiger Pumpmethode. Zu jener Zeit, als Großmama und Zoltan es vor meinen Augen miteinander trieben, war ich einem Wechselbad vielfältiger Gefühle ausgesetzt. Nicht nur Großmamas Geschichten hatte ich zu verdauen, auch dem plätschernden Geräusch mußte ich mich stellen, wenn er wieder und wieder in Großmamas und meiner Anwesenheit Wasser ließ. Mamas Tod hatte ich zu verarbeiten und gleichzeitig fand ein Weltkrieg statt, schon der zweite in diesem Jahrhundert, der furchteinflößende Szenen mit sich brachte: Großmama, die im Keller überfallartig ein Federbett über mich warf und mich unter ihrem Körper begrub, um meine kleinen Lungen vor der Druckwelle einer Luftmine zu schützen und mich dabei beinahe erstickte. Die Kellertür, die von einer unsichtbaren Axt gespalten wurde. Zoltans linke Hand, die dazwischengeriet, als er versuchte, die Tür zuzuhalten. Oder ich war Onkel Georg ausgeliefert, der sich in unbeaufsichtigten Momenten an mein Bettchen schlich und mir als »Gegengewicht gegen den unaufgeklärten Dreck«, den mir Großmama und Zoltan boten, trockene Texte vorlas. Später wunderte sich meine Umwelt, daß ich im zarten Alter von sechs Jahren, wenn andere Kinder Abzählverse aufsagten, ganze Passagen aus Karl Marx' *Kapital* herunterschnurren konnte. Die dunklen Erinnerungen, die mich urplötzlich in jener Zeit befielen! Meine Mutter drängte sich in meine Gedanken, trommelte den einzigen Satz, den ich je von ihr gehört hatte, in meine Ohren, wobei ich dauernd das Gefühl hatte, daß sie mir noch Anderes, Wichtigeres mitteilen wollte. Hörte ich Großmama auf dem Klavier ihren Chopin spielen, überfiel mich eine tiefe Trauer. Ich sah einen roten Mantel, ich weinte, und ein verschwommenes Bild meines Vaters, den ich nie gesehen hatte, entstand vor mir.

Drei

Als ich ein Jahr alt wurde, lag in meinem Blick nur noch Traurigkeit. Und so sehr sie sich auch bemühten, trafen Großmama und Zoltan nicht den Ton, der das Leben in mir wieder zum Schwingen gebracht hätte. Mein Körper blieb das Grab meiner Seele. Meine Gedanken umkreisten unablässig meine Mutter und meinen mir unbekannten Vater. Da beschloß Großmama, mich mit ihm bekanntzumachen. »Ich habe mich dazu durchgerungen«, seufzte sie, »Zoltan ein Porträt deines Vaters malen zu lassen, damit du eine Vorstellung von ihm bekommst, da Fotos leider nicht von ihm existieren!« Wie erschrak ich, als ich Zoltans Bildnis betrachtete. Mein Vater ähnelte mir auf verblüffende Weise. Von Großmama wußte ich, daß sie ihn nur zweimal in ihrem Leben gesehen hatte. Als sie erfuhr, daß meine Mutter schwanger war, hatte er sich unter Hinterlassung einer Menge Schulden auf und davon gemacht. Er sei ein ausgebildeter Konzertgeiger gewesen, klagte Großmama, aber er habe nichts Besseres zu tun gewußt, als all seine Ambitionen als Stehgeiger in Kaffeehäusern fiedelnd zu Grabe zu tragen. Großmama schaute mich lange schweigend und voller Zweifel an, ehe sie damit herausrückte. »Es gibt nur eine einzige Sache, die in diesem Haus an ihn erinnert.« Sie verschwand und kehrte nach geraumer Zeit mit einem roten Mantel zurück, der einen schwarzen Pelzkragen hatte, leicht tailliert und schon etwas verlottert war. »Den hat er deiner Mutter geschenkt«, preßte Großmama heraus. Wieder füllten sich meine Augen mit Tränen. Und ich sah in den Schlieren einer schwachen Erinnerung einen alten, gebrochenen Mann. Das Bild dieses Unglücklichen trug nicht dazu bei, mich aufzuheitern. Ein alter, gebrochener Mann, der sich mit einer Gestalt herumstritt, die ihm gerade den Strom abdrehte, worauf er fröstelnd in seiner kleinen Wohnung saß, zusammengekrümmt, die Arme verschränkt und vor sich hinstarrend. Wie mein Vater, dieser arme, alte Mann, Bild um Bild alte Photos und Postkarten aus einem Schuhkarton nimmt, sie lange betrachtet und sie dann zerreißt. Das Haus seiner Eltern auslöscht, den Garten, Tanten und Onkels, sich selbst als Kind und heranwachsenden jungen Mann, seine Großeltern. Wie mein Vater Stück für Stück seine Vergangenheit vernichtet, um die Zeit zu vergessen, in der er noch Hoffnung hatte auf ein erfülltes Leben. Wie er ein Photo meiner Mutter herausnimmt, auf dem sie den roten, taillierten Mantel mit Pelzkragen trägt, es lange betrachtet, um es schließlich in lauter kleine Stücke zu zerreißen. Wie er dasitzt und es nicht fertigbringt, zu weinen. Wie er wartet, daß die Zeit vergeht, sich zwischendurch auf sein Bett legt, lacht, weil er in Gedanken vierhundertdreißig Monatsbeiträge der Rentenversicherung nachüberweist und sich vorstellt, wie es wäre, wenn er jetzt das Alter genießen könnte. Wie er sich erinnert, daß er nie genug Geld verdient hat, um etwas für seine

Rente abzweigen zu können. Wie er seine Geige zur Hand nimmt und mit gichtigen Fingern einige Töne spielt, es bald wieder aufgibt, sich an die Vorwürfe meiner Mutter erinnert, sich um seine Zukunft zu kümmern. Wie er sich zum Sozialamt schleppt, unfreundlich und herablassend behandelt wird, falsche Auskünfte bekommt und um einen Teil der ihm zustehenden Mittel geprellt wird. Wie Vater in seiner Verzweiflung falsche Angaben macht und mit Leistungskürzungen bestraft wird. Wie sich der Sachbearbeiter nicht vorstellen kann, daß ein Künstler wie Vater viel weniger in seinem Leben verdient hat als er selbst. Wie Vater vierhundert Mark für seinen Lebensunterhalt bekommt. Wie er wieder und wieder beantragen, nachweisen, belegen, wie er anstehen und warten muß! Wie über ihn entschieden wird als sei er ein Stück Dreck. Wie er hierhin und dorthin läuft, Briefe schreibt, Anträge stellt, Bittgesuche abfaßt. Wie er nichts erreicht, sosehr er sich auch abstrampelt. Wie er sich weigert, weiter zu Ämtern zu laufen. Wie er erfährt, daß eine reiche Gesellschaft an seinesgleichen spart. Wie er ein Pflegefall wird, nicht mehr in der Lage ist, für sich selbst zu sorgen, einmal am Tag eine Krankenschwester zu ihm hereinschaut und mittags irgendwer ein Essen vorbeibringt. Wie er lästig wird, weil er in seiner Wohnung bleiben will. Wie er sich ein letztes Mal aufrafft und ambulante Pflege beansprucht. Wie er in ein Heim übersiedeln muß. Wie er mit zwei anderen alten Männern in einem Zimmer liegt, seiner letzten Habseligkeiten beraubt und nur, nach langem Bitteln und Betteln, seine Geige behalten darf. Wie er sich manchmal in den Gemeinschaftsraum schleppt, der außer ein paar Kunstdrucken, die mit Reißnägeln an der Wand befestigt sind, nichts als Häßlichkeit aufweist. Wie er einen Blick aus dem Fenster wirft und feststellt, daß das Gelände steil abfällt, eine Schlucht sich auftut, durch die ein reißender Bach führt. Wie er auf der anderen Seite der Schlucht einen Friedhof registriert. Wie er lacht und lacht und wie er der herbeieilenden Schwester mit einer Handbewegung in Richtung Schlucht klarmacht: »Über den Hades!« Wie er einem Mitbewohner nach kurzem Gerangel ein Opernglas entreißt und dort, wo der Friedhof steil zum Bach abfällt, Totenschädel aufgelöster Gräber entdeckt. Wie er auf sein Zimmer schlurft, auf seiner Geige fiedelt. Wie die Schwester herangeeilt kommt und ruft: »Opa, wir dürfen nicht solch einen Krach machen!« Wie er wieder und wieder auf seiner Geige kratzt. Wie ihm die Schwester eine Saite entfernt. Wie er schließlich nur noch auf einer Saite spielt. Wie er im Gemeinschaftsraum einen Tanznachmittag arrangiert, plötzlich zum Fenster hastet, seine Violine in die Schlucht hinunterwirft und sich dann ins Bett zurückzieht. Wie sie die Küche wegrationalisieren, nur noch Frühstück und Abendessen im Haus zubereitet werden. Wie er jeden Mittag das Essen in verschlossener Aluminiumfolie geliefert bekommt. Wie der junge Mann jedes Mal eine Vitamintablette auf den Tisch legt: »Nicht vergessen, sonst fallen Ihnen die Zähne aus bei diesem Fraß!« Wie er lustlos in seinem Mittagessen stochert, die Augen schließt und monatelang mit Columbus unterwegs ist. Wie er am nächsten Tag einen Bittbrief schreibt an den Bürgermeister, man möge ihm für die Überfahrt ein Faß Sauerkraut gewähren. Wie der Bürgermeister mit Familie am Sonntag einen unauffälligen Besuch bei ihm macht, um das Unikum, das mein Vater ist, zu besichtigen. Wie er ihm eine neue Violine mitbringt und sich ein Stück von Paganini wünscht. Wie mein Vater mit gichtigen Fingern die vierundzwanzig *capricci* hinlegt wie ein Clown bei Roncalli. Wie der Bürgermeister und seine Familie Tränen lachen. Wie mein Vater bei sich selbst in Vergessenheit gerät. Wie er die Aluminiumbehälter mit Essen gar nicht mehr auspackt, sich auf einen Stuhl am Fenster setzt, das Aluminium in der Sonne dreht und wendet. Wie er allerlei Lichteffekte damit erzielt und sich kindlich freut. Wie er mit dem gebündelten Sonnenlicht jenseits der Schlucht einen Totenkopf trifft. Wie er die toten Augenhöhlen zum Aufleuchten bringt. Wie er unter seinem Bett ein Dielenbrett lockert und ein Depot anlegt. Wie seine Gebrechen zunehmen. Wie er seine Schmerzen kaum noch aushält. Wie sie ihm Morphium spritzen. Wie er dahinsiecht. Wie er über den Hades geht. Wie sie das Depot unter seinem Bett finden, das er vor siebenundzwanzig Mittagessen angelegt hat.

Vier

Als ich mich so stumm und leer in mir befand, ließen sich zu meiner großen Überraschung die Herren Sterne und Paul auf der anderen Seite meiner Haut nieder. Die Herren Sterne und Paul, die ich schon für immer aus meinem Leben verschwunden wähnte. Als wollten sie mich doppelt überzeugen, sprachen sie im Chor zu mir: »Was kultivierst du dein Unglück? Mitnichten hat uns der Tod deiner Mutter für immer vertrieben. Mitnichten. Es ist geradezu idiotisch von dir zu glauben, in der Not sei Literatur ersetzbar. Im Gegenteil, die schreckliche, grauenerregende Wirklichkeit ist nur mit ihrer Hilfe zu ertragen. Tod der Mutter, Verlust des Vaters. Das ist nicht deine Originalgeschichte. Das kommt in jedem zweiten Roman vor! Oft kann nur die Literatur einen Ausweg zeigen.« Sie verstummten und blickten durch mich hindurch auf irgendeine imaginäre Leserschaft. Sie schienen der Meinung zu sein, ihre bloße Anwesenheit eröffnete mir einen Ausweg. Sie wiegten ihre Köpfe, setzten zum Sprechen an, aber dann kam kein einziges Wort über ihre Lippen. Als ich schon glaubte, sie hätten mich vergessen, sagte der, der in Wunsiedel geboren worden war: »Wirf deine Schmerzen sogleich weg, das Betrüben hilft nichts und ist gerade das eigentliche Übel.« – »Das sagt sich so einfach«, erwiderte ich ihm und war erstaunt, nach so langer Zeit wieder einmal meine Stimme zu hören. »Er bricht endlich sein Schweigen«, rief Sterne überrascht. Großmama kam ange-

laufen, dann Zoltan, Tante Claudine und Onkel Georg. Alle im Haus gerieten in große Aufregung. »Ist braunes Bier im Haus?« ließ sich da der alte Jean Paul vernehmen. »Leider nein«, antwortete ich ihm, »Großmama und Zoltan sind Weintrinker!« Ich merkte, wie er nach dieser Auskunft schlagartig jedes Interesse an einer weiteren Unterhaltung verlor. Dafür murmelte Sterne: »Ich habe nicht die Kraft, Flann, dich durch irgendeine Einlassung zu Witz und Humor zu beleben.« – »Ich erwarte nur, daß sich auf längere Sicht bei mir wieder der Klang des Lebens einstellt«, flüsterte ich zaghaft. Jetzt stand Herr Paul auf, zerrte Herrn Sterne zur Tür: »Wollen wir nicht nach braunem Bier gehn?« Ehe sie verschwanden, bettelte ich: »Warum denkt ihr euch nicht eine Handlung aus, in der es mir besser geht?« – »Das haben wir schon längst getan«, antwortete mir Sterne. »Wir lassen unsere Leser nicht hängen. Professor Paradeiser, der bei deiner Geburt anwesend war, wird deiner Geschichte eine Wendung geben.«
Als die Herren Sterne und Paul das Zimmer verlassen hatten, betraten es auch schon Großmama und Professor Paradeiser. »Darf ich vorstellen?« fragte Großmama. »Nicht nötig, wir kennen uns längst.« – »Dann laß ich euch alleine.« Großmama verschwand. »Manchen Sommer verbrachte ich mit deiner Großmutter am Mittelländischen Meer!« – »Ist mir bekannt«, sagte ich knapp. »Ich bin ein wenig erstaunt, denn mir wurde gesagt, du würdest seit Monaten nicht reden.« – »So schnell kann sich das ändern!« Paradeiser lachte. »Auf jeden Fall werde ich mich um dich kümmern.« – »Wie aufmerksam«, sagte ich spöttisch. »Paradeiser ist beinahe ein Weiser, pflegt man über mich zu sagen, denn ich bin nicht nur Professor für Audiologie, Psychologie und Psycholinguistik. Ich interessiere mich auch für Musik- und Klangtherapie, Sprech- und Gesangsschulung und vor allem für die pränatale, die vorgeburtliche Psychologie.« Wie enttäuschte er mich! Seine bis dahin mystische Aura schmolz dahin wie frische Landbutter in

der Sonne. Er war nicht mehr der zufällig aufgetauchte, geheimnisvolle Fremde, er demaskierte sich als einer, der wie Millionen anderer einem Beruf nachging. Als könne man mit seinem Leben nichts Sinnvolleres anfangen! »Du beginnst mich zu langweilen«, sagte ich zu ihm und gähnte. »Ich habe in meinem Leben noch nie jemanden gelangweilt«, ereiferte er sich und begann in kindisch trotziger Weise ein einstudiertes Sprüchlein für solche Fälle herunterzuschnurren: »Dendriten an Deprivation distal oder dorsal angewendet, ergeben einen dislateralisierten Zustand, der weder efferent noch ektoderm ist!« Er verstummte und schaute mich erwartungsvoll an. Da ich weder mit Schmunzeln noch sonstwie reagierte, trommelte er nervös mit Zeigefinger und Mittelfinger auf seinem rechten Knie. Ich ließ ihn ein Weilchen zappeln. »Bis zum Alter von drei Stunden habe ich mit Fremdwörtern nur so um mich geworfen, weil ich meiner Umwelt imponieren wollte. Aber jetzt habe ich das längst nicht mehr nötig.« – »Du wirst sehen, daß ich auch nur mit Wasser koche«, versuchte er mich zu beruhigen. »Ich weiß nicht, was ich mehr verabscheue, den Gebrauch von Fremdwörtern oder solche Phrasen!« – »Ich will dir helfen«, seufzte er. »Wenn du mich nicht wieder an das Gefängnis meines Körpers verlieren willst, solltest du schnell zur Sache kommen«, ermahnte ich ihn. »Wie du vielleicht weißt, beginnt das Leben nicht erst mit der Geburt«, begann er also, »sondern mit dem Zusammentreffen des Samens mit der Eizelle.« – »Ist mir bekannt«, gähnte ich. Professor Paradeiser, der befürchtete, schon im Ansatz bei mir zu scheitern, legte jetzt mit der ganzen Leidenschaft, die er für sein Metier empfand, los. »Alles ist Gedächtnis«, rief er, »jedes Lebewesen empfindet und speichert. Der Organismus vergißt nie etwas. Er hat auch nicht deinen Vater und deine Mutter vergessen. Es heißt für dich einfach, dich zu erinnern. Du mußt wieder sehen, was für deine Augen nicht sichtbar ist! Begreifen, was für deinen Verstand schwer faßbar ist, Gesetze aufstellen, da das größte Wunder darin besteht, daß die Welt für uns verständlich ist.« Er hatte etwas von einem Prediger an sich, dessen Stimme ein großes Kirchenschiff ausfüllen mußte. Seine laute Rede war wohl bis in die Gemächer Großmamas vorgedrungen, denn sie streckte besorgt den Kopf zur Tür herein, zog ihn aber bald wieder zurück, da sie uns beide munter vorfand. »Ich kenne meinen Vater nicht«, schleuderte ich Paradeiser ins Gesicht. »Du weißt mehr von ihm als du denkst.« – »Die Welt ist nicht verständlich«, rief ich, »vieles von ihr ist sogar ganz unverständlich. Eigentlich alles!« Verblüfft starrte er mich an, da ich seinen Glauben an die Wissenschaft so gar nicht teilte. Seine momentane Ratlosigkeit gab mir Gelegenheit, ihn in Ruhe zu betrachten. Irgendetwas war anders als bei Zoltan, Onkel Georg, Jean Paul, Laurence Sterne und all den Männern, denen ich bisher begegnet war. »Es ist notwendig, das Hören und Horchen zu trainieren«, fuhr Paradeiser eindringlich fort. Es waren seine Ohren! Es waren keine bloßen Ohren, es waren Horchposten im Geräuschemeer des Lebens. »Bist du bei der Sache, Flann?« – »Ich höre, ich höre«, antwortete ich ihm und starrte wie gebannt auf seine Horcher. »Ein von mir konstruierter Apparat, ein elektronisches Ohr, ermöglicht es jedem, seine Hörweise entscheidend zu verändern, subjektiv deutlich erlebbar und mit Hilfe eines Hörtests objektiv meßbar zu machen. Wenn du weiterhin zu denen gehören willst, Flann, die verstopfte Sinne für den Idealzustand halten, können wir unser Gespräch sofort abbrechen. Aber da du unter Atemnot leidest, dich in den Käfig deines Körpers zurückziehst, gehe ich davon aus, daß du dich öffnen willst.« Jetzt wußte ich, was mich an Paradeiser irritierte. Er war holzgeschnitzt wie Pinocchio, nur daß bei ihm nicht die Nase, sondern die Ohren zu groß geraten waren. »Wenn ich vom richtigen Hören spreche, muß ich dir sagen, daß es einen großen Unterschied gibt zwischen hören und horchen. Das Horchen setzt eine genaue Unterscheidung des Gehörten, die Fähigkeit zur Klanganalyse voraus. Darunter verstehe ich die Fähigkeit, die ein Dirigent in hohem Maße besitzen muß, um aus dem Klangkörper des Orchesters jedes einzelne Instrument heraushören zu können. Und es ist die Fähigkeit, sich auf die Wellenlänge seines Gegenübers einzustellen, ihn wirklich zu verstehen. Was du hörst oder nicht hörst, wird von der Psyche beeinflußt, also vom Hören- oder Nichthörenwollen. Dich wird vielleicht überraschen, daß eine Beziehung zwischen dem Gehör und der Stimme besteht. Deine Stimme enthält als Obertöne nur Frequenzen, die das Ohr hört.« – »Worauf willst du eigentlich hinaus?« unterbrach ich ihn. Er war so vertieft, daß er meine Frage gar nicht hörte. »Gibst du deinem Ohr die Möglichkeit, nicht mehr gut wahrgenommene Frequenzen wieder korrekt zu hören, so treten diese augenblicklich und unbewußt wieder in deiner Stimme in Erscheinung.« – »Was immer du auch reden magst«, sagte ich und brach in Tränen aus, »meine Mutter ist weggestorben und der Mann, der mein Vater sein soll, ist weggegangen.« – »Davon rede ich die ganze Zeit. Du mußt dir klar sein, daß der ersten, in der Gebärmutter liegenden Phase große Bedeutung zukommt.« – »Es war eine wunderschöne Zeit«, schwärmte ich. Paradeiser lachte. »Siehst du, und deshalb werden wir diese Phase simulieren!« – »Mein Vater verbröselte sich, als meine Mutter im fünften Monat mit mir schwanger ging.« – »Man hört die Stimme der Mutter so, wie das Ohr des Fetus sie durch das Fruchtwasser hindurch wahrnimmt. Interessanterweise dringen vorwiegend die hohen Stimmfrequenzen zum Fetus durch.« Wieder schossen mir Tränen in die Augen und ich hörte mich verzweifelt rufen: »Was redest du die ganze Zeit für einen Blödsinn? Mein Vater sagte nie etwas zu mir und meine Mutter nur einen einzigen Satz!« Jetzt reckte sich Paradeiser zu seiner ganzen Größe empor und ging feierlich vor mir auf und ab. »Ich bin gekommen, dir zu verkünden, daß du deinen Vater und

deine Mutter kennst! Um dir das zu beweisen, werden wir die Zeit simulieren, in der du dich in deiner Mutter befandest und du wirst dich an Dinge erinnern, von denen du jetzt noch glaubst, du hättest sie nie erlebt. Da dir außerhalb des Mutterleibes deine Eltern nie begegneten – wenn man von der kurzen Episode im häuslichen Kreißsaal absieht, wo du uns zwischen den Beinen deiner Mutter eine amüsante Vorstellung gegeben hast –, ist es wichtig, die Erlebnisse mit ihnen zu reaktivieren, die du während deiner Embryonalzeit hattest. Dein Vater setzte sich mit dir in Verbindung, indem er« – »Er hat Mama einen roten Mantel geschenkt«, unterbrach ich ihn. »Dazu kommen wir noch. Wenn ich jetzt zunächst von der intrauterinen Phase spreche, dann nur, weil ich dir von der Simulation dieser Phase erzählen will. Dafür bemühe ich eine Aufnahme der Mutterstimme, deren niedrigere Frequenzanteile durch einen Hochpaßfilter eliminiert worden sind. Hör zu!«
Er schaltete ein kleines Gerät ein, und ein Zischen war zu hören, aus dem ab und zu einzelne Worte verständlich wurden. »Das soll meine Mutter sein? Es gibt keine Aufnahme ihrer Stimme!« – »Wenn du dich da nicht täuschst. Gib acht, wir werden jetzt deine Eltern simulieren, während du dir vorstellst, in deiner Mutter zu sein!« – »Nur allzugerne wäre ich wieder in ihr!« Onkel Georg, der schon eine ganze Weile unbemerkt an der Tür gestanden hatte, konnte nicht mehr an sich halten: »Das ist doch alles Mumpitz!« – »Natürlich kein Mumpitz, Verehrtester, es ist bewiesen, daß das Ohr spätestens viereinhalb Monate nach der Empfängnis hörfähig ist!« – »Die meisten wollen ihr Leben lang nicht hören, warum dann schon vor ihrem Leben!« höhnte Onkel Georg. »Schon im Embryonalzustand werden Informationen gespeichert. Es sollte mit dem Teufel zugehen, wenn Flann damals seinen Vater nicht kennengelernt hätte!« – »Auf welche Weise Sie dem Kind den Kopf verdrehen«, empörte sich Onkel Georg, »Sie machen

ihn ja ganz wirr mit Ihrer Pseudowissenschaft!« – »So wie ich Sie kennengelernt habe«, sagte Paradeiser, »müssen Sie im Embryonalzustand eine Menge negativer Informationen gespeichert haben!« Onkel Georg zeigte ihm den Vogel und zog sich grimassierend zurück. »Dann ruhen wir uns eben ein bißchen aus, wenn deine Familie meint, daß ich dich überfordere!« sagte Paradeiser und ließ sich am Fußende meines Bettes nieder. »Herr Sterne sagte, du wolltest mir helfen!« protestierte ich. »Will ich auch! Dann machen wir eben keine Pause. Tief im Inneren weiß jeder Mensch, daß mit ihm etwas Entscheidendes im Mutterleib geschehen ist. Wenn es gelingt, den strengen Zwang der Erziehung abzuschütteln, spüren wir, daß es in uns schon eine Wirklichkeit gab. Und die wollen wir freilegen!« – »Aber meines Wissens wurde ich überhaupt nicht erzogen!« rief ich. »Zoltan und deine Großmutter haben ganz schön an dir herumgedoktert, aber wie dem auch sei, durch das intensive Wiedererleben frühester Eindrücke kann man auf die Orientierungspunkte stoßen, anhand derer man die gesamten Erfahrungen seiner Existenz neu organisieren kann. Das Gebot der Stunde ist die Wiederentdeckung, die Rückkehr zu intrauterinen Erinnerungen. Manchmal melden sich die Erinnerungen mit solcher Macht, daß es sich als unmöglich erweist, sie unter Verschluß zu halten.« Und sie meldeten sich mit Macht, was zunächst einfach nur ein Wimmern bei mir auslöste. Professor Paradeiser war von meiner heftigen Reaktion entzückt. »Ich glaube, du bist jetzt reif für eine höher entwickelte Apparatur.« Er verließ mich, um mit einem fahrbaren Apparat zurückzukehren, in dem ich ein gigantisches elektronisches Ohr neuester Ausführung zu erkennen glaubte. Professor Paradeiser machte einen gelösten Eindruck, pfiff leise vor sich hin, riß einen Papiersack auf und schüttete seinen Inhalt, der wie Holzkohle ausschaute, auf ein Blech, zündete ihn an und entfachte mit Hilfe eines kleinen Blasebalgs ein Feuer. Worauf er die Apparatur direkt an mein Bett schob. Ich dachte an meine Ohrmuschel und mein Trommelfell und konnte in Paradeisers brennender Apparatur keinerlei Sinn entdecken. Jetzt stellte er ein kleines Tischchen neben mein Bett, breitete ein schneeweißes, frischgebügeltes Tischtuch über die Tischplatte, deckte zwei Teller auf, entkorkte eine Flasche Rotwein und schenkte zwei Gläser ein. »A vôtre santé, mein Junge!« Was hatte sein merkwürdiges Gebaren mit meiner vorgeburtlichen Phase zu tun? »Sie sind schon ausgenommen und gewürzt«, sprach er in Rätseln. »Ich kann mir nichts Schöneres auf dieser Welt vorstellen, als in einem Olivenhain zu sitzen, Wein zu trinken, Weißbrotstücke in den Mund zu schieben, dem Zirpen der Zikaden zu lauschen und Fische über dem offenen Feuer zu braten.« Fische braten? fragte ich mich entgeistert. Dann war diese Apparatur gar keine Weiterentwicklung des elektronischen Ohrs, sondern ein fahrbares Grillgerät. Wie konnte das Leben einfach doch sein, wenn man es nicht unnötig verkomplizierte. Und wie konnte der doch Wein süffig sein, wenn man ihn trank. Er bescherte mir in seiner tintigroten Schwere eine Nacht, die aus einem einzigen Traum bestand.

Die Erinnerungen meldeten sich auf diese Weise mit solcher Vehemenz bei mir, daß es sich als unmöglich erwies, mich ihrer zu erwehren. Ich hockte in einer Art fetaler Stellung auf einem weißgestrichenen Fußboden. In meinem Inneren erlebte ich eine Fülle von Vorgängen, die ich nicht benennen konnte. Brieffetzen, die traurigen Augen meiner Mutter, eine schrille Violine mengten sich zu einem Teppich, der mich vollständig einhüllte und mir die Luft nahm. Ehe ich mich versah, rief ich um Hilfe und verlangte mit angstverzerrter Stimme nach meiner Mutter. Von meinem Geschrei angelockt, kam Großmutter im Traum angeflogen und hackte auf Paradeiser ein, mit einem Schnabel, der ihr zu diesem Zwecke extra gewachsen zu sein schien. Paradeiser zog sich, geschüttelt vom Lachen, in einen Schrank zurück, so daß Großmutters Vorwürfe, er überfordere mich, an der von innen geschlossenen Schranktür abprallten, ehe sie ihn überhaupt erreichen konnten. Dann streckte Paradeiser ein blutendes Herz aus dem Schrank heraus und schrie: »Dieser Junge ist ein Phänomen, ich gebe mein Herz dafür, ihn behandeln zu dürfen!« Großmama nahm mich in die Arme und sang mir im Traum das Lied vom Bauern, der seinen Weizen am Bergerl gesät, den ihm dann aber der Böhmische Wind verweht hatte. »Mein armer, armer Vater«, stammelte ich halb lachend, halb weinend, denn ich erinnerte mich in Großmamas Armen an sein künftiges Siechtum im Uraltersheim über der Schlucht. Paradeiser verließ die Deckung des Schrankes, stopfte sein Herz wieder in den Brustkorb zurück und tanzte vor meinem Bett auf und ab, auf und ab. »Ich glaube, wir können beginnen«, schrie er und versuchte dabei vergeblich, seine holzgeschnitzten Ohren nach hinten zu streichen. Sie schnellten ständig in ihre alte Stellung zurück und ragten rechts und links aus seinem massigen Schädel heraus, wuchsen und wuchsen unaufhörlich, bis mein Traum vollständig in ihrem Schatten lag. Als ich schweißgebadet erwachte, wechselte ich aus einem Alptraum in eine nicht weniger bizarre Wirklichkeit. Kaum, daß ich die Augen aufgeschlagen hatte, wurde die Tür zu meinem Zimmer aufgestoßen und eine Prozession von Frauen kam herein. Großmama, die sich unter ihnen befand, flüsterte mir zu, ich solle weiterschlafen und mich durch sie nicht stören lassen. Sie ließen Stoffballen fallen und rollten sie geschwind auf. Scheren klapperten, Fingerhüte wurden auf flinke Finger gesteckt, Nadeln stachen in schweren Samt oder in weiche Seide, Stoffe wurden gerafft, gesteppt, gebündelt, und ehe ich mich versah, waren alle Wände und die Decke meines Zimmers in herrlichen Rottönen drapiert. Die Fenster waren mit Seidentüchern verhängt. Professor Paradeiser betrat mit federnden Schritten den Raum. »Nun, mein Junge, erinnerst du dich?« – »Ich weiß nicht, worauf du hinauswillst!« Er machte eine weitausholende Handbewegung. »Ich habe das angeordnet, damit du dich wie in deiner Mutter fühlst!« Was hatten Wissenschaftler mitunter für eine verkümmerte Phantasie!« – »Meine Mutter hat mich in einer wunderbaren Gebärmutter aufbewahrt und nicht in einer Orgie von Kitsch!« schrie ich ihn an. »Es sind die teuersten italienischen Stoffe, Flann«, sagte Großmama vorwurfsvoll. War sie gerade zur rechten Zeit zur Tür hereingeschneit, um diesen nichtssagenden Satz loszuwerden? Ich drehte mich zur Wand und schrie: »Wenn das Zeug nicht sofort wieder verschwindet, mache ich kein einziges Experiment mehr mit!« Professor Paradeiser und Großmama schauten sich ratlos an, tuschelten dann miteinander und mir war, als ob ich die Worte Uticulus, Cochlea, Collumella, Steigbügel, Amboß, Hammer, Ohrmuschel und Trommelfell heraushörte. Als ich mich nach einer halben Stunde wieder meinem Zimmer zuwandte, war die vulgärphantastische Auspolsterung der Gebärmutter meine Mama verschwunden und hatte wieder der sachlichen Nüchternheit meines Zimmers Platz gemacht. Professor Paradeiser war dabei, seine Apparaturen aufzubauen. Dabei versuchte er, das feuchte Milieu des Fetus nachzuahmen. Dazu tauchte er Mikrophone und Lautsprecher in eine Flüssigkeit. »Was du hier siehst«, sagte Paradeiser und deutete dabei auf die einzelnen Apparate, »sind Tonbandgeräte, Frequenzanalysator, Verstärker, Kontrollautsprecher, Empfänger, Frequenzgenerator, Manometer und diverse Schutzhüllen. Du wirst bald sehen, was wir damit anstellen werden.«

Fünf

Nachdem sich an zwanzig aufeinanderfolgenden Tagen bei mir nicht der rechte Erfolg einstellen wollte, kündigte Paradeiser entschlossen an, die Wirkung seiner Apparate durch Hypnose verstärken zu wollen. Er verlangte von mir, ich solle an etwas

Schönes denken, vielleicht an die Zeit in meiner Mutter. Ich schloß die Augen und er suggerierte mir eindringlich, daß mich ein Sturm der Gefühle erfasse, ich mich in Tränen auflöste und nach dem roten Mantel verlangte, den mir Großmama sogleich auf Geheiß Paradeisers brachte. Als ich ihn anzog, war er mir viel zu groß. Ich schaute in ihm aus wie die Kleinhäuslerausgabe der Infantin Margarita. Meine kleinen blassen Hände lagen auf der Bettdecke und griffen nach etwas, was sie nicht begreifen konnten. Paradeiser schüttelte mein Kopfkissen auf und schob es mir in den Rücken. »Wenn du jetzt deine Mutter hörst, wirst du sie nicht so zu hören bekommen, wie sie in Wirklichkeit gesprochen hat, sondern sie wird mancher Frequenz beraubt und eingebettet in die Musik des Wolfgang Amadeus Mozart sein, der *in utero* ein ausgeglichenes Geschöpf gewesen ist.«
Paradeiser schloß mich an seine Apparaturen an, setzte mir die Kopfhörer auf und schon hörte ich die Stimme meiner Mutter, hörte trotz der verzerrten Wiedergabe ihre Aufforderung: »Sei laut, mein Junge!« – »Du hast immer etwas ganz anderes gesagt«, entgegnete ich ihr verwundert. »Konzentriere dich«, drang von weit her Paradeisers Stimme zu mir durch, »fixiere meinen Schnurrbart, wenn es dir hilft!« Er sprach beruhigend und eindringlich auf mich ein, bis ich nur noch einen dunklen Fleck unter seiner Nase und die zwei Schatten seiner riesigen Ohren sah. Ein wohliges Gefühl bemächtigte sich meiner und ich sah plötzlich Papa, der am Fußende vom Mamas Bett stand. Mich konnte ich nirgends erblicken. »Du befindest dich unter dem gewaltig ausgebeulten Nachthemd deiner Mutter«, erläuterte mir Paradeiser. Papa schenkte Mama einen Apfel »für das Baby«, also für mich. Sie nahm ihn und aß ihn zu meiner Verwunderung selbst auf. Papa schaute ihr dabei zu und trat währenddessen nervös von einem Bein aufs andere. »Irgendetwas ist doch mit dir«, sagt Mama. Nach langem Zögern rückt Papa damit heraus, daß er eine Menge

Geld verdienen könne. »Schön für dich«, höre ich Mama sagen. »Rolf Maria Geweih, der große Rezitator Geweih will, daß ich ihn auf seiner Tournee auf der Violine begleite.« – »Und ich will, daß du mich bei der Geburt des Kindes begleitest. Unentgeltlich«, sagt Mama mit fester Stimme. Wenn er absage, gingen ihm mindestens achtzigtausend Mark durch die Lappen, sagt Papa, die Tournee beginne schon nächste Woche, führe durch das ganze Reichsgebiet, Österreich und einige europäische Hauptstädte. Er habe lange überlegt, ob er sie mitnehmen solle. »Red keinen Quatsch«, unterbricht ihn Mama, »du weißt genau, daß ich liegen muß, weil ich sonst eine Frühgeburt riskiere. Im übrigen rückst du beizeiten damit heraus!« – »Das hat sich alles erst in den letzten achtundvierzig Stunden ergeben.« Mama wirkt sehr niedergeschlagen. Papa redet auf sie ein, der bekannte Rezitator Rolf Maria Geweih, der mit seinen seelenvollen Gedichtvorträgen nicht nur Hallen, sondern auch Stadien fülle, wolle seine Violinbegleitung zu fünfzig ausgewählten Gedichten unter dem Titel »Die Ernte«. Er habe ihm pro Abend vierhundert Reichsmark angeboten. »Du hast ihn getroffen, ohne mir was zu sagen?« fragt Mama mit tonloser Stimme. Mit Geweihs Agenten habe er das alles ausgehandelt, dieser habe ihm zweihundert Auftritte garantiert und hundert weitere in Aussicht gestellt, so daß sie davon ausgehen müßten, daß die ganze Unternehmung ein Jahr dauern werde. »In dem wir uns nicht sehen werden«, sagt Mama. Papa vermied es, darauf einzugehen, erzählt ihr, Rolf Maria Geweih erwarte von ihm keine »Stehgeigerschmierage«, sondern klare klassische Begleitmusik, denn er habe »den ganzen Seich« schon lange satt und wolle in Zukunft neue Qualitätsmaßstäbe setzen. Natürlich sei er als Geiger nur die zweite Geige, aber er könne es sich in seiner Situation nicht leisten, solch ein Angebot auszuschlagen. Es sei die einmalige Chance für ihn, von seinen Schulden wegzukommen und für das Baby genügend zu verdienen und der Gründung einer Familie gerecht zu werden. »Punkt«, sagt Mama und ich entdecke eine sarkastische Ader an ihr. »Sie wird vor Enttäuschung sterben«, sagte ich düster, als ich wieder zu mir kam. »Wie du weißt, ist sie schon gestorben«, antwortete mir Paradeiser. »Warum hat das niemand verhindert?« fragte ich müde. »Papa hat ihr das Herz gebrochen!« – »Du hast manchmal eine etwas altmodische Art, dich auszudrücken«, seufzte Paradeiser. »Ich kann auch sagen, er hat sie sitzengelassen«, sagte ich ziemlich böse. »Er mußte arbeiten, auch für dich«. »Fühlst du dich stark genug, eine weitere Sitzung über dich ergehen zu lassen?« Ich bejahte und Paradeiser begann von neuem mit seinen Ritualen. Und ich sah meinen Vater, wie er Mama mit lauter, unkontrollierter Stimme erzählte, daß Geweih ihm für die Dauer der Tournee ein kleines Automobilcoupé zur Verfügung stelle. Es war nicht zu überhören, daß er bei diesem erneuten Treffen mit Geweih kräftig dem Alkohol zugesprochen hatte. Neun Flaschen Barolo, Nebbiolo, Grignolino, wie Papa stolz erzählt. »Dann ist ja alles in Ordnung«, höre ich Mama sagen und ich verstehe es so, daß nichts in Ordnung ist. Papa bemerkt nicht die Doppelbödigkeit ihrer Antwort, wirkt erleichtert und schläft sofort ein. Mama sagt: »Jetzt siehst du, was mit ihm los ist! Nichts ist mit ihm los!« Ich nehme an, daß sie mich damals ansprach, da niemand im Zimmer und ich der einzige in ihrem Bauch war. »Das war das letzte Mal, daß sich deine Eltern gesehen haben«, mischt sich Paradeiser ein, »von nun an hat er Briefe geschrieben, die alle an dich gerichtet waren, auch wenn er sich in ihnen ab und zu an deine Mutter wandte. Sie hat sie kommentarlos ihrem Bauch, also dir, vorgelesen und sie anschließend vernichtet. Ich werde versuchen, deine Erinnerung an diese Augenblicke wachzurufen. Aber für heute ist es erst einmal genug.«

Sechs

Bei der nächsten Sitzung war es dann soweit. »Bremen, im Februar 1943«, höre ich die undeutliche Stimme Mamas. »Lieber Flann« – Wieso Flann? Hatten Mama und Papa meinen Namen schon Monate vor meiner Geburt festgelegt und war die Abstimmung in der Familie, ob ich Jean, Laurence oder Flann heißen sollte, nur Theater gewesen? »Lieber Flann, die letzten Tage habe ich in einer Schulaula im Wohnort Geweihs verbracht, um dem Programm »Die Ernte« den letzten Schliff zu geben. Ich habe harte Stunden und Abende mit der Geweihschen Familie hinter mir, an denen ich auf eine noch härtere Probe gestellt wurde, offenbarte sich doch der Meister als Patriarch schlimmster Art, der sich von seiner Frau von vorne und hinten bedienen läßt. Nach reichlichem Alkoholkonsum kommt seine wahre Mentalität zum Vorschein. Er verwandelt sich in einen wilhelminischen Familienvater, der um den Tisch herumstolziert, an dem wir sitzen, die Backen aufbläst, knödelnd Gassenhauer und Lieder gängiger Operetten intoniert, dazwischen Erfolgsmeldungen einstreut, die seinen Beruf betreffen, dann wieder Volkslieder einer mir bis dahin nicht bekannten lokalen Größe singt. Er spreizt sich dabei wie ein Pfau, wird sentimental, bekommt feuchte Augen und ist auf eine Art präsent, die mir und seiner Frau kaum mehr Luft läßt. Fragen, die er mir ab und zu stellt, beantwortet er meist selbst. Und er wird dabei immer lauter, immer witziger, immer derber. Ich weiß nicht so recht, wie ich mich ihm gegenüber verhalten soll. Sonst gehe ich solchen Leuten aus dem Weg, mit diesem Exemplar aber muß ich ja zusammenarbeiten. Vor ein paar Tagen eröffnet er mir, daß wir am nächsten Morgen nach Bremen abreisten, um zehn Probeauftritte in einem hundert Personen fassenden Theater zu absolvieren. Er garantiert mir ein ausverkauftes Haus und eine Gage von viertausend Reichsmark. Schon bald zeigte sich das Mißverhältnis zwischen Geweihs selbstbehaupteter Popularität und den tatsächlichen Besucherzahlen. Anstelle der viertausend erhielt ich nur eintausend Mark Gage. Es gab miserable Kritiken. Geweih greift sofort zu Psychopharmaka, ändert das Programm radikal, trimmt es auf ein seichteres Niveau. Einen Teil meiner Musik streicht er ohne mein Einverständnis. Nach den Vorstellungen enden die Abende mit dem Besuch aller Arten von Kneipen. Ich habe das Vergnügen, mit dem betrunkenen Meister Schach spielen zu dürfen. Er ist tumb und ungeschickt, wirft Figuren um, stellt sie in falscher Position wieder auf und behauptet, so seien sie gestanden, summt dazwischen seine unvermeidlichen Operettenverschnitte. Als wir einmal die letzten Gäste sind, der Wirt auf einem Stuhl eingenickt ist und ich von der Toilette zurückkehre, überrasche ich Geweih dabei, wie er von Tisch zu Tisch geht und die von anderen Gästen nicht ausgetrunkenen Gläser leert, wahllos abgestandenes Bier, Weine und Schnäpse in sich hineinschüttet. Und mir dann vorheult, wie rechthaberisch und streitsüchtig seine Frau sei und sich schon seit langem weigere, mit ihm zu schlafen. Worauf er sich von mir in einem Etablissement absetzen läßt. Wenn er nicht auf der Bühne ist, kriecht ihm der Kleinbürger aus allen Poren. Ich bin, Gott sei es geklagt, von ihm als Beichtvater auserkoren. Grüße Deine Mutter und sei herzlich umarmt von Deinem Vater.«

Als ich mich wieder in meinem Bette fand, mit einer Fülle von Apparaten verkabelt, dicht über mir das vor Spannung bleiche Gesicht des Paradeiser, vergaß ich meinen Vater und beschrieb auf Paradeisers ungeduldiges »und?« hin das Erlebte als einen Traum – man wisse, daß man geträumt, den Inhalt des Traumes aber mit dem Erwachen sogleich vergessen habe. Paradeiser zeigte sich befriedigt von meiner Rede und kündigte an, mich jetzt in den ersten Teil seines kleinen Alphabets wichtiger Begriffe einzuführen, um unserem Umgang mit meiner Vergangenheit eine etwas wissenschaftlichere Basis zu verleihen.

KLEINES ALPHABET PARADEISER'SCHER BEGRIFFE I*

»Mit Afferenz bezeichne ich die Gesamtheit der dem Zentralnervensystem zuströmenden Erregung«, sagte Paradeiser, »Ambidextrie ist gleich ausgebildete Geschicklichkeit beider Hände, Beidhändigkeit. Ampullen bedeuten in unserem Zusammenhang Ausbuchtungen eines röhrenförmigen Hohlorgans, hier der drei Bogengänge. Aplasie ist die fehlende oder unvollkommene Bildung von Organen oder Geweben, äquatisch meint, dem Wasser angehörend, in Wasser lebend, wässerig. Audiometrie die Prüfung des Gehörs mit Hörmeßgeräten. Audiovokale Schleife die Wechselwirkung zwischen Gehör und Stimme, auditiv, das Gehör betreffend, zum Gehörsinn oder -organ gehörend, Autismus, die Kontaktunfähigkeit, das Insichgekehrtsein, die Abkapselung. Damit lassen wir es für heute gut sein«, sagte Paradeiser lächelnd und begann mit mir eine neue Reise in die Vergangenheit.

»Bielefeld, im März 1943« höre ich die Stimme meiner Mutter, die einen Brief Vaters vorliest. »Flann lieber, ich hoffe, du bist deiner künftigen Mutter ein stets zünftiger Fetus, schinde sie nicht durch allzu frühes Eigenleben, genieße, daß Du Dein Auskommen hast, eine warme Behausung, Dich nicht um Nahrung kümmern mußt und um Politik. In all unseren Vorstellungen sitzen viele Soldaten und schwelgen in den Gedichten Goethes, Hölderlins, Eichendorffs und anderer. Ich weiß nicht, was sie draußen im Feld machen, ob sie totschießen oder danebenhalten, bei uns jedenfalls genießen sie hemmungslos. Ich hoffe, der handfeste Spuk, der jetzt schon viele Jahre dauert und die Welt ins Unglück stürzt, ist bald vorbei. Manchmal frage ich mich, ob wir mit unseren Darbietungen das Ende nicht ungewollt hinauszögern, weil wir den Soldaten neue Kraft geben. Während Europa im Krieg ver-

*Siehe auch Alfred A. Tomatis, *Der Klang des Lebens,* Hamburg 1987.

sinkt, fiedle ich auf meiner Geige zu hehren Gedichten und bin auf Verderb und Gedeih diesem Geweih ausgeliefert. Ich habe mich auf das Unternehmen eingelassen, um für Dich und Deine Mutter Geld zu verdienen. So wie es aussieht, werde ich, wenn's hochkommt, ein Viertel von dem bekommen, was mir versprochen wurde. Vielleicht langweile ich Euch mit diesen Geldgeschichten, aber was soll ich davon halten, wenn mir jetzt plötzlich nur ein winziger Teil des Versprochenen ausbezahlt wird und Geweih dies mit extrem hohen Anfangskosten begründet. Ich bin auf ehrliche Abrechnungen angewiesen, doch Ehrlichkeit scheint für Geweih ein Fremdwort zu sein. Regelmäßig wird er von euphorischen Anfällen geschüttelt, in deren Verlauf er mir seine Pläne ausbreitet, eine Ansammlung von Superlativen, pubertär hervorgestoßen, ihm fliegende Röte ins Gesicht treibend, mir des Zweifels Blässe. Er kündigt, nachdem er die Unterlippe für ein paar Sekunden ausgestülpt hat, hundert Meisterwerke deutscher Lyrik auf achtzig bis neunzig Schellackplatten an. »Tausend«, korrigiert er sich sogleich. Auf meinen Einwand, warum nicht zweitausend, mustert er mich kurz, entschließt sich dann, meinen Beitrag nicht für Ironie zu halten und meint, warum eigentlich nicht. Er, Geweih, gedenke dabei die *Crème* der Komponistenszene aufzubieten. Er spricht von Egk, von Orff, von Trunk, vom alten Richard Strauss und anderen. Mich will er in solchen Augenblicken zum musikalischen Gesamtleiter machen mit einem Monatsgehalt von zehntausend Reichsmark plus fester prozentualer Beteiligung am Plattenverkauf. Diese Platten sieht er schon millionenfach verkauft, was ihn dazu veranlaßt, den herbeieilenden Kellner von oben herab zu behandeln. Während er sich immer tiefer in den Schlamm seiner verstiegenen Vorstellungen hineinreitet, bekommt er vor seiner eigenen Größe Ehrfurcht und erzählt mir flüsternd, daß dieser Geweih ein Genie sei. Ich sitze ihm stumm gegenüber, rieche seinen alkoholisierten Atem, versuche dabei, an irgendeinen klugen Menschen mit schöner Seele und schönem Körper zu denken. Geweih ist so heruntergekommen, daß er den Anständigen nur noch mimen kann. Wenn man ihn nicht gut kennt, kann man darauf hereinfallen. Und viele fallen Abend für Abend auf seinen seelenvollen Gedichtvortrag herein. Das positive Selbstbild Geweihs und die Realität klaffen weit auseinander. In klaren Augenblicken wird ihm dies schmerzlich bewußt, dann leidet er unter seinem Charakter, wird zu einem übellaunigen jungen Greis, der herummäkelt, andere herabsetzt, um mit höchster Anstrengung die mäßig besuchten Vorstellungen in Schulaulen zu überstehen. Bei einem dieser Auftritte dreht er regelrecht durch, heißt seinen abwesenden Manager Dingsbums ein unfähiges Arschloch und weigert sich, aufzutreten. Ich versuche, ihn umzustimmen, tröste ihn, gehe auf die Bühne und spreche zum ersten Mal die Einführung ins Programm. Geweih erscheint schließlich, leiert seine Gedichte herunter, ohne das Publikum wahrzunehmen. Am Ende des ersten Teils bricht er die Vorstellung ab und ertränkt sich am Abend in wahren Seen von Alkohol. Für eine Radiosendung zahlt er mir so gut wie kein Honorar. Mätzchen dieser Art häufen sich. An manchen Abenden zahlt er mir nicht meine Gage aus. Ich habe das Gefühl, daß eine Strategie dahintersteckt, er will mir klarmachen, daß ich von ihm abhänge und ihm aus der Hand zu fressen habe. Geweihs Manager ist eine ähnlich trübe Erscheinung wie sein Meister. Zwar besitzt er nicht dessen Vitalität, aber beide hat das Leben lügen gelehrt. Wenn ich bei Dingsbums wegen einer nichtbezahlten Gage interveniere, behauptet er, er habe das Geld gerade weggeschickt. Irgendetwas überführt ihn dann regelmäßig der Lüge. Und sei es nur der Poststempel. Lieber Flann, zum Glück wirst Du noch nicht alles verstehen, aber nach meinen bisherigen Schilderungen wird es Dich nicht überraschen, daß ich seit kurzem an Magenbeschwerden leide, die ich mit Natriumbicarbonat und altbackenen Semmeln zu bekämpfen versuche. Irgendeine Provinzzeitung hat sich in drei Zeilen negativ über meine Musikbegleitung geäußert. Worauf Geweih nichts Besseres zu tun hat, als vertragswidrig einen Teil meiner Musik zu eliminieren und andere Teile in Richtung »Seich« umzupolen. Vielleicht ist er gar kein Künstler, vielleicht ist er Handlungsreisender in Sachen gängiger Verse. Sein künstlerisches Konzept besteht darin, möglichst viele Kurzwaren zu verkaufen, auf Teufel komm raus Erfolg beim Publikum zu haben. Er zeigt mir einen Brief des Ministeriums Goebbels', in dem sich dieser begeistert über seine jüngste Tournee äußert. »Das bringt uns ein paar Tausender mehr«, strahlt Geweih und reibt sich die Hände, fängt an, Zahlenkolonnen auf kleinen Zetteln zu addieren. Geweih spürt natürlich meine Vorbehalte gegen seine Person. Das Verhältnis zwischen uns kühlt immer mehr ab. Ich hoffe, die Überweisungen an Deine Mutter sind angekommen, natürlich könnte es mehr sein, aber meine Schilderungen belegen hoffentlich, warum es nicht mehr ist. Ich küsse Dich im Wissen um Deine Präexistenz auf den Bauch deiner Mutter« – »das könnte ihm so passen«, sagt Mama an dieser Stelle und liest mir nicht mehr den Schluß des Briefes vor.

KLEINES ALPHABET PARADEISER'SCHER BEGRIFFE 2

»Bogengänge, die drei häutigen B., von den kreisförmig knöchernen B. umschlossen, sind Kanäle des Labyrinths, Bestandteile des Vestibularapparates. Brown'sche Molekularbewegung, unregelmäßige Zitterbewegungen von Teilchen in Flüssigkeiten oder Gasen. Chromosom, fadenförmiges Gebilde im Zellkern, Träger von Erbinformation. Cochlea (Schnecke) heißt das eigentliche Hörorgan im Innenohr, Bestandteil des Labyrinths, schneckenförmig in zweieinhalb Windungen um eine knöcherne Achse (Modiolus) gebildet. Cochleariskerne sind Hörnervkerne. Collumella heißt das Gehörknöchelchen der Vögel, entwicklungsgeschichtlich gesehen die Vorstufe der drei Gehörknöchelchen Hammer, Amboß, Steigbügel im Mittelohr der Primaten. Cortisches Organ heißt der Endapparat des Hörnervs in der Cochlea, mit Sinneszellen ausgestattet, die auf Schallwellen ansprechen und sie in Nervenimpulse umwandeln.«

»Frankfurt, im April 1943«, höre ich die Stimme meiner Mutter, die mir einen weiteren Brief meines Vaters vorliest. »Lieber Flann, das Leben ist mir ganz und gar vergällt! Bei unserer Tournee, die die Ernte des Wahren, Schönen, Guten transportieren soll, herrscht hinter den Kulissen Lüge, Bösartigkeit und Häßlichkeit. Manchmal habe ich Mühe, während Geweihs seelenvollem Vortrag nicht in hysterisches Gelächter auszubrechen. Ein leichtes Tremolieren meines Fiedelbogens auf den Saiten meines Instrumentes kann ich dann nicht verhindern, meine Geige lacht dann für mich, was Geweih nach der Vorstellung als bewußte Bösartigkeit meiner auslegt, eigens inszeniert, um ihn in seinem Vortrag zu stören. Seine Schulden an mich belaufen sich inzwischen auf ungefähr fünfzehntausend Reichsmark. Trotz der Kriegswirren, trotz der von Luftminen wegradierten Konzertsäle können wir rund neunzig Prozent der Auftritte durchziehen. Aber ich schweife ab. Neulich war auf meinen Wunsch ein Vermittlungsgespräch angesetzt, an dem Geweih, sein Manager und ich beteiligt waren. Jetzt weiß ich auch, warum Geweih seinen Manager Dingsbums nennt. Er sei vertraglich zu diesem Namen verpflichtet, da er, Geweih, neben sich keine Leute dulden könne, die irgendetwas Eigenes hätten. Geweih lacht viehisch, als er diese Version im Beisein von Dingsbums zum besten gibt. Im Zusammenleben mit diesem Geweih gibt es lauter kleine schmutzige Geschichten, die mein Dasein inzwischen wie ein Kokon einspinnen. Aber zurück zu dem Vermittlungsgespräch. Geweih eröffnet es damit, daß er zu Protokoll gibt, ich sei ein Arschloch, eine taube Nuß, eine absolute Null, er müsse kotzen, wenn er weiterhin Tag für Tag meine Scheißmusik hören müsse, die so inspiriert sei wie ein Beamtenschlaf. Er könne mit solch windelweichen Typen wie mir, die nicht den Willen zum Erfolg hätten, nicht zusammenarbeiten, deshalb wolle er im Mai diesen Jahres das Vertragsverhältnis beenden. Für die ausstehenden Auftritte zahle er mir ein Ausfallhonorar von einhundertfünfzig Reichsmark pro Auftritt. Also statt ungefähr zwanzigtausend Reichsmark nur sechstausend. Ich lehne, eingedenk dessen was er mir schuldet, sofort ab und erkläre, daß ich den Vertrag einzuhalten und die Auftritte zu absolvieren gedenke. Geweih beschimpft mich daraufhin, droht, mich zu schikanieren, wo immer er nur könne. Ich kontere, es gebe klare vertragliche Abmachungen und falls er sich nicht daran halte, werde ich gerichtlich gegen ihn vorgehen. Geweih lacht mich aus und sagt, er habe noch jeden Prozeß gegen seine Musiker gewonnen. Beim nächsten Auftritt dreht er mir das Licht ab, stellt mein Mikrofon leise, will mir durch extremstes *pianissimo* Probleme bereiten, was ihm aber nicht gelingt. Ich bitte Geweih, mich in Zukunft nicht mehr mit »Du« anzusprechen. Er ignoriert meinen Wunsch, mein Abgrenzungsversuch mißlingt. Dann ist er wieder übertrieben freundlich zu mir, scharwenzelt um mich herum. Er will seinem Sohn zu Ostern eine Violine schenken und benötigt meinen Expertenrat. Ich will nicht nachtragend sein und halte ihm einen kleinen Vortrag über die Geschichte der Stradivari, erwähne dann eine Geige, die an die siebzehntausend Mark koste, für seinen Sohn wohl zu teuer sei. Geweih, der mich in Gelddingen betrügt, sich knauserig zeigt, hält diese Geige für seinen Sohn durchaus für angemessen und äußert die Absicht, das Modell zu erstehen. Dann säuft er sich zu und klärt mich über die Ostergeschenke für seine Familie auf. Seine Frau wolle er mit einem seidenen Höschen überraschen, das im Schritt offen sei. Als er beginnt, die Vorzüge seiner Frau im

Bett auszubreiten, verabschiede ich mich von ihm. Am nächsten Tag erklärt er sich bereit, eine ausstehende Summe für den bisherigen Schallplattenverkauf an mich zu bezahlen. Eine große Firma hat ihm angeboten, die Neuauflage zu verbreiten. Dazu braucht er mein Einverständnis. Er zahlt mir einen kleinen Vorschuß, ich gebe meine Einwilligung und sehe von dem restlichen Geld nie mehr etwas. Geweih ist nichts als ein kleiner Gauner.«

KLEINES ALPHABET PARADEISER'SCHER BEGRIFFE 3

»Dendriten sind vielfältige und stark verzweigte Fortsätze der Nervenzellen, an die sie Signale übermitteln. Deprivation ist Mangel, Verlust, Entzug, z.B. Liebesentzug, mangelnde Zuwendung der Mutter. Distal, von der Körpermitte weiter entfernt liegend, der Gegensatz ist proximal. DNS, Desoxyribonukleinsäure, materieller Träger des Erbgutes. Dorsal, den Rücken oder die Rückseite eines Körperteils betreffend. Der Gegensatz ist ventral. Dyslateralisiert, Zustand, gekennzeichnet durch eine unentschiedene, unbestimmte Lateralität. Ektoderm, äußere Hautschicht des menschlichen und tierischen Keimes, aus der sich später Oberhaut (Epidermis), Nervensystem, Sinnesorgane sowie Teile des Darms bilden.«

»München, im Mai 1943«, höre ich die Stimme meiner Mutter, die mir einen weiteren Brief meines Vaters vorliest. »Lieber Flann, ich habe heute nacht sehr schlecht geschlafen und sitze in einem winzigen, ungemütlichen Hotelzimmer, um Dir diesen Brief zu schreiben. Ich habe in meinem bisherigen Leben schon auf einiges geblickt: auf das Mittelländische Meer, dort, wo Shelley – oder war es Byron? – ertrunken ist, auf den Badestrand deiner Großmutter, an dem sie ihre Flaschenpost loszuschicken pflegte mit bizarren Briefen an noch bizarrere Adressaten. Ich habe auf die Großartigkeit prachtvoller Bauwerke geblickt, auf die Originalnoten Mozart'scher Werke. Dank Geweih kommt jetzt auch noch ein trister Hinterhof dazu. Vielleicht besteht die Welt weniger aus Prachtbauten, vielleicht weniger aus solch wunderbaren Menschen wie deiner Mutter. Vielleicht mehr aus Kreaturen wie Geweih. Vielleicht ist der eigentliche Sinn meines Engagements, dies endlich zu erkennen. Wie der Zustand der Welt wohl sein mag, wenn du zu einem jungen Mann herangewachsen sein wirst. Viel Leid haben unsere Landsleute in die Welt hinausgetragen, ein Teil davon kommt jetzt zurück. Allerorten gefallene Söhne und ihre trauernden Familien. Allerorten zerstörte Städte. Keine Spur mehr von Kriegsbegeisterung. Wegen meines Alters und meiner kränkelnden Konstitution bin ich davon verschont geblieben, in den Krieg ziehen zu müssen. Dafür bin ich dazu verdammt, diesen dreckigen kleinen Krieg gegen Geweih zu führen, das heißt, er wurde mir von ihm aufgezwungen. Ich bin der Auseinandersetzungen leid, ertappe mich, wie ich schon beinahe so kleinkariert denke wie Geweih, dessen Niveau ich ja eigentlich verabscheue. Die Gewichtungen verschieben sich ins Groteske, meine Biographie macht mich zu einem wehleidigen kleinen Idioten, der die großen Zusammenhänge aus dem Blick verliert. Ich würde lieber heute als morgen mein Engagement beenden, aber mein Verstand rät mir, nicht aufzugeben, weil ich sonst aller Chancen verlustig ginge, das mir zustehende Geld jemals noch zu erhalten. So muß ich Geweih noch weitere Lebenszeit ertragen. Er läßt mich im ungewissen, zu welcher Stunde wir an welchem Ort auftreten, ich habe keinen genauen Tourneeplan, so daß ich stets in Bereitschaft sein muß. Mein Dasein ähnelt dem eines Sklaven. Als wir wieder an dem Ort auftreten, wo wir unsere Tournee gestartet und miserable Kritiken erhalten hatten, gibt Geweih der Presse ein Vorgespräch, in dem er mitteilt, aus den damaligen Kritiken wertvolle Anregungen geschöpft und daraufhin besonders den musikalischen Teil – meinen – erheblich gekürzt und verändert zu haben. Der Veranstalter zeigt mir die Presseartikel, die dieses Gespräch wiedergeben, zum Glück erst nach der Vorstellung. Ich fühle mich überflüssig und gedemütigt. Am gestrigen Abend beschimpft Geweih mich in einer Kneipe, brüllt mich an. Wie immer geht es ums Geld, das er nicht zu zahlen gedenkt. Besucher unserer Vorstellung, die am Nachbartisch sitzen, werden aufmerksam, erleben ihren großen Meister von einer ganz anderen Seite, sind entsetzt über seine kleinkarierte Art und das Auseinanderklaffen von Anspruch und Wirklichkeit. Sie äußern dies ihm gegenüber. Er bedroht sie und ruft den Abziehenden Beschimpfungen hinterher. Er hat inzwischen mit der »Ernte« mehrere hunderttausend Mark umgesetzt, mir die zustehende Bezahlung aber verweigert. Jeden Abend streicht er mir eine weitere Musikpassage. Mein Anwalt fordert ihn auf, den Vertrag einzuhalten. Geweih leugnet, seinen Brief erhalten zu haben. Lieber Flann, so geht es Tag für Tag, ich weiß nicht, ob ich das bis zum Ende durchhalte –« Mama hört auf, vorzulesen. »Komisch«, sagt sie, »nicht unterschrieben, keine Grüße, nichts, der Brief bricht einfach ab.«

KLEINES ALPHABET PARADEISER'SCHER BEGRIFFE 4

»Heterolateral, auf die andere Körperseite bezüglich. Homolateral, die gleiche Körperseite betreffend. Hypotonie, Verminderung des Muskeltonus. Integrator, Schaltstelle im Nervensystem, in der die Impulse verschiedener Subsysteme zusammenlaufen und koordiniert werden. Intrinsisch, von innen her, aus eigenem Antrieb erfolgend. Kortikal, die Großhirnrinde betreffend. Labyrinth, Innenohr. Das häutige L. bestehend aus Vestibulapparat und Cochlea, wird vom knöchernen Labyrinth umschlossen. Lagena, Teil des Ohrlabyrinths der Vögel, ist an der Regulierung der Grundspannung der Muskulatur beteiligt und wirkt bei der Gleichgewichtssteuerung mit.«

»Hamburg, Ende Mai 1943«, höre ich die Stimme meiner Mutter, also doch ein neuer Brief. »Lieber Flann, eine einstweilige Verfügung, die mein Anwalt gegen Geweih erlassen wollte, wurde vom Gericht abgewiesen. Ein schlecht informierter, wenig interessierter Richter, der partout zum Mittagessen gehen wollte, zog die mündliche Verhandlung in derartiger Geschwindigkeit durch, daß mir die Spucke wegblieb. Ich bin hochverschuldet, völlig fertig und werde mich jetzt erst einmal für einige Zeit zurückziehen, um wieder zu mir zu finden. Sei nicht böse, Flann, aber ich wäre nicht der richtige Vater für dich, ich bin viel zu sehr in meine eigenen Probleme verstrickt, als daß ich Dir ein Vorbild, ein Halt sein oder Dir ein Gefühl der Geborgenheit bieten könnte. Vielleicht ist es besser, Du lernst mich nie kennen –« Mama bricht ab. »Dreckskerl«, höre ich sie flüstern, »er macht sich still und heimlich aus dem Staub.«

KLEINES ALPHABET PARADEISER'SCHER BEGRIFFE 5
»Mesencephalon, Mittelhirn. Metamere (Segmente), systematisch aufeinanderfolgende Körperabschnitte. Metamerische Reflexbögen, Nervenbahnen, die die Metameren miteinander verbinden. Myelinisation, Bildung der Markscheide der peripheren Nerven, Voraussetzung für die Fortleitung von Nervenimpulsen. Nervus vagus, Lungen-Magen-Nerv, Hauptnerv des Parasympathikus. Der sensible und motorische Fasern führende Hirnnerv erstreckt sich vom Hals bis zum Magen-Darm-Trakt. Er innerviert zahlreiche Muskeln (des Kehlkopfes, der Atemwege, des Darms u. a.), Drüsen und den Gehörgang.«

»Ohne Ort und Datum«, höre ich die Stimme meiner Mutter, »lieber Flann, alles bricht zusammen. Man hat Geweih ermordet in der Garderobe gefunden, die Kehle durch- und die Zunge abgeschnitten. Ich bin sofort geflohen. Jeder weiß vom gespannten

Verhältnis zwischen Geweih und mir. Ich bin der erste, auf den der Verdacht fällt. Ich bin an einem Ort gelandet, wo man sich selbstlos um mich kümmert. Ich werde, falls es mir nicht gelingt, Dich zu vergessen, Dir regelmäßig zu schreiben versuchen. Eine Nacht ist vergangen und eine völlig neue Entwicklung ist eingetreten. Schon kurz nach der Tat hat sich Geweihs völlig verwirrte Frau der Polizei gestellt und gestanden, ihren Mann umgebracht und ihm die Zunge abgeschnitten zu haben, weil er durch sein ständiges Rezitieren fremder Poeten die kleine Poesie ihres gemeinsamen Lebens zerstört habe.«
»Man kann seinem Bauch nicht alles zumuten«, sagt Mama, zerknüllt den Brief und wirft ihn auf den Boden. »Glaubt er denn, daß uns diese blutige Geschichte guttut?« frage ich sie. »Ich schlage dir jetzt vor, daß wir mit dem Kleinen Alphabet der Begriffe fortfahren«, höre ich Paradeiser, doch meine Gedanken waren längst woanders, und Paradeiser baute schweigend seine Apparaturen ab und verschwand.

Sieben

So wuchs ich bei meiner Großmutter heran, erfreute mich mäßig an ihren Eskapaden, staunte über ihr Temperament. Mit fünfzig Jahren hatte sie für sich die Oper entdeckt, nahm Gesangsunterricht und kannte bald alle Opernhäuser dieser Welt. Sie brachte es durch großherzige Spenden fertig, dem Städtischen Theater eine Oper anzugliedern. Erst jetzt erfuhr ich, daß ihr mehrere Firmen gehörten. Obwohl sie sich große Mühe mit mir gab, ließ mich der Gedanke an meinen Vater nie los. Umso mehr, als ich ihn oft zu hören glaubte. Ich gab mir alle Mühe, ihn zu vergessen. Und es gelang mir auch manchmal für kurze Zeit. Indem ich zum Beispiel eine Biographie imaginierte, wie sie viele Gleichaltrige vorzuweisen haben.

Meine würde ungefähr so aussehen wie die der anderen und zugleich bizarre Schlenker aufweisen. Ich würde wie ein normaler Bürger am 24. August 1943, einem Dienstag, abends um 19 Uhr 30 in einer Städtischen Frauenklinik zur Welt kommen, wöge 3640 Gramm und wäre zweiundfünfzig Zentimeter groß. Weder ein Onkel Georg, noch eine Tante Claudine, weder ein Jean Paul, noch ein Laurence Sterne, weder Großmama noch Zoltan wären mir ein Begriff. Folglich wären sie auch nicht im Kreißsaal der Klinik bei meiner Geburt dabei. Braunhaarig würde ich sein, mein Gesicht etwas zerdrückt und nicht gerade hübsch. Meine Hebamme hieße nicht Waldgassinger, sondern Schwester Emilie. Die Stationsschwester hieße Hella. Sie würde anläßlich meiner Geburt philosophische Betrachtungen über den Spätsommer anstellen. Ein blauer Himmel spannte sich über die Stadt und ein typischer Altweibersommertag ginge zu Ende. Der Oberarzt würde Föschler heißen und ein gewisser Professor Pfleiderer würde ab und zu einen kurzen Blick auf mich werfen. Mein Vater würde dies nicht tun können, da er sich, wie die meisten Väter, dank Adolf Hitler in Rußland befände. In den ersten Jahren meines Lebens würde ich hauptsächlich von Frauen oder von sehr alten Männern umgeben sein. Vielleicht würde daher meine lebenslange Abneigung gegen jegliche Art von Männerbündelei herrühren. Zeitlebens würde mich bei einer bestimmten Art von männlichen Stammtischgesprächen das große Gähnen überkommen. Die Gesellschaft von Frauen würde mich dagegen mehr interessieren, weil sie von sich selbst erzählten, wohingegen Männer nur über die Probleme der Welt und das Motorrad zu dozieren wußten. Die Frauen meiner ersten Lebensjahre würden meine Mutter, meine Großmutter, und, sagen wir einmal, Tante Frederike und Tante Eva sein. Zwischen ihnen würde mein Großvater einen überaus mächtigen Körper an zwei Stöcken durch Haus und Garten schleppen, später würde er jahrelang im

Bett liegen, weil ein Hüftleiden ihm das Aufstehen nicht mehr erlaubte. Der Konjunktiv würde sich jetzt verabschieden, weil ich vergäße, daß ich wirklich der wirkliche Flann war.
In unserem Haus in der Besangstraße sitzen Onkel Heinrich und Großpapa am Tisch neben dem Kachelofen und spielen Karten. Oder Onkel Heinrich sitzt am Klavier und spielt uns aus seinem umfangreichen Repertoire etwas vor. An Weihnachten komponiert er kleine Lieder für uns, die er geduldig mit uns einübt. An Heiligabend geben wir diese Werke unter dem Christbaum zum besten. Wer immer *Das Kleine Buch Flann,* die Geschichte meines Lebens, geschrieben haben mag, muß selbst in einer Großfamilie aufgewachsen sein, weshalb er mich, Flann, wieder in einer solchen ansiedelt und meine Phantasien von einer normalen Familie hinwiederum, von Tanten, Onkels und Großeltern bevölkert sind. Doch zurück zu der normalen Geburt meiner Phantasie. Keine Rede von Redenkönnen. Am fünften Tag erst drehe ich zum ersten Mal den Kopf zur Seite und hebe ihn erst am achten Tag aus der Bauchlage. Keinerlei Herumgeturne innerhalb und außerhalb der Vagina meiner Mutter. Am zehnten Tag werde ich von ihr, die nicht bei meiner Geburt gestorben ist, zum ersten Mal mit dem Stubenkorb in den Garten gestellt. Das ist zu jener Zeit, als ich durchschnittlich sechshundert Gramm Muttermilch am Tag trinke und mit wachen Augen umherschaue. Mein Gesicht formt sich immer mehr. Mein Nabel ist noch nicht ganz in Ordnung. Ich beschreibe meine Normalitätsphantasien so ausführlich, weil ich die Normalität ihres Inhalts so exotisch finde, weil Worte wie »Muttermilch« und »Stubenkorb« einen geradezu magischen Klang auf mich ausüben, Worte, die ich in meiner wirklichen Existenz nie zu hören bekam. Großmama und Zoltan waren einfach zu bizarr, als daß ich mit ihnen eine normale Kindheit hätte erleben können. Aber warum tauchen in den Phantasien einer normalen Kindheit plötzlich genauso bizarre Geschichten auf

wie in meiner wirklichen? Die Nacht vom siebten auf den achten November zum Beispiel. In ihr entdeckt meine Mutter an meinem Bauch eine Art Hauttasche, vergleichbar mit der eines Känguruhs. Australien ist weit und Mutter eine unerschrockene Frau. Als sie meine Hauttasche öffnet, überkommt sie doch ein Anflug von Schwindel. Sie findet in ihr einen Scheck über 350 000 Mark, Verwendungszweck »Ausbildung Flann bis zum einundzwanzigsten Lebensjahr und Beitrag zur Haushaltskasse«. Auch wenn am nächsten Tag nichts mehr von einer Hauttasche zu sehen und dieser ominöse Scheck sich in Luft aufgelöst hat, vergißt Mama mir diese großartige Geste nie. Seit mir Mama eine weitere merkwürdige Begebenheit meiner Säuglingszeit erzählt haben wird, verwirren sich meine Phantasien vollends. Eines Tages, als ich unterm Pflaumenbaum im Kinderwagen liege, fällt ein Blatt von einem Ast in meine Wiege. Da ich auf dem Bauch liege, fällt es mir auf den Rücken. Onkel Heinrich – nicht Georg wie in meinem wirklichen Leben –, der sich über den Wagen beugt, entdeckt es und ruft: »Beinahe ein Lindenblatt! Wenn ich Hagen hieße und du Siegfried, hätte ich jetzt leichtes Spiel!« Er lacht, bewahrt das Blatt auf und überreicht es mir, als ich vier Jahre alt werde. Dazu schenkt er mir das *Lied der Nibelungen.* Ich klebe das Pflaumenblatt auf die Innenseite des Buchdeckels, später merke ich: Wenn mich jemand an einer wunden Stelle trifft, bin ich sehr empfindlich. Wenn mich jemand nicht mag, dem ich nichts getan habe, trifft er auf mein Pflaumenblatt. Wenn die Ereignisse immer bedrohlicher werden, bin ich verwundet. Wenn mich jemand anschreit, den ich liebe, steckt Hagens Schwert in meinem Rücken. Je länger ich darüber nachdenke, desto weniger weiß ich, ob dies eine Geschichte aus meinem wirklichen oder meinem imaginierten Leben war.

Beginnend mit dem Disput zwischen den Beinen meiner Mutter bis zum Tag, an dem es Professor Paradeiser mit Hilfe seiner Apparaturen gelungen war, mich endgültig von meiner Schweigsamkeit zu heilen, hatte ich immer geglaubt, stets Herr meiner Sinne, Gedanken und Erinnerungen zu sein. Aber ich beobachte an mir, daß ich, seit ich neuerdings wie ein Kind spiele, auch Dinge vergesse, selbst Großmama ab und zu bei ihrer ungeliebten Hausarbeit helfe. Seit ich mehr über Vater wußte, konnte ich das Leben viel besser ertagen. Ich begleite Großmama bei ihren Einkäufen, erinnere mich an heiße Sommertage, an denen sie mir in der Molkerei ein Glas Buttermilch spendiert. Fand jetzt endlich normale Kindheit für mich statt, zwar ohne Eltern, aber mit allem, was in Großmamas Augen dazu gehörte? Manchmal arrangierte sie kleine Familienfeste, bei denen sie Onkels und Tanten aus dem Hut zauberte, von denen ich noch nie etwas gehört hatte. Die wunderbare Tante Claudine bekam ich nicht mehr zu Gesicht, da sie sich schon vor langer Zeit von Onkel Georg getrennt hatte. Morgens vor dem Spiegel streckte ich mir manchmal die Zunge heraus, um mich zu vergewissern, daß sie niemand abgeschnitten hatte. Dann kam mein sechster Geburtstag. An dem ich nicht allerbester Laune war, da ich bald zur Schule gehen und meine Kindheit dann endgültig perdu sein würde. Gerade als ich die sechs Kerzen auf meiner Torte ausgeblasen hatte und noch etwas außer Puste war, hörte ich Papa. »Ich gratuliere, Flann«, sagte er. »Du erschreckst mich«, flüsterte ich und bat Großmama und Zoltan, mich für eine Weile allein zu lassen. Als sie den Raum verlassen hatten, blickte ich wild im Zimmer umher, öffnete Schrank und Standuhrtüren, konnte aber weder das siebente Geißlein noch meinen Vater entdecken. Nur daß ich ihn meckernd lachen hörte. »Wo hast du dich versteckt?« fragte ich in den leeren Raum hinein. »Cochlea«, lachte er. »In meinem Gehörgang? Warum läßt du mich nach so vielen Jahren nicht in Ruhe?« – »Du und dieser Paradeiser wart es doch, die mich nicht in Ruhe ließen. Dieser Klugscheißer mit dem pränatalen Quatsch!« – »Das war Sternes

Idee, nicht seine«, verteidigte ich Paradeiser. »Wessen Idee auch immer, auf jeden Fall bin ich seitdem für dich existent«, sagte Papa. »Kann ich mich überhaupt darauf verlassen, daß du noch am Leben bist, Papa?« fragte ich ängstlich. »Du solltest es auf jeden Fall herauszubekommen versuchen, erst dann wirst du endgültig Ruhe haben!« – »Ich bin kein Familienforscher. Und wo überhaupt sollte ich beginnen?« Papa lachte wieder meckernd. »Die Standuhr hast du ja schon untersucht. Aber wie du siehst, war das ein Irrweg. Suche typische Zufluchtsorte auf!« – »Wie mir Großmama und Paradeiser sagten, scheidet Gefängnis aus. Wohnst du vielleicht in einer Höhle?« Papa lachte. »Zum Eremiten war ich nie geeignet!« – »Oder in einer Baumhütte?« – »Dazu fehlen mir die Muskeln und die dazugehörige Jane! Denk an den klassischen Ort des Rückzugs!« – »Bist du wieder im Bauch deiner Mutter?« fragte ich Papa nach langem Nachdenken. »Sie war froh, daß sie mich los hatte!« – »Sag schon, wo hältst du dich auf! Ich errate es nie!« Papa kicherte auf eine sehr kindliche, beinahe jungfräuliche Weise. »In deinem Ohr!« – »Ich hätte gerne einen Vater, mit dem man vernünftig sprechen kann!« – »Und ich einen Sohn, mit dem man scherzen kann«, gab er mir postwendend zurück. Was wollte dieser Mann eigentlich von mir? Ich war bereit gewesen, mit meinen Eltern alles zu machen. Auch Blödsinn. Aber er hatte nichts Besseres zu tun gehabt als vor meiner Geburt abzuhauen. Und Mama hatte es für eine Lösung gehalten, bei meiner Geburt abzuleben. Als hätte er meine Gedanken lesen können, entschuldigte Papa sich bei mir und gab mir dann den weisen Ratschlag, mich endlich auf den Weg zu machen und nach ihm zu suchen. »Manchmal bist du einfach eine andere Generation«, sagte ich erbost zu ihm. Papa seufzte. »Gehen wir es anders an«, schlug er vor, »du kannst dich doch bestimmt noch an Tante Claudine erinnern.« – »Erinnern? Ich träume Tag und Nacht von ihr!« – »Warum nimmst du dann nicht Kontakt mit ihr auf?« – »Sie wohnt schon lange nicht mehr bei uns«, sagte ich. »Dann hat sie sich von diesem schrecklichen Menschen getrennt? Deine Kindheit ist bald vorüber, Flann. Du hast also nicht mehr lange Zeit, dich auf völlig natürliche Art deiner Tante nähern zu können.« Er hatte nur allzu Recht. Doch als ich ihn fragte, wo sie zu finden sei, gab er mir keine Antwort und war aus meinem Ohr verschwunden. Ich ging daran, derart beharrlich Zoltans Staffelei zu umrunden und ihn in quengelndem Ton zu bitten, Tante Claudines Adresse herauszufinden, daß er schließlich seinen Pinsel in die Ecke feuerte und seine Kreativität dieser Aufgabe widmete. Nach zehn Telefonanrufen und etlichen Wutausbrüchen kredenzte er mir auf dem Tablett seiner schroffen Zuneigung Straße, Hausnummer und Wohnort Tante Claudines.

Als diese mich – herangereift zu einem stattlichen Sechsjährigen – nach so langer Zeit vor ihrer Wohnungstür stehen sah, lag aufrichtige Freude in ihrem Blick. Sie bat mich, hereinzukommen und ich unterbreitete ihr – geblendet von ihrer Schönheit – sogleich stotternd mein Anliegen. »Du willst ausgerechnet mit mir deinen Vater suchen?« lachte sie. »Warum eigentlich nicht? Aber dann muß ich dir die Augen verbinden!« Ehe ich noch begriff, was sie damit meinte, riß sie auch schon die Schublade einer alten Biedermeierkommode auf und wühlte in ihr herum. Dann hielt sie einen dunkelroten Seidenschal in Händen, mit dem sie mir die Augen verband. »Ich sehe überhaupt nichts mehr, Tante Claudine«, protestierte ich. »Papperlapapp«, antwortete sie mir, »der Maulwurf hat auch verkümmerte Augen und kommt dennoch ans Ziel!« – »Ich bin kein Maulwurf, Tante Claudine!« – »Leider«, seufzte sie, »aber bei einem Vater, den du nie gesehen hast, werden dir deine Augen nichts nützen. Es sind allein deine Ohren, die in der Lage sind, ihn wiederzuerkennen.« Ich schickte mich in Tante Claudines verstiegene Argumentationsweise, bedauerte aber, daß meine Augen nicht mehr auf der Weide ihrer fast unwirklichen Schönheit grasen konnten. Ein wenig tröstete mich, daß ihre Stimme, was Schönheit betraf, mit ihrem Körper mithalten konnte. »Gibt es irgendwelche Lebenszeichen von deinem Vater? Wurde seine Geige gefunden oder wenigstens irgendein Knochen von ihm?« Ich war von ihrer samtweichen Stimme so berauscht, daß ich den Inhalt ihrer Worte gar nicht wahrnahm. »Vergiß meine Frage, Flann«, sagte Tante Claudine, »ich bin keine Detektivin, machen wir uns einfach auf die Socken, umso mehr als ich nur noch über meinen Maulwurfsangelegenheiten sitze und dabei in meiner Garage mein kleiner Flitzer verrostet, der dringend ausgefahren werden will! Überdies ist es Zeit, daß ich wieder einmal mit einem Mann verreise. Wir werden deinen Vater schon auftreiben. Ob tot oder lebendig«, fügte sie mit einem verlegenen Lachen hinzu. »Du bist wunderbar, Tante Claudine«, rief ich, und während ich es rief, glaubte ich für den Bruchteil einer Sekunde Großmama zu hören, wie sie auf ihrem Steinwayflügel ihren geliebten Chopin spielte.

Acht

Hatten soeben noch die sanften Klänge Chopins meine Ohren umschmeichelt, malträtierte sie jetzt der kleine, kräftige Boxermotor des offenen Sportwagens, mit dem wir über Land kutschierten. Mit Hilfe alter Landkarten, die nur wenige Fahrstraßen verzeichneten, mit Hilfe meines angefeuchteten Zeigefingers, den ich in den Wind hielt, mit Hilfe von Tante Claudines Intuition und meinen verbundenen Augen landeten wir in mancher Sackgasse. Was Tante Claudine keinerlei Anlaß zum Verzweifeln war, sie im Gegenteil in ekstatisches Gelächter ausbrechen ließ. »Was Georg am meisten an mir haßte, waren die Umwege, die ich machte!« sagte sie und schüttelte sich dabei vor Lachen. »Für ihn gab es in allen Lebenslagen nur die breite Autobahn von A nach B, die er möglichst direkt und möglichst schnell benutzte. Was war er für ein Idiot! Und was war ich bescheuert, mit ihm zusammenzuleben!« Wieder lachte sie. »Dabei ist es herrlich, nicht da zu sein, wo man eigentlich hinwollte. Es ist herrlich, in einer Sackgasse zu stehen und gezwungen zu sein, den Rückwärtsgang einzulegen. Halt dich fest!« rief sie und schoß rückwärts aus der Sackgasse heraus. »Da sein können wir noch lange genug«, schrie sie so laut, daß sie den Motorenlärm übertönte. »Unterwegs sein ist die schönste Form des Daseins«, gab ich meinen Senf dazu. »In dir steckt ein kleiner Philosoph, Flann!« kicherte Tante Claudine. Wir fuhren einige Minuten schweigend dahin, ehe sie ihren Wagen mit einer scharfen Bremsung zum Stehen brachte und dabei den Motor abwürgte. »Ich werde dich kurz von deiner Augenbinde befreien«, sagte sie, da ich dir diesen Blick einfach nicht vorenthalten kann.« Als sich meine Augen wieder an das helle Licht gewöhnt hatten, sah ich, daß wir uns oberhalb Bischofsrieds befanden, von wo sich ein berauschender Blick auf den Ammersee bot. »Dann sind wir die ganze Zeit im Kreis herumgefahren«, fragte ich überrascht. »Das ist doch jetzt nicht wichtig, Flann. Schau dir doch diese Landschaft an!« Kleine, linsenförmige Föhnwolken standen am Himmel. Die Bergkette der Alpen schien zum Greifen nahe zu sein. Das in vielen Grüntönen gehaltene, hügelige Land davor war plastisch und wirkte wie frisch gewaschen. Der See drunten hatte eine beinahe unnatürliche Farbe. Kloster Andechs jenseits des Sees lag in einem Caspar David Friedrich'schen Licht. Tante Claudine gab mir nicht die Gelegenheit, mich daran sattzusehen. Schon nach ein paar Sekunden verband sie mir wieder die Augen und wir setzten unsere Fahrt fort. Papa ließ sich vernehmen. »Das kann ich nicht mehr mit ansehen«, hörte ich ihn, »wo fahrt ihr eigentlich hin?« – »Wir fahren so lange durch die Gegend, bis wir auf dich stoßen!« – »Ich glaube, ich muß das in die Hand nehmen«, seufzte Papa. »Kalt, ganz kalt«, rief er nach einer Weile, »ihr müßt euch links halten!« – »Ich glaube, wir müssen links abbiegen«, gab ich an Tante Claudine weiter!« – »Wärmer«, hörte ich Papa nach ein paar Minuten sagen. »Jetzt sind wir auf dem richtigen Weg, Tante Claudine!« – »Noch lange nicht«, brummte Papa, »völlig kalt – jetzt wieder wärmer!« Tante Claudine hatte den ersten Fahrrausch hinter sich. Und so tuckelten wir inzwischen mit gedrosselter Geschwindigkeit in ihrem offenen Cabriolet durch Alleen – es traf sich gut, daß Sommer war –, badeten immer wieder in Weihern, Flüssen und Seen, was Papa »eine seltsame Art, mich zu suchen« nannte. Wir verweilten längere Zeit in schattigen Biergärten, doch immer wieder fanden wir auf die Straße zurück. »Nicht Schneedorf, Schlehdorf!« hörte ich Papa ungeduldig rufen, »und wenn ihr dort angekommen seid, bei der Kirche scharf rechts. Zehn Kilometer immer geradeaus, bis ein einsamer Kugelbaum zu sehen ist. Dort halblinks in einen Feldweg! Eine Abkürzung! Ihr landet dann auf einer Anhöhe. Unten liegt ein See. Am anderen Ufer seht ihr das dort seit Jahrhunderten befindliche Augustinerchorherrenstift!« Papa kicherte. »Dort könntet ihr mich vielleicht finden!« Ich dirigierte Tante Claudine, blind wie ich war, mit Papas Hilfe sicher bis zum Kloster. Ich stieg aus. Eine Autotür schlug hinter mir zu und schon fuhr sie mit ihrem Wagen davon. Was dachte sie sich eigentlich dabei? Hilflos stand ich da und meine Ohren erkannten nichts. »Setze einen Fuß vor den anderen«, hörte ich da Papa sagen. Ich tat es und erreichte auf diese Weise die Klosterpforte. Nach längerem Herumtasten bekam ich einen großen Metallklöppel zu fassen, an dem ich mehrmals ruckartig zog. Ein Glöckchen kündigte mich an. Doch es verging einige Zeit, bis mir ein Augustiner öffnete, keinerlei Fragen an mich stellte, sich schweigsam wie ein Trappistenmönch gebärdete und mich in einen Raum führte, in dem eine voluminöse Stimme saß, die mit etwas Diffizilem beschäftigt sein mußte. »Kreuzkruzifix«, sprach sie, »geh schon her!« Ich trat einen Schritt vor, ehe ich bemerkte, daß die Stimme nicht mich gemeint hatte. »Er kämpft mit seiner Rechenmaschine«, hörte ich Papa sagen. »Kreuzparasol«, rief die Stimme in verhaltener Wut, »willst jetzt endlich hergehn?« – »Du sitzt dem Cellerar des Klosters gegenüber«, erläuterte mir Papa. »Endlich«, rief dieser jetzt, um dann mit monotoner Stimme eine Art Bestandsaufnahme von sich zu geben. »An allen Roß, Kühviech und Rindern summa summarum 319 Stück! Zugang gegenüber dem Vorjahr 75 Stück! Schweine sind vorhanden gewesen 77 Stück!« Er verstummte und es wurde sehr still im Raum. Als ich schon glaubte, er habe mich gar nicht wahrgenommen, sprach er mich unvermittelt an. »Du glaubst also, deinen Vater zu suchen?« – »Das glaube ich«, sagte ich fest. »Dann glaubst du immerhin an etwas! In Wahrheit bist du wie jeder auf der Suche nach dem Sinn des Lebens«, belehrte er mich. »Ein Siebengescheiter«, hörte ich Papa aufstöhnen. »Ich hoffe, meinen Vater hier zu finden.« – »Mit verbundenen Augen«, seufzte der Cellerar, »ja, ja! Wir hoffen alle, hier den Vater zu finden – den himmlischen!« – »Mein Vater soll sich hier in Ihre Obhut begeben haben.« – »Was wir fanden auf unserer Suche war der tägliche Neuanfang, war meine altmodische Buchführung, war die Viehwirtschaft, war der behutsame Ackerbau, war die Ernte, war der Zukauf von Grund, war der Weinkeller, war der Sonnenaufgang und war nicht zuletzt das Vogelgezwitscher, wenn ich um fünf Uhr früh mich betend im Kreuzgang ergehe.« – »Das sind doch nur die Details«, widersprach ich ihm heftig. »Nur die Details?« lachte er grimmig, »die Details sind doch der eigentliche Sinn!« – »Und warum betet ihr hier stundenlang?« Wieder lachte der Cellerar. »Das ist unser lächerlicher, rührend naiver Versuch, Gott täglich für uns neu zu erschaffen.« – »Betet mein Vater mit?« fragte ich. »Er spielt den ganzen Tag Geige.« – »Reingelegt«, rief ich triumphierend, »damit geben Sie zu, daß er hier ist!« – »Selber reingelegt«, antwortete der Cellerar müde, »er ist längst weitergezogen!« – »Wohin?« Der

Cellerar sagte lange kein Wort, beschäftigte sich aber auch nicht mit seiner Buchführung. Dann sagte er in beleidigtem Ton: »Wir Augustiner waren ihm zu grob! Ihn zog es zu den Benediktinern!« Der schweigsame Mönch betrat das Zimmer und führte mich zurück zur Pforte. Auf dem Vorplatz erwartete mich Tante Claudine schon mit laufendem Motor. »Kränk dich nicht, Flann«, sagte sie wenig später zu mir, als ich ihr alles erzählt hatte, »immerhin hast du eine erste Spur. Und während du im Kloster warst, habe ich ein erstklassiges Hotel ausfindig gemacht! Noch dazu direkt am See gelegen und von altmodischer, grandioser Eleganz. Vier Sterne! Und last but not least, eine exzellente Küche!« Sie schnalzte in genießerischer Vorfreude mit der Zunge. »Ich bringe keinen Bissen herunter, solange ich Papa nicht gefunden habe.« – »Du hast eine völlig falsche Einstellung. Schließlich mußt du bei Kräften sein, wenn du ihm gegenübertrittst!« Ihr Argument überzeugte mich. Und so nahmen wir im »Hotel am See« ein siebengängiges Menü zu uns. Orangenscheibchen mit Kressespuren, blanchiert. Eine Shrimpsgabe im Zucchini-Sellerie-Sud. Dezent parfümierte Entenbrust, frischen, gegrillten Lachs, Kaviarklößchen frisiert à la Marilyn Monroe. Eine Gabel Schweinsbraten. Und schließlich und endlich Vanillesoße mit kunstvoll arrangierten Marmeladespuren. Nach diesem opulenten Mahl ruderte ich Tante Claudine auf den mondbeschienenen See hinaus. »Mein Gott, bin ich satt«, rief sie das eine um das andere Mal und wirkte dabei zufrieden wie eine schnurrende Katze auf der Ofenbank. Aus dem Tanzsaal des »Hotel am See« drang leise Musik bis zu uns heraus. In das zarte Quaken von Fröschen hinein hörte ich Tante Claudine, die »mein Gott, wie bin ich glücklich« herausstieß. Obwohl ich mich freute, daß sie nicht nur satt, sondern auch glücklich war, verlor ich unser Ziel nicht aus den Augen. »Wir müssen das Benediktinerkloster finden, Tante Claudine«, erinnerte ich sie. »Bestimmt nicht jetzt«, lachte sie. »Aber

Papa wartet auf mich!« – »Laß jetzt lieber mich nicht länger warten, Flann! Küß mich!« Da ich verbundene Augen hatte, sah ich nicht, wie sie mich dabei ansah, aber nach der Art, wie sie ihre Worte setzte, konnte ich es mir genau vorstellen. »Hehe!« hörte ich Papas vorwurfsvolle Stimme. »Was hast du?« fragte ich ihn. »Nicht sie sollst du ins Leben zurückführen, mich!« Da ich keinerlei Anstalten machte, Tante Claudine zu küssen, ergriff sie die Initiative, so daß ich Papa nur sehr undeutlich die Frage stellen konnte, ob er tot sei. Er vermied es, mir darauf eine klare Antwort zu geben und flüchtete sich statt dessen in völlig lächerliche, reichlich verspätete Erziehungsversuche. »Beim Küssen redet man nicht«, tadelte er mich, »was um Himmelswillen hat dir deine Großmutter beigebracht?« – »Breiten wir meinen Mantel aus«, flüsterte mir Tante Claudine ins Ohr, »dann haben wir ein weiches Lager. Dabei können wir die Sterne sehen und uns einfach treiben lassen!« – »Um Gotteswillen«, schrie Papa, »leg dich doch nicht mit ihr auf einen Mantel!« – »Warum denn nicht?« – »Kennst du nicht den roten Mantel deiner Mutter?« – »Natürlich kenne ich den!« – »Du wurdest auf ihm gezeugt!« – »Auf dem Wasser?« – »In einer Scheune im kalten Monat Dezember. Draußen schneite es und die Hirten hüteten in der Nähe ihre Schafe.« Während ich noch rätselte, was Papa wohl mit Schafen und Hirten meinte, schmiegte Tante Claudine sich an mich. »Hast du schon einmal ein Maulwurffellchen gestreichelt, Flann?« – »Nie, Tante Claudine!« – »Dann wird es Zeit«, hauchte sie mir ins Ohr. »Hast du denn eines dabei?« fragte ich sie. Tante Claudine lachte. »Ich trage es immer mit mir herum!« – »Darf ich es sehen?« – »Du hast verbundene Augen, Flann!« – »Jeder weiß, wie es aussieht«, gab ich mich sachverständig. »Weißt du es wirklich?« fragte sie, »schwarz und dreieckig. Und manchmal scheint ein rosa Schimmer durch!« »Um Himmelswillen, ihr treibt ab!« schrie Papa aus vollem Hals. »Willst du es nicht fühlen?« fragte mich Tante Claudine. »Gerne,

Tante Claudine«, sagte ich wohlerzogen. Während ich mit verbundenen Augen in die Sterne blickte, fühlte ich, wie Tante Claudine meine rechte Hand über eine sommerliche Wiese führte, bis diese einen frisch aufgeworfenen, wunderschönen Maulwurfshügel spürte. Papa war manchmal wirklich hartnäckig. Sah er denn nicht, daß wir miteinander beschäftigt waren? »Seid ihr lebensmüde?« schrie er, »ihr treibt in den Fluß!« Irgendwo nördlich ihrer Knie und südlich ihres Bauchnabels spürte ich etwas Weiches. »Ist es das?« fragte ich sie. »Streichle es einfach«, sagte sie mit plötzlich sehr tiefer und verzerrter Stimme. Das Wasser des Sees fing jetzt an zu rauschen, als ob irgendjemand einen riesigen Tauchsieder hineingehalten hätte. »So gebt doch acht, der Wasserfall!« schrie Papa von sehr weit her. Ich maß seinen Schreien keinerlei Bedeutung bei, da ich gerade dabei war, das Gefühl der Leidenschaft zu entdecken. Während mich der Strudel dieses für mich so neuen Gefühls erfaßte, wurde unser Boot vom Sog des reißenden Flusses erfaßt, in den sich der See verwandelt hatte. Meine und Claudines Angstschreie mischten sich mit dem Geräusch splitternden Holzes und dem Tosen des Wassers. Dann begrub mich nasse Schwärze.

Ein gewisser Prior Laurens war es, der uns rettete. Er, der die Angewohnheit hatte, im Mondschein zu angeln – um dabei ungestört seinen privaten Gedanken nachgehen zu können, zog uns bei der Bootslände des von uns gesuchten Klosters aus dem Wasser. Als ich wieder zu mir kam, lag ich in einem großen, weichen Bett. Ohne Augenbinde. Prior Laurens saß am Fußende des Betts. »Der mit der Geige hat dich haargenau beschrieben«, sagte er statt eines Willkommensgrußes oder irgendeiner Erklärung meiner momentanen Lage. »Mein Vater?« fragte ich, sofort hellwach. »Er hat dich Jahr für Jahr angekündigt. Da du nie gekommen bist, haben wir ihm am Ende gar nicht geglaubt, daß er einen Sohn hat.« – »Wo ist Tante Claudine?« rief ich in plötzlichem Erinnern an unsere mißglückte Bootsfahrt. »Vergiß nicht, du bist in einem Männerkloster«, sagte Prior Laurens streng. »Dann habt ihr sie ertrinken lassen?« – »Sie wird in einem Zelt außerhalb der Klostermauern versorgt«, beruhigte mich Prior Laurens. »Und warum ist Papa nicht bei mir?« Prior Laurens schwieg lange, legte dann eine Hand auf meinen Unterarm. »Wenn du dich wieder stark genug fühlst, führe ich dich zu ihm hin!« – »Doch etwa nicht, ohne dich vorzubereiten«, stöhnte Papas besorgte Stimme. »Ich will dich endlich sehen, meine Ohren sind verdammt gespannt auf dich«, flüsterte ich. »Vielleicht sollte Prior Laurens dir vorher noch eine wesentliche Information geben!« Was meinte Papa damit? Wie dem auch immer war, Prior Laurens führte mich schon am nächsten Tag durch endlose Gänge, Treppen hinauf, Treppen hinunter, durch einen Kreuzgang. Seine Schritte wurden immer kürzer, je länger wir gingen. Irgendetwas lastete schwer auf seinen Schultern und drückte ihn schier in den Boden hinein. Ruckartig blieb er stehen. Wir befanden uns auf einem winzigen Friedhof, der durch eine Hausmauer, zwei niedrige, verwitterte Steinmauern und eine Buchsbaumhecke begrenzt wurde. Merkwürdigerweise war es nicht Prior Laurens, der das Wort ergriff. Sondern der Mann, der mein Vater sein sollte. »Geh zwei Schritte vorwärts!« Ich tat es. »Jetzt rechts! Wärmer! Noch wärmer! Heiß! Jetzt hast du mich!« Ich stand vor einem Grabstein und schaute ihn ohne Begreifen an. »Dein Vater verstarb letztes Jahr«, sagte Prior Laurens. Sein rechter Arm beschrieb dabei in der Luft eine hilflose Figur. Ich blickte auf Papas Grabstein und ein Gefühl der Freude strömte durch meinen Körper. »Er starb?« jauchzte ich. »Ja ja«, sagte Prior Laurens irritiert. »Dann hat er gelebt! Er hat wirklich gelebt!« Er war also nicht nur eine Erfindung von Sterne oder Paradeiser. Ich tanzte wild vor Freude auf dem kleinen Friedhof des Klosters herum. Prior Laurens lächelte milde, schrieb mein Verhalten einer gewissen biographischen Überspanntheit zu.

»Begreifen Sie nicht«, erklärte ich ihm, »es hat Papa wirklich gegeben! Und Mama! Das heißt, es gibt auch mich! Ich existiere!« Ich lachte und lachte und schließlich stimmte Prior Laurens in mein Lachen mit ein. Da ich meine eigene Existenz entdeckt hatte, verlor ich schlagartig jedes Interesse an meinem Vater. Da fügte es sich gut, daß er schon tot war.

Neun

Nachdem ich nun glaubte, ein neuer Mensch zu sein, verhielt ich mich wie ein solcher. Da kam der Vorschlag Tante Claudines, für die nächsten Wochen ins Grüne zu übersiedeln, gerade recht. Dorthin, wo ihre geliebte Spezies zu Hause war, auf einer Wiese am Waldrand, die übersät war von Maulwurfshügeln. Manche waren noch so frisch wie ofenwarme Semmeln. Alles war vorhanden. Ein still dahinplätschernder Bach, ein halb in den Ästen einer Föhre verborgener Hochstand, auf dem Tante Claudine und ich die letzten Sonnenstrahlen des Tages einfingen, Grillengezirpe, das schwebende Spiel von Zitronenfaltern und Pfauenaugen, manchmal der Ruf des Bussards oder das Geschimpfe des Eichelhähers, die flimmernde Sommerhitze, die Idylle. »Warum lerne ich diese Art zu leben erst mit sechs Jahren kennen?« fragte ich mich das eine um das andere Mal. An einem Tisch mitten in der Wiese saß Tante Claudine über ihrer Arbeit und erstellte phänomenologische Tabellen. Oder sie rasierte ihre Achselhaare, wobei ich sie einschäumen durfte. Oder aber ich lag am Waldrand und sie rief ungeduldig nach mir. »Bist du soweit, Flann?« Sie führte mich zu einem Maulwurfshügel, der durch einen Sonnenschirm geschützt war. Ohne Umschweife forderte sie mich auf, meine rosa Schnauze in die Erde zu bohren. Ich tauchte bedingungslos in eine Welt ein, in der nie die Sonne schien. Und kaum war ich in sie eingedrungen, empfing mich auch schon die dumpfe Stimme Jean Pauls, dessen Existenz ich schon beinahe vergessen hatte. »Willkommen in der Provinz der Dunkelheit«, sprach er, »ich hoffe, du hast mir braunes Bier mitgebracht!« Erst jetzt bemerkte ich, daß er nicht allein war, sondern in Begleitung jenes Laurence Sterne, dem wir *Tristram Shandy* zu verdanken haben. »Bist du es, Yorick?« fragte er mich. »Nein, nein! Ich bin Flann!« – »Flann? Wer immer du sein magst, keine geschwätzige Zunge soll verraten, wo ich bin. Das Echo soll nicht einmal flüsternd mein Versteck verkünden!« – »Ein unfreiwilliges Versteck«, seufzte Jean Paul. »So wie es heutzutage Mode ist, alles Törichte nachzuäffen, scheint es nun auch Mode zu sein, sich unter die Erde zu begeben, wenn man das Alter von 62 Jahren erreicht hat!« – »Was heißt 62?« unterbrach Sterne ihn schnaubend, »wenn man das Alter von 55 Jahren erreicht hat!« – »Was kann ich dafür«, lachte Jean Paul, »daß es dich so früh dahingerafft hat.« – »Die verdammte Tuberkulose«, ächzte Sterne. »Bei mir war es das braune Bier und die Brustwassersucht!« kicherte Jean Paul. Ich erschrak, als ich begriff, daß ich gleich bei meinem ersten Wühlversuch unter einem Friedhof gelandet war und die Unsterblichen in ihren Erinnerungen störte. »Weiter, Flann«, hörte ich Tante Claudines anfeuernde Rufe aus der Ferne. Und so, wie bei leidenschaftlichen Schwimmern Schwimmhäute zwischen den Fingern und Zehen wachsen, bei Leuten, die fliegen, aus Armen Flügel werden, wurden aus meinen Händen Schaufeln und ich durchwühlte die Welt. Ab und zu wurde der Boden über mir von den Schritten Tante Claudines erschüttert, die meine jeweilige Lage in ihrem Maulwurfslogbuch akribisch vermerkte. »Jetzt befindest du dich unter Pennsylvania, mein Junge«, schrie sie anfeuernd, »und jetzt schon unter den Niagarafällen – unterm bayerischen Oberland, und jetzt unter Alice Springs!« Manchmal auch, wenn ich so vor mich hinwühlte, hörte ich aufgeregte Stimmen über mir, die mir vertraut vorkamen. Dann jagte die ganze Familie im Rudel oberirdisch hinter mir Unterirdischem her. »Ich habe es gewußt. Wenn Claudine sich von mir trennt, vergeudet sie kostbare Lebenszeit mit völlig unnützen Spielen!« Das konnte nur Onkel Georg sein. »Der arme Junge, hol ihn sofort heraus, Claudine«, hörte ich Großmama sagen. Sie glaubte also, daß mir das Ganze keinen Spaß machte. Für Tante Claudine war ich bereit, die Erde, wenn es sein mußte, nicht nur von Nord nach Süd, auch von Ost nach West oder wie immer sie es wünschte zu durchpflügen. »Wie soll ich ihn da unten porträtieren?« zeterte Zoltan, »da herrschen ja katastrophale Lichtverhältnisse.« – »Flann übertrifft meine kühnsten Hoffnungen«, widersprach ihm Claudine, »er wagt es, sich immer weiter und weiter und immer tiefer vorwärtszuschaufeln.« – »Zu schaufeln?« höhnte Onkel Georg, »er war schon immer ein Löffel, ein Rotzlöffel!« – »Ihr führt euch auf wie Leute aus Krähwinkel«, schalt Tante Claudine sie, »während er wie selbstverständlich den Kilimandscharo untertunnelt.« So war es in jener Sommerfrische mit Tante Claudine. So und nicht anders. Nach der Arbeit badete ich im Bach, spülte mir die Erde aus fünf Kontinenten von meinem Körper. Es zeigte sich, daß Tante Claudine nicht nur intellektuell und sinnlich, sondern auch praktisch veranlagt war. Nach einem verträumten Blick auf meinen alabasterweißen Leib zauberte sie ein Zelt aus dem Kofferraum ihres Flitzers und baute es in Nullkommanix auf. Die Tante Claudine meiner unbeschwerten Kindheit würde sich sogleich intensiv meiner annehmen, meiner kindlich frühreifen Phantasie waren keine Grenzen gesetzt. »Der Mond geht auf, Flann. Wir werden uns jetzt ins Zelt zurückziehen!« Wieder ließ sie sich das Maulwurffellchen streicheln und wieder durchdrang ein rosa Schimmer die Nacht. »Weißt du, wen ich heute unter Bayreuth getroffen habe, Tante Claudine?« – »Deinen unvermeidlichen Jean Paul«, seufzte sie, »warum du mir das gerade jetzt erzählen mußt?« – »Nur einige Augenblicke später lief mir unterm Saint-George-Friedhof in London« – »der noch unvermeidlichere Laurence Sterne übern Tunnelweg«, unterbrach mich Tante Claudine. Da ich glaubte, daß sie sich wie ich für deren Leben und Sterben interessierte, erzählte ich ihr auch noch, daß sie mir geraten hatten, mein bisheriges Leben rückgängig zu machen. Weil ich sonst wie sie eines Tages auf dem Friedhof endete. »Man kann sein Leben nicht rückgängig machen«, sagte Tante Claudine, »selbst meine Zeit mit Georg kann ich nicht ungeschehen machen!« – »Mein Leben macht mich manchmal noch immer sehr traurig. Ich sehne mich dann sehr stark nach Mama.« – »Aber du hast doch mich«, tröstete mich Tante Claudine. »Manchmal überlege ich mir ernsthaft, ob ich mich nicht wieder als Embryo bei Mama bewerben sollte.« – »Vielleicht solltest du dich bei mir bewerben«, schlug Tante Claudine mit samtweicher Stimme vor. »Du würdest mich austragen, Tante Claudine?« »Ich kann es zumindest versuchen«, lachte sie. Ich rekapitulierte in Sekundenschnelle mein bisheriges Leben und kam zu dem Schluß, daß es mit weniger Aufwand verbunden war, in Tante Claudine hineinzukriechen. Was ich dann auch sogleich versuchte. »Du bist zu groß, Flann, so geht das doch nicht!« hauchte Tante Claudine. Ich rechnete ihr hoch an, daß es dann doch ging. Angesichts meines fortgeschrittenen Wachstums zeigte sie mir, wie ich wenigstens einen kleinen Teil von mir in ihr unterbringen konnte. »So geht es doch auch, Flann«, seufzte sie. So ging es wirklich. Und wie es ging. Ein herrliches Gefühl durchflutete mich. Meine Kindheit mit ihr war nicht nur unbeschwert, sondern plötzlich auch auf eine erfrischende Art inzestuös. »Es prickelt, Tante Claudine«, rief ich außer Atem. »Dann mach weiter«, keuchte sie. Und wir machten weiter, bis es nicht mehr weiterging. Und wahrscheinlich würden wir noch immer weitermachen, wenn nicht unglücklicherweise das erregendste Erlebnis meiner Kindheit mit deren Ende zusammengefallen wäre. »Wo willst du hin, Flann?« fragte mich Tante Claudine entgeistert, als ich mich aus ihr zurückzog. »Mich in der Schule anmelden! Als Erstkläßler!« – »Das können wir auch zusammen machen!« – »Schon«, stammelte ich, »aber ich fühle mich Großmama verpflichtet. Ich habe versprochen, zusammen mit ihr alt zu werden.« – »Hat sie denn auch so ein wunderschönes Maulwurffellchen wie ich?« fragte mich Tante Claudine. »Tut mir leid, Claudine«, flüsterte ich, »es tut mir wirklich leid, aber ich muß jetzt Bleistifte spitzen, Hefte einbinden und meinen Schulranzen packen!« – »Das sehe ich ein«, sagte Tante Claudine und verdrehte die Augen. Ich kniete mich neben sie und küßte sie auf ihre Stirn. Dann erhob ich mich. Der Sommer und ein Abschnitt meines Lebens waren zu Ende. Die Zukunft lag vor mir. Wie Tante Claudine. Die sich jetzt aber erhob und ihren Rock glättete, um sich wieder über ihre Bücher zu setzen.

Alles ist vorbey, es beginnt

Eins

Wenn ich erwache, bevor der Tag anbricht, liege ich im Dunklen und versuche, glücklich zu sein, was mir nicht gelingt. Ich bin dazu verdammt, die sich immer wiederholenden Geräusche der auströpfelnden Nacht wahrzunehmen. Den Schlag der Kirchturmuhr. Den Zeitungsmann, der vom Auto aus meinen Briefkasten füttert. Das Pochen des Blutes in meinen Schläfen. Ich erschrecke über jede dieser neuen Mitteilungen von innen und außen. Ich werfe mich unruhig auf meinem Laken hin und her und versuche verbissen, in einen sanften Schlaf hinüberzugleiten, ehe der Tag beginnt. Etwas ergreift von mir Besitz. Argwöhnisch befrage ich jede Körperregung und verfluche den Tag, der auf solche Weise beginnt, erwäge, aufzustehen, verwerfe diese Idee noch im gleichen Atemzug, weil mir das Leben jenseits der Matratze nichts als lächerlich erscheint. Ich schalte die Nachttischlampe an und beobachte den Lichtring, den sie an die Zimmerdecke wirft. Selbst wenn ich hundert Jahre leben sollte, würde ich das nicht finden, was ich suche. Mit schwermütigem Blick erfasse ich die merkwürdigen Bilder, die Zoltan von mir gemalt hat. Aus dem Weidenkoffer, der neben meinem Bett steht, fische ich einen der Briefe meiner Großmutter heraus und vertiefe mich in ihn. Sogleich sehe ich sie vor mir. Die zunächst verschwommene Landschaft verfestigt sich zu einem weißen Sandstrand am Mittelländischen Meer. Großmutter holt gerade mit dem rechten Arm aus und schleudert mit lautem »Ohopp« eine Flasche ins Meer. »Gute Reise«, ruft sie und verfolgt die davontreibende Flaschenpost mit ihren Augen, bis sie verschwunden ist. »Oggi il mare è tranquillo« höre ich im Geschrei der Möwen eine Stimme von weit her. Und plötzlich steht dieser Satz wie in Eis gemeißelt neben mir und das Lächeln, das sich für den Bruchteil einer Sekunde mit meiner Erinnerung vermischt hatte, ist verschwunden und macht dem Gefühl Platz, daß alles vergangen ist. Als Jeans

Schwester noch neben mir lag, packte ich die Briefe meist schnell wieder weg und las statt dessen verliebt im Gesicht der friedlich Schlafenden. Wenn der Tag die Nacht ablöst, höre ich Vogelstimmen, die zu einem Konzert anschwellen. Neuerdings vernehme ich draußen auch andere Stimmen, häßliche, törichte, ängstliche, von denen ich glaubte, sie existierten nicht mehr. Im Januar begegnete mir ein Mitmensch, der von der Reinheit des Volkes und der Überfremdung desselben sprach. Es klang mir schrill im Ohr, wobei mich nur das noch schrillere Lachen einer jungen Frau, die meine Großmutter war, verwunderte. Im März trug einer das Plakat des Neides durch die Straßen, auf dem zu lesen stand, daß sie uns die Frauen und die Arbeitsplätze wegnähmen, ein Lied, das mir der Stammtisch kontinuierlich in meine Gehörgänge erbrach. Mir war es rätselhaft, warum Großmutter bei diesem Gestank immer noch lachte und lachte. Am ersten April rief einer: »Laßt uns friedlich miteinander leben, jeden nach seiner Art glücklich werden, laßt uns alle Probleme gemeinsam lösen!« Als ich noch ungläubig lächelte, entpuppte sich das Ganze als Aprilscherz. Und das Lachen Großmamas steigerte sich. Im Juni schlug einer einen fremdländisch wirkenden Mitbürger krankenhausreif und den Rest des Jahres feierten Ressentiments und Ängste Triumphe. Am Heiligabend lachte Großmutter all die Väter, Söhne, Ehegatten, Brüder, Landsleute aus, wobei mir aufging, daß diese Männer sich selbst nicht leiden konnten. Und mir dämmerte, daß auch ich ein Mann war. »Mir kommt die Lebensfreude immer mehr abhanden, Großmutter!« – »Blödsinn, Flann, sie ist da«, hörte ich sie. »Ich kann vieles einfach nicht mehr ertragen, Großmutter!« – »Sei nicht wehleidig, Junge!« Und wieder ihr starkes Lachen. »Ich lese keine Zeitungen mehr, weil sie mich krank machen. Ich fahre nicht mehr Auto, weil es mich konfus macht«, rief ich in aufkommender Panik. »Du hast dein Aspirin, Junge«, höhnte sie. »Nicht nur, daß einer am Montag vom Ozonloch erzählt und am Dienstag vom Treibhauseffekt und am Mittwoch vom sterbenden Wald! Nicht nur, daß mir am Donnerstag einer ins Ohr raunt, Wasser und Boden seien verseucht, nicht nur, daß das Naß immer knapper wird, nicht nur, daß ich am Freitag merke, nichts daran ändern zu können. Nicht nur, daß ich am Samstag eine Mitteilung bekomme, mein Bankkonto sei weit überzogen, ich möge das doch in Ordnung bringen. Nein, zu allem Unglück kommt noch hinzu, daß ich endzeitlich angelegt bin und eines nicht allzu fernen Tages verwese, verfalle, verschwinde.« Wieder das helle Lachen Großmutters, die mich fragt, warum ich mir krampfhaft die Ohren zuhalte. »Weil ich mir wünsche, daß sich bei mir eine Erkenntnis einstellt, die mich klar handeln läßt. Weil ich mich nach Pflöcken sehne, an denen ich mein ziellos dahintreibendes Floß festbinden kann! Und weil ich hoffe, daß das Grauen nicht auf mein Gefährt überspringt und mir das Hirn platzen läßt.« Es war mir ein Trost, daß ich mit Großmutters Lachen reiste. Aber je öfter ich mich an sie erinnerte, desto weniger gelang es ihr, mich aufzumuntern. Da traf es sich gut, daß mein Fernseher mit einem lauten Knall implodierte und meine kleine Wohnung in Brand steckte. Als ich fasziniert auf das Schauspiel blickte, löste sich ein Fensterladen aus seiner Verriegelung und schlug zu, so daß mein Blick nach draußen halbiert wurde und ich nur die halbe Fratze sah, die kurz am Fenster erschien. Desgleichen halbierte sich meine Kraft, ich hatte kein Bild mehr von mir, ich war weg von dem, der sich Flann nannte. Und mein Verstand verkroch sich in meine Gehörgänge, in denen eine Stimme »pix, nix, nox, vermis, flagra, vincula, horror, pudor, pus« herunterleierte. Ich öffnete das Fenster und durchsprang den Feuerring meiner brennenden Gardinen. Kaum, daß ich auf dem Boden aufgeschlagen war, beäugte ich mich, sah, wie ich dem feuerzüngelnden Salamander des hin- und hertanzenden Mittelstreifens der Dorfstraße folgte, bis ich bei der stillgelegten Molkerei anlangte.

Ich betrat sie ohne Zögern und sah den in großen Holzbottichen lagernden, krümeligen Quark und die emsig arbeitenden Gestalten der Molkereiarbeiter. »Krümeliger Quark! Emsig arbeitende Gestalten«, hörte ich Prior Laurens ausrufen, »in welchem Jahrhundert befindet sich Ihre Sprache, Bruder Flann?« Woher kam seine Stimme? Mußte ich mich, der auf Ort, Raum und Zeit getrimmt worden war, an neue Dimensionen gewöhnen? Was mich noch mehr erstaunte, war Großmutter, die an diesem Ort an ihrem Flügel saß und ihren geliebten Chopin spielte. Sie, die es zu Lebzeiten vorgezogen hatte, in Häusern zu verkehren, die nicht von säuerlichen Milchgerüchen durchzogen waren. Als sie meiner ansichtig wurde, beendete sie ihr Spiel, indem eine energische Hand jäh über die Tasten fuhr und Chopin einfach wegwischte. »Der erste Schwung deines Lebens dahin, Junge! Plötzlich auftretende Turbulenzen in deiner Gefühlswelt?« – »Was geschieht eigentlich mit uns, Großmutter?« fragte ich sie mit wehleidiger Stimme, »warum haben wir uns verändert in solch einem Maße?« Großmutter lachte. »Wenn wir hinunter müssen, verändern wir uns alle! Aber du hast keinen Grund, dir Sorgen zu machen, zumal du mich bald beerben wirst!« – »Ich Flann?« fragte ich entgeistert. »Wer denn sonst? Oder soll ich alles der Kirche vermachen?« – »Nein, nein«, beeilte ich mich zu sagen. »Dann wünsche ich mir, daß du alles in Ordnung bringst!« Was für Vorstellungen Großmutter hatte! Man benötigt sein halbes Leben, um es zu verpfuschen und soll es dann in wenigen Tagen in Ordnung bringen? »Nicht dein Leben, Dummkopf!« rief Großmutter, »meines!« – »Ich soll dein Leben in Ordnung bringen?« fragte ich sie überrascht. »Ich fürchte, ich gehöre sonst Ihm«, murmelte Großmutter. »Wem?« – »Wem schon?« rief Großmutter ungeduldig, »du sollst Kontakt mit Ihm aufnehmen! Mein ganzes Leben war ich hartherzig, geldgierig, auf meinen eigenen Vorteil aus, verletzte meine Mitmenschen, wann immer ich nur konnte, tat alles, um zu gegebener Zeit in der Hölle zu landen!« – »Die Hölle, das sind wir, Großmutter!« – »Keine Banalitäten, Junge! Für mich ist sie noch immer da unten! Und mir wäre es ehrlich gesagt lieber, ich landete da oben!« Sie deutete mit vager Gebärde zur Decke der alten Molkerei. »Oben – unten, was sind das für veraltete Kategorien, Großmutter?« – »Mähr dich nicht aus«, fuhr sie mir über den Mund, »sorge dafür, daß ich in den Himmel komme!« – »Und wie soll ich das bewerkstelligen?« fragte ich kleinlaut. »Den Satan sollst du konsultieren, Dummkopf. Ich hab dir als Kind viel von ihm erzählt!« – »Den Satan konsultieren? Als könnte ich das!« – »Schließlich hast du einen Teil deines Lebens im Kloster verbracht!« – »Ich habe mein Gelübde gebrochen, das weißt du ganz genau, Großmutter!« – »Das kommt uns jetzt zugute! Er liebt Abtrünnige! Weil er selber einer ist! Hörst du überhaupt zu, Flann?« – »Großmutter, warum nehmen all die Arbeiter überhaupt keine Notiz von mir?« – »Weil du dich woanders befindest, Flann!« Großmutter kicherte. »Woanders, Großmutter?« – »In deiner Kindheit, Flann. Es ist ein heißer Sommertag. Wir gehen durchs Dorf und du hast schrecklichen Durst.« – »Ja ja, und du fragst mich, Großmama, ob ich ein Glas Buttermilch will! Ich sage: gerne, Großmutter, aber ich habe keine zehn Pfennige! Worauf du lachst, und sagst, daß du die Rechnung begleichen wirst!« – »Wo bist du mit deinen Gedanken, Flann«, sagte Großmutter ungeduldig. Ertappt blickte ich auf und sah, daß die Molkereiarbeiter Kannen auswuschen, ihre Schürzen auszogen, Feierabend machten und verschwanden. »Jetzt sind wir ganz allein, Großmutter!« – »Mit Hilfe der Wehmut kann uns Kindheit gelingen. Manchmal zumindest und für kurze Zeit!« sagte Großmutter, stieß sich mit einem ihrer kleinen energischen Füße vom Boden ab und glitt mitsamt Steinway und Söhnen durch die Wand. »Großmutter, Großmutter, warum hast du mich verlassen?« hörte ich mich verzweifelt rufen. »Ich bin noch da«, sagte sie, was mich erstaunte, da ich sie nirgends sehen konnte. »In deiner Erinnerung«, sagte sie ungeduldig. »Erinnerung schön und gut«, stotterte ich, »aber« – »Nichts aber«, unterbrach sie mich, »sag mir lieber, was du beruflich treibst!« Ich war einigermaßen verlegen, ihr darauf eine Antwort geben zu müssen. »Ich mache dieses, ich mache jenes, Großmutter«, stammelte ich. Zum Glück fiel mir der Brief ein, der sich in meiner Jackentasche befand. Ich holte ihn heraus. »Heute zum Beispiel habe ich noch ein Vorstellungsgespräch im »Elisabethanischen Theater«, sie suchen« – ich faltete den Brief auseinander – »›einen versierten Regieassistenten‹«. – »Bist du dafür nicht schon ein bißchen alt?« – »Irgendetwas muß jeder machen, Großmutter!« – »Bist du denn versiert?« »Natürlich nicht, Großmutter, das weißt du so gut wie ich!« – »Dann ist es besser, wenn ich dir ein Empfehlungsschreiben mitgebe. Und denk immer daran, daß du mich jederzeit hier treffen kannst!« Sie verstummte. Langsam verblaßte auch das Bild, das ich mir von der Molkerei gemacht hatte. Uringeruch stieg mir in die Nase und überall nahm ich jetzt Spinnweben wahr. Tote Fensterscheiben verwehrten mir den Blick nach draußen. Leichter Kopfschmerz stellte sich bei mir ein und der geradezu manische Wunsch, Großmutters Grab zu besuchen.

Drei

Als ich ihr Grab endlich erreichte, versank der Mond hinter der Pappelreihe im See, die Nacht ging zur Neige und der Tag brach an. Sie ließen gerade den Sarg eines Mannes, der in der Blüte seines Lebens gestorben war, wie der Pfarrer – in dem ich zu meiner großen Überraschung Prior Laurens erkannte – sich ausdrückte, in unser Familiengrab hinab, in dem schon Großmutter ruhte. »Wie leben wir auf«, sprach der Prior in seiner Totenrede, »wenn uns an irgendeinem Platz einer begegnet, der mit Feuer seine Sache vertritt, der bei sich ist, wie erwärmt es uns, wie sind wir plötzlich wieder interessiert an den Dingen der Welt.« Ich beschloß, mich bei Gelegenheit zu erkundigen, welch armer Wicht aus unserer weitverzweigten Sippe ins Gras hatte beißen müssen und mischte mich unter die Trauernden, die jedoch keinerlei Notiz von mir nahmen. Weder Onkel Georg noch Tante Emma, weder Jeans Schwester noch Bruder Jean, weder mein alter Lehrer noch das Mädchen, das ein wunderschönes, schwarzes Kleid in Händen hielt. »Elisabeth Lydia Stern«, stand auf Großmutters Grabstein, »5. März 1899 bis –« Was mich elektrisierte und gleichermaßen verwirrte war die Tatsache, daß ihr Todestag schon in drei Tagen war. Ich mußte mich also beeilen, wenn ich ihren Auftrag rechtzeitig ausführen wollte.

Vier

Prior Laurens war es, der mich in meiner Zelle aufsuchte, die ich schon wochenlang nicht mehr verlassen hatte. »Bruder Flann, Bruder Flann«, sagte er mit vorwurfsvoller Stimme, »Ihre Augen sind wie verweht, Ihre Bewegungen sind fahrig, Ihr Nervenkostüm flattert! So kann es mit Ihnen nicht weitergehen. Sie sollten unserem Cellerar Beistand leisten, das würde Sie aufheitern. Oder singen Sie wie Ihre Mitbrüder. Gregorianische Gesänge sind dazu angetan, Seelen zu besänftigen. Oder gesellen Sie sich Bruder Jean zu, der wie Sie mit dem Bösen kämpft! Oder addieren Sie die 2714 Posten, die angefallen sind, seit unser Rechner ausgefallen ist! Oder legen Sie mit Bruder Frumentius einen neuen Garten zwischen Brunnen und westlichem Windrad an. Erde beruhigt ungemein, wenn man sie zwischen den Fingern spürt!« – »Es ist ein ganz bestimmter Saft, der Bruder Jean beruhigt!« lachte ich. »Sie meinen sein Bier? Diese Phase hat er längst überwunden!« – »Geben Sie sich keine Mühe mit mir, ich verlasse das Kloster sowieso!« – »Und was dann?« fragte Prior Laurens erschüttert.

»Dann bin ich nicht mehr da«, sagte ich flapsig. »Wo immer Sie auch sein werden, Bruder Flann, achten Sie mit Gottes Hilfe darauf, daß Sie bei sich sind!«

Prior Laurens war in bäuerlicher Umgebung aufgewachsen. Wenn er von seiner Kindheit erzählte, lauschten Bruder Jean und ich ihm ergriffen. »Etwas außerhalb Markhofens besaß mein Vater einen kleinen Hof«, erzählte er, »der von ungefähr fünfzehn Tagwerk Kornanbau und drei Hektar Weinbergen umgeben war. Dicht am Haus lag ein Küchengarten, bepflanzt und besät mit allem, was an einem Bauernhause zum Überfluß gehörte. Wenn man vor die Haustür trat, konnte man weit drunten den See liegen sehen. Abends saßen wir um unser Linsengericht herum. Und nach dem Essen bereiteten wir uns zum Tanze, und mein Vater sagte, daß er's zu einer lebenslangen Regel gemacht habe, alle die Seinigen zum Tanze zusammenzurufen, weil er glaube, daß ein fröhliches und zufriedenes Gemüt der beste Dank wäre, mit dem ein ungelehrter Bauer wie er Gott danken könne.* Prior Laurens unterbrach sich und fragte mich: »Was haben Sie, Bruder Flann, woran denken Sie?« – »Ich soll Kontakt mit Ihm aufnehmen«, flüsterte ich. »Und ausgerechnet ich soll Ihnen dabei helfen?« Er ließ ein satanisches Gelächter los, das er aber erschrocken unterdrückte, ehe es sich richtig entfalten konnte. »Haben Sie es schon mit guten Vorsätzen versucht?« kicherte er matt, »bekanntlich ist damit der Weg zur Hölle gepflastert.« Ich befolgte seinen Rat und nahm mir vor, regelmäßig Sport zu treiben, entschlußfreudiger zu sein, meine Empfindlichkeiten abzubauen und meine Gefühle zu zeigen. Und hielt nichts davon ein. Alles, um mir den breitesten Weg zur Hölle zu bereiten. Aber ich langte dort auf Teufel komm raus nicht an.

*Aus Laurence Sterne, *Yoricks empfindsame Reise,* London 1768.

Fünf

Ich betrat das würdige Gebäude, das sich nach seiner großherzigen Spenderin, meiner Großmutter Elisabeth Lydia Stern »Elisabethanisches Theater« nannte und stellte mich dem Regisseur vor, der inmitten seiner Sänger beim Proben war. »Wie heißen Sie?« fragte er mich mit überlauter Stimme, die mir in den Ohren dröhnte. »Ich Flann«, antwortete ich ihm zerstreut. »Wie?« fragte er irritiert. »Ich Flann«, wiederholte ich. »Ich meine richtig!« sagte er mit ungeduldiger Stimme, die ich gar nicht mehr vernahm, da sich Großmutter in den Vordergrund drängte. »Flann, was träumst du wieder vor dich hin?« – »Ich Flann?« hörte ich mich mit meiner Kinderstimme fragen. »Ich Flann! Ich Flann! Wer sonst? Du hast den Wasserhahn wieder nicht richtig zugedreht!« – »Ich Flann? Oh - entschuldigen Sie«, sagte ich zum Regisseur, »ich habe geträumt!« – »Denken Sie ja nicht, daß man auf dem Theater träumen kann. Da geben Sie sich Illusionen hin! Und was Ihren Namen betrifft, nenne ich Sie einfach Lann! Das ist nicht nur um ein Wort, das ist zusätzlich auch noch um einen Buchstaben kürzer! Und jetzt singen Sie mir einfach was aus dem *Freischütz* vor!« »Da fällt mir momentan nichts ein«, stotterte ich. Der Regisseur schaute mich entgeistert an, um dann »Kommt ein schlanker Bursch gegangen, blond an Locken oder braun...« anzustimmen. »Ich kann ein wenig Blockflöte spielen«, unterbrach ich ihn. »Das ist ja rührend«, sagte er. »Und ein Empfehlungsschreiben machte mir Mut, bei Ihnen vorzusprechen«, legte ich geschwind nach. »Wer empfiehlt so einen wie Sie?« höhnte der Regisseur? »Meine Großmutter«, sagte ich tapfer. »Das ist ja reizend!« Er brach in wieherndes Gelächter aus. »Sie ist wirklich reizend«, sagte ich. Den Regisseur hielt es jetzt nicht mehr auf seinem Stuhl. Er sprang auf und wandte sich an sein Team. »Darf ich euch Lann vorstellen, er hat eine Blockflöte und eine Großmutter, und er hat die Frechheit« – »Schelm, halt's fest, ich will dich's lehren«, wurde er von einer Sängerin unterbrochen. Der Regisseur seufzte, deutete auf sie und sagte: »Agathe!« – »Angenehm«, sagte ich. »Kuno, Kaspar, Ännchen«, vervollständigte der Regisseur, »sagen Ihnen die Namen was?« Ich gab ihm keine Antwort, weil ich diese Namen noch nie gehört hatte, fragte ihn statt dessen voller Ungeduld, warum er nicht endlich das Empfehlungsschreiben lese? »Schweig, schweig, schweig, damit dich niemand warnt«, sang Kaspar. Der Regisseur überflog Großmutters Schreiben und blickte dann überrascht auf. »Sie sind der Enkel von Elisabeth Lydia Stern?« – »Ihr einziger«, sagte ich. »Dann habe ich keine Wahl«, seufzte er, »dann sind Sie eben hochbegabt, ab sofort sind Sie mein Regieassistent!«

Sechs

»Hast du ihn schon gesprochen?« fragte mich Großmutter in der alten Molkerei, während sie ein Chopinstück intonierte. »Er scheint dich zu schätzen, Großmutter!« – »Heißt das, ich muß nicht hinunter?« – »Ich meine den Regisseur, dem ich assistieren darf«, sagte ich. »Zum Teufel mit dem Regisseur!« schrie Großmutter, »die Zeit verrinnt!« – »Ich gebe mir jede Mühe, Großmutter, aber noch ist mir nicht klar, wie ich vorgehen soll!« – »Braunes Bier, Bruder Flann«, flüsterte mir Bruder Jean ins Ohr, »erinnere dich einfach meiner Methode. Um ein Haar wäre es mir gelungen, mit Hilfe von braunem Bier zur Hölle zu fahren. Batterien von Flaschen, ganze Fässer schüttete ich in mich hinein. Unter den besorgten Augen unseres Priors.« – »Habe ich längst probiert«, flüsterte ich. »Sprich deutlich, Junge, meine Ohren sind nicht mehr die Jüngsten«, sagte Großmama. »Ich habe Bier um Bier getrunken, habe gerülpst, der Boden meiner kleinen Wohnung war von leeren Bierflaschen übersät. Es mußte Musik in seinen Ohren sein, aber auf diesem Weg erreichte ich den Herrn der Finsternis nicht.« – »Wenn du es nicht schaffst, werde ich deinen ehemaligen Prior damit beauftragen und dann selbstverständlich alles ihm vererben!« drohte mir Großmutter. »Ich will es ja schaffen, Großmutter, aber wie?« – »Besinn dich auf deine Kindheit, Flann!« – »Wieso Kindheit, Großmutter?« – »Ihr hattet doch diesen merkwürdigen Lehrer! Oder denk darüber nach, welche Oper ihr gerade einstudiert!« – »Welche Oper? Den *Freischütz*. Klingelt was bei dir?« fragte sie mich ungeduldig. »Wenn nicht, dann schlaf dich erstmal richtig aus. Träum von ihm!« Ich befolgte Großmutters Rat. Kaum hatte ich mich zu Bett begeben und die Augen geschlossen, preschte schon auf schwarzem Roß ein Reiter daher, der erst unter meinem Fenster sein Tier zum Stehen brachte. »Was begehrst du von mir?« schrie er herauf. »Ich hab dich noch gar nicht gerufen!« antwortete ich ihm. »Aber deine Großmutter, du kleiner Idiot!« – »Kennst du sie denn?« fragte ich überrascht. Der Schwarze Reiter lachte, daß die Flanken seines Pferdes zu beben begannen. »Kennst du sie, kennst du sie! Immerhin wird sie bei mir schmoren!« – »Dann kennst du auch mich?« fragte ich ihn voller Furcht. »Natürlich kenne ich dich. Du bist ein völlig unversierter Regieassistent!« – »So gut bist du unterrichtet?« »So gut und noch viel besser. Aber das ist nicht das einzige, wofür du dich schämen mußt. Du hast einen ekelhaften Bauchansatz, Flann, taumelst von einer Lebenskrise in die andere und entblödest dich nicht, in Stunden der Not ernsthaft zu erwägen, gläubig zu werden. Und das, obwohl du jahrelang ein Kloster von innen gesehen hast!« – »Vielleicht sollte ich eine Therapie machen?« schlug ich zaghaft vor. »Therapie!« schrie er, »da lachen ja die Hühner!« – »Was denn dann?« – »Nimm die Kugeln, die Max bereitet hat. Sechs für dich, die siebente für mich!« – »Welche Kugeln?« fragte ich dumm. »Die Freikugeln! Ich dachte, du assistierst bei diesem *Freischütz*!« – »Natürlich assistiere ich.« – »Dann schieß sie dir durch den Kopf!« sagte er ungeduldig. »Durch den Kopf?« – »Willst du dir helfen lassen oder nicht?« – »Und dann ginge es mir besser?« fragte ich voller Hoffnung. Der Schwarze Reiter lachte und schrie: »Ich bin der, dessen Namen du mit Schaudern nur nennst!« – »Porco diabolo mon dieu!« hörte ich Großmama schreien, »er ist es! Pack die Gelegenheit beim Schopf, Junge! Trag ihm meinen Fall vor!« Aber schon hatte der Schwarze Reiter sein Roß herumgerissen und war davongaloppiert. Und die elektrische Birne der Straßenlaterne, unter der er gestanden hatte, ließ vertrocknete Glühfäden fallen. »Eine verpaßte Chance«, kommentierte Großmutter enttäuscht.

Sieben

»Trink endlich aus, Flann«, schimpfte Großmama, »du kommst sonst noch zu spät zur Schule!« Und so trank ich meinen Kakao aus und machte mich auf den Weg. Unterwegs begegnete mir Jeans Schwester. »Warum hast du einen so großen Mund?« fragte ich sie. »Das zeig ich dir in der Scheune«, sagte sie. »Ich komme zu spät zur Schule«, widersprach ich ihr. Sie beachtete meinen Einwand nicht und führte mich in die dunkle Scheune, die halbverfallen zwischen Molkerei und Tonuttis Laden stand. »Ich habe Angst«, sagte ich. Jeans Schwester lachte. »Du wirst dich an Frauen gewöhnen. Leg dich schon mal hin«, sagte sie ungeduldig. Und so legte ich mich eben hin. Jeans Schwester stellte sich über mich und klemmte mit ihren nackten Füßen meine Ohren ein. »Du tust mir weh«, protestierte ich schwach. »Wunderst du dich denn gar nicht, daß ich drunter nichts anhabe?« – »Ich kann doch gar nichts sehen!« – »Aber du kannst es dir vorstellen?« fragte sie. »Nein«, sagte ich. »Nein? Was ist los mit dir?« – »Ich bin doch noch viel zu klein«, gab ich zu bedenken. »Quatsch! Du bist ein Frauentyp!« – »Das ist doch noch alles viel zu früh für mich!« sagte ich und erinnerte mich ganz schwach an Düfte, die mit Tante Claudine zusammenhingen. Jeans Schwester schwieg, dafür raschelte ihr Kleid umso beredter. Es war also doch wahr: Mädchen hatten nicht zwölf Kästchen zwischen Schlüsselbein und Nabel, wie es Jean steif und fest behauptet hatte, sondern zwei Brüste. Zwischen ihren hing an einem goldenen Kettchen ein Medaillon. »Das dürfen wir nicht«, flüsterte ich. Während sie meinen Mund gegen eine Brust drückte, öffnete sie das Medaillon und ich nahm die süßen Regungen des Teufels wahr. Von irgendwo weit hinten blickte mich der Jägersbursche Max an, der sich aber dir nichts, mir nichts in einen Briefkasten verwandelte, auf dem ein Wappen zu erkennen war, das einen schwarzen Reiter auf schwefligem Grund zeigte. Dessen Ebenbild – ich konnte es kaum glauben – jetzt neben dem Kasten stand, einen Brief einwarf und sich dann entfernte. Ich stieß einen Schreckensruf aus. »Nicht so laut«, sagte Jeans Schwester, »oder willst du im Erziehungsheim landen?« – »Der schwarze Reiter, von dem mir meine Großmutter erzählt hat«, stammelte ich. »Wovor macht sie dir denn sonst noch Angst?« Während ich plötzlich ein wohliges Gefühl spürte, wie ich noch keines verspürt hatte, erschien in ihrem Medaillon eine wabernde Nebellandschaft, die konvulsivisch zuckend eine Brücke gebar, die sich über einen Abgrund spannte und direkt vor meiner Schule endete. Ich hörte deutlich, wie jemand über die hölzerne Brücke ging, die Tür zur Schule öffnete und sie wieder hinter sich schloß. »Wer ist da ins Schulhaus gegangen?« fragte ich. »Irgendeiner deiner Pauker«, sagte Jeans Schwester, die mich jetzt von sich stieß und geschwind ihr Kleid zuknöpfte. »Das nächste Mal zeig ich dir mehr!« lachte sie und war verschwunden.

Acht

Kaum erreichte ich die Schule, als auch schon die Klingel den Unterrichtsbeginn verkündete. Es war nicht Lehrer Meier, der hinter mir das Klassenzimmer betrat, es war ein ganz anderer Mann, den ich noch nie gesehen hatte. Wir erhoben uns und sagten im Chor: »Guten Morgen, Herr Lehrer!« – »Guten Morgen«, brummte er, »setzen! In Zukunft verzichten wir auf diese Zeremonie! Wer ab heute noch Herr Lehrer zu mir sagt, muß damit rechnen, daß ich ihn Herr Schüler schimpfe.« Einige von uns lachten, andere waren nur erstaunt. »Sagt einfach Herr Saleim zu mir«, sagte der neue Lehrer. »Wie sollen wir sagen?« fragte ich. Der neue Lehrer lächelte, kam auf mich zu, blieb vor meiner Bank stehen und stützte sich auf beide Hände, so daß sein Gesicht sich dicht vor meinem befand. »Ich bin Natas Saleim«, sprach er dann mit eindringlicher Stimme, »Meister vom magischen Fliegenleim, vom Liebestrank und vom Spektakel, vom Samen und vom Orakel, vom Schuleschwänzen, Leichengeruch und Lebensschleim.« Wir schwiegen verblüfft, nur meine Banknachbarin ließ ein nervöses Kichern hören. »Kurzum, ich bin euer neue Lehrer«, brüllte jetzt Herr Saleim und schlug mit der flachen Hand auf mein Pult, so daß meine Bleistifte tanzten. »Wo ist Herr Lehrer Meier?« fragte meine Banknachbarin. »Ist heute nacht leider von der Brücke gestürzt!« Wir stöhnten auf. »Er hatte keine Lust mehr, zu unterrichten«, erläuterte Herr Saleim mit leichter Stimme, »aber es hat auch sein Gutes« – er lächelte uns verführerisch an –, »bei mir habt ihr oft hitzefrei!«

Neun

Während sich mein Leben um und um und wieder umdrehte, mich vor sich herschob oder hinter mir herhetzte, mir Luft ließ oder mich strangulierte, kreuzte Onkel Georg meinen Weg. »Junge, Junge«, sagte er in seiner selbstgefälligen Art, »wo lebst du eigentlich? Phantasierst dir was von stillgelegten Molkereien zurecht. Hängst deiner Großmutter nach, die längst mausetot ist und stocherst völlig sinnlos in deiner Kindheit herum. Sie ist zeitlich so weit entfernt, daß sie dich eigentlich nicht mehr beschäftigen sollte. Denn früher ist vorüber, Junge!« – »Eben nicht«, widersprach ich ihm, »warum würde ich sonst auch nur einen einzigen

Gedanken an dich verschwenden, Onkel Georg, wo ich doch so lange nichts mehr mit dir zu schaffen hatte?« – »Und ob du mit mir was zu schaffen hast, ich bin schließlich der einzige mit Realitätsbezug in dieser Familie!« Und wieder fing er damit an, daß ich noch nicht einmal die Erfindung des Tonbandgerätes registriert habe und wieder warf ich ihm an den Kopf, daß mich sein Gerät einen Dreck interessiere. Und wieder wollte er mich davon überzeugen, daß ich mir anhören müsse, was er an Wirklichkeit eingefangen habe. Und ich sagte ihm zum tausendsten Mal, daß ich von solchen Leuten wie ihm verschont bleiben wolle. »Du kannst dich doch nicht einfach ins Wolkenkuckucksheim zurückziehen. Auch Tante Emma findet, daß du dich langsam zu einem freischwebenden Arschloch entwickelst. Wenn Tante Emma und ich Kinder gehabt hätten, Junge, die wären anders als du geworden. Ganz anders!« – »Das glaub ich dir auf der Stelle, Onkel Georg« sagte ich, »aber jetzt laß mich endlich in Ruhe.«

Zehn

Der laute Regisseur saß auf seinem Regiestuhl und ich stand wie ein dummer Junge vor ihm. Er musterte meine Dummheit sehr ausführlich und ungeniert, so daß sie zu ungeahnter Größe anschwoll und mich immer kleiner machte. Als dann das eine ganz groß und das andere ganz klein war, fragte er mich, was ich von Samiel, von Max und Agathe, von Ännchen und Kaspar, was ich überhaupt von dieser herrlichen Oper wisse. Obwohl es bei mir nichts nachzudenken gab, tat ich es um so länger. Der laute Regisseur seufzte. Und dann begann er leise vor sich hin zu pfeifen, wobei er mich auffordernd anblickte. »Erkennen Sie wenigstens das?« fragte er mich schließlich. Ich schüttelte traurig den Kopf. »Wo ist der Schwarze Reiter?« fragte ich. Der laute Regisseur zeigte sich etwas irritiert. »Sie meinen Samiel?« – »Großmutter meint, ich solle unbedingt mit ihm reden!« Wieder pfiff der laute

Regisseur ein paar Takte. »Er ist noch nicht im Haus«, sagte er dann, »ich habe ihn nur für diese eine Produktion verpflichtet!« – »Kennen Sie ihn denn?« fragte ich. »Nicht persönlich, aber er wurde mir empfohlen!« – »Und von wem, wenn ich fragen darf?« – »Von einem anonymen Anrufer!« Ich lachte. »Intuition oder anonymer Anruf, das macht keinen Unterschied«, beeilte er sich, mir zu erklären. »Meldete sich der Anrufer mit irgendeinem Namen?« fragte ich. Jetzt lachte der laute Regisseur. »Mit einem sehr exotischen! Natürlich war es nicht sein echter!« – »Und wie lautete der?« fragte ich gespannt. »Natas Saleim«, glaube ich. »Der Meister vom Magischen Fliegenleim etwa?« fragte ich überrascht. »Müßte er mir ein Begriff sein?« fragte der Regisseur. »Glauben Sie, daß ausgerechnet er Großmutter helfen kann?« fragte ich. »Wir wollen jetzt das Werk durchgehen, in Ihrem Interesse!« ermahnte er mich. »In Großmutters Interesse«, sagte ich. »Lassen Sie Ihre gottverdammte Großmutter aus dem Spiel!« – »Das befürchtet sie ja, daß sie verdammt ist!« – »Verdammt noch mal, was sie befürchtet, ist mir egal. Uns geht es jetzt um das Walten dämonischer Kräfte.« – »Eben«, sagte ich. Ehe der laute Regisseur Gelegenheit hatte, ein weiteres Mal aus der Haut zu fahren, teilte ich ihm mit, daß ich heute meine Blockflöte dabei habe. »Wieso denn Blockflöte?« fragte er, plötzlich völlig außer Takt. Ich gab ihm keine Antwort, spielte ihm aber dafür ein Stück aus der Kindersinfonie vor. »Das ist weit, weit entfernt«, schmetterte der Regisseur, »das ist Haydn! Aber wo war ich stehengeblieben?« Seine Miene verklärte sich zu einem kleinen Lächeln und er setzte zu einem summenden Vortrag an, den er abrupt wieder unterbrach. »Warum geht immer noch nicht das Licht da drüben?« brüllte er. »Ein Kurzschluß«, sagte ich. »Wann?« – »Gestern«, flüsterte ich. »Sie wollten sich um eine neue Sicherung kümmern«, flüsterte er. »Wollte ich nicht, habe ich früher schon nicht gewollt!« schrie ich ihn an. »Früher? Was haben Sie da eigentlich gemacht?« – »Ich war bei den Benediktinern!« – »Und dann?« – »Dann war ich Regieassistent!« – »Sie waren schon einmal Assistent?« – »Ich meine jetzt, bei Ihnen!« – »Was haben Sie eigentlich gelernt?« – »Jeans Schwester hat mir einiges beigebracht!« Der laute Regisseur brach unter der Last dieser meiner Antwort zusammen. »Von irgendwelchen zweitklassigen Amouren leiten Sie das Recht ab, hier bei mir zu arbeiten?« murmelte er. In knappen Worten erinnerte ich ihn daran, daß es Großmutter war, die im Vorstand dieser Bühne saß und es ihr Verdienst war, daß es neben dem Schauspiel überhaupt eine Oper an diesem Hause gab. »Und deshalb müssen wir Sie in Kauf nehmen«, seufzte der laute Regisseur. »Richtig«, sagte ich, und fügte beinahe unhörbar hinzu, »und weil ich Ihn sprechen muß!«

Elf

Meine Erinnerung schenkte mir nichts. Nicht einmal Onkel Georg, der mir mit seinem vermaledeiten Tonbandgerät das noch vermaledeitere Volksempfinden, das man ein gesundes nannte, vorführen wollte. »Verschon mich damit, Onkel Georg«, sagte ich. »Wenn es wieder soweit ist, verschont dich die Reaktion auch nicht!« Manchmal wünschte ich mir, ihm seinen Jargon zurück in sein Maul stopfen zu können. Onkel Georg stellte unerbittlich sein Tonbandgerät ein und ich hörte eine Stimme, die sagte, sie habe nichts gegen Asylbewerber, aber sehr wohl etwas gegen Scheinasylanten. Wir seien nun mal kein Einwandererland und wir könnten nicht die Probleme der ganzen Welt lösen. Onkel Georg stellte das Gerät ab und rief mit funkelnden Augen: »Gesprochen von einem, der einer Nation angehört, die vor 50 Jahren die Probleme der ganzen Welt lösen wollte.« – »Könntest du nicht einmal etwas anderes aufnehmen?« fragte ich. »Und was schlägst du vor?« – »Etwas Erfreulicheres«, sagte ich. »Etwas Erfreulicheres habe ich nicht zu bieten!« – »Einen Zaunkönig, zum Beispiel!«

»Einen Zaunkönig?« fragte Onkel Georg entgeistert, »aber der ist doch in keinster Weise relevant!« – »Aber leise«, sagte ich flüsternd. »Ich kann deine laute Welt nicht mehr ertragen.« – »Meine Welt?« schrie Onkel Georg beinahe hysterisch, »es ist auch deine! Es steht schlimmer um dich, als ich dachte. Deine Tante Emma« »Hält mich für ein Arschloch, ich weiß!« – »Wo sie recht hat, hat sie recht«, sagte Onkel Georg.

Zwölf

Obwohl wir so gut wie nichts voneinander wußten, was die Welt unserer Gedanken betraf, waren sich unsere Körper so gewogen, daß, wann immer sich auch nur die kleinste Gelegenheit dazu bot, sie sich ineinander verknäuelten und verschlangen und die diversen Glieder von Jeans Schwester und mir, soweit sie nicht Geschlechtsspezifisches an sich hatten, nicht auseinanderzuhalten waren. Es konnte vorkommen, daß ein Bein von ihr bei mir zurückblieb, während sie mit einem von mir ermattet nach Hause schlurfte. Sie brachte mir Dinge bei, von denen ich nicht einmal zu träumen gewagt hätte. »Wenn du mich, du weißt schon wo –, dann solltest du gleichzeitig einen Finger, du weißt schon wie... du lernst schnell, Flann!« Sie seufzte wohlig, weil ich ihr gelehriger Schüler war und wirklich schnell lernte. Bis auf den heutigen Tag ist das, was mir Jeans Schwester beibrachte, das einzige, was mir wirklich Spaß macht. »Ja, ja, ja«, keuchte Jeans Schwester, »ja, ja ja, eine Brücke!« – »Schon wieder eine Brücke?« keuchte ich zurück. »Ja, ja, die vor einer Schule endet«, stöhnte sie. Es war meine Schule, die sie meinte.

Dreizehn

»Was Herr Meier mit euch gemacht hat, ist mir wirklich egal«, sagte unser neuer Lehrer. »Die Existenz des Nichtexistenten, Kinder! Das sogenannte Unbegreifliche! Das wird unser Thema sein. Fächerübergreifend! Und wir werden Ihm Briefe schreiben!« Das Knirschen der Kreide, die immer schneller über die Tafel flitzte, war das einzige Geräusch im Klassenzimmer. Die Tafel war Herrn Saleim Briefpapier, Schlachtfeld, Alchemistenküche und intimes Tagebuch. Wer war es, den er so manisch anschrieb? »Heute schreiben wir an den Schwarzen Reiter!« verkündete er mit donnernder Stimme. »Meine Mami sagt, es gibt gar keinen Schwarzen Reiter«, rief meine Banknachbarin. »Es kommt auf schwarzem Roß ein Reiter daher«, antwortete Herr Saleim mit Strenge. »Mami sagt, das ist ihr alles viel zu unbewiesen!« – »Meint deine Mutter vielleicht, es gebe Bausparverträge, oder ist sie sogar so vermessen zu glauben, es gebe deinen Vater?« funkelte unser neuer Lehrer sie an. Dann wandte er sich plötzlich an mich und schrie: »Hol ihn endlich heraus, deinen Füller! Und schreibe!«

Vierzehn

Als ich Großmama erzählte, daß wir in der Schule Briefe an den Schwarzen Reiter schrieben, lachte sie ihr helles Lachen, das mich später noch so oft begleiten sollte. »Pädagogisch völlig fragwürdig«, amüsierte sie sich, »sie werden ihm vorwerfen, er verängstige eure kleinen Seelen! Ich finde es gut, daß Ihr Briefe schreibt, auch wenn es schon beinahe außer Mode geraten ist. Früher habe ich selber viele geschrieben!« – »An wen, Großmama?« Großmutter lachte wieder. »An diesen und an jenen. Manchmal nur an jenen« – sie deutete in Richtung Badezimmer – »Badezimmerspiegel. Und wie war ich hocherfreut, als er mir antwortete. In Spiegelschrift zwar und identisch mit meinem Schreiben, aber immerhin! So war mein Leben, Junge!« – »Das ist gelogen, Großmama«, sagte ich. »Werde nie so ein Korinthenkacker«, fuhr sie mich verärgert an, »der nur für wahr hält, was seinen lächerlichen Alltag ausmacht!« – »An wen hast du noch geschrieben, Großmutter?« fragte ich, um sie zu besänftigen. »An das Sozialamt. Es gab Zeiten, in denen es mir dreckig ging und ich nichts zu beißen hatte. Ich bekam zur Antwort, ich solle mich mit einem nagelneuen Hundertmarkschein auf Zimmer Nr. 17 einfinden, dann sehe man weiter!« Ich wußte nicht so recht, ob ich Großmutter glauben sollte, aber sie ließ mir gar keine Zeit, darüber nachzudenken. »Und dann bestellte ich mir per Flaschenpost, die ich in das Mittelländische Meer warf, dort, wo Shelley ertrunken ist, ein schwarzes Kleid, das mir bis heute noch nicht geliefert wurde!« – »Wirklich, Großmama?« – »Größe 38, weit ausgeschnitten, ich schwöre!« – »Man kommt in die Hölle, wenn man einen Meineid schwört, Großmama!« – »Das laß meine Sorge sein!« kicherte Großmutter und schaute mich prüfend an. »Was ich dir jetzt anvertraue ist eigentlich nicht für Kinderohren bestimmt, weil es mein Sexualleben betrifft!« – »Du meinst das Medaillon, Großmama?« – »Welches Medaillon?« fragte sie mißtrauisch. »Die süßen, teuflischen Regungen, Großmama!« – »Wahrhaft süße Regungen, wahrhaft teuflisch«, sagte sie versonnen. »Ich hatte anno 19 –, ist auch egal wann, an den Totengräber geschrieben und ihn um den Gefallen gebeten, mir ein paar Knochen für meinen damals sehr, sehr rheumatischen Körper zur Verfügung zu stellen! Und was denkst du, hat der Totengräber gemacht, Flann?« – »Ich weiß nicht, Großmama!« – »Ein Probeliegen hat er mit mir arrangiert in einer frisch ausgehobenen Grube und dann, dann hat er an mir rum-« – »Rumgefummelt, Großmama?« Großmutter seufzte. »Bis ich halbtot war!« – »Jeans Schwester«, begann ich atemlos zu erzählen. »Du bist noch viel zu jung für solche Spiele!« unterbrach mich Großmutter.

Fünfzehn

»Er ist zu alt, Kinder, als daß man ihm x-beliebige Briefe schreiben könnte«, sagte unser neuer Lehrer am Montagmorgen. »Aber wen überhaupt anschreiben? Den, der durch die Legende trabt auf schwarzem Roß oder den, der als Engel gefallen ist? Oder gar Samiel?« Ich erinnerte mich daran, im *Kleinen Buch Flann* gelesen zu haben, daß ich eines Tages in der alten Molkerei Großmutter gegenüberstehen würde, die an ihrem Flügel saß und ihren geliebten Chopin spielte. Und falls ich es noch nicht erlebt hatte, würde ich sie fragen, was eigentlich mit uns geschehe, daß wir uns veränderten in solch einem Maße, warum wir nur noch Verwalter unserer eigenen Miseren seien? Großmama würde dann lachen, und nachdem sie alles leichtfertig auf unser Älterwerden geschoben hätte, würde sie mir ein Empfehlungsschreiben an den lauten Regisseur mitgeben, der gerade diesen *Freischütz* einstudierte.

Sechzehn

Der laute Regisseur mit der noch lauteren Stimme lief erregt auf der Bühne hin und her und Max, Agathe, Ännchen, Kaspar und ich hatten Mühe, ihm dabei nicht in die Quere zu kommen. »In einem gräßlichen Gewitter erscheint Samiel«, instruierte er uns, »gerade, als Kaspar die Kugeln gießt. Dieser stürzt zu Boden. Max springt aus dem Teufelskreis, schlägt das Kreuzeszeichen und stürzt nieder!« Der laute Regisseur mit der noch lauteren Stimme verweilte jetzt bei mir. »Interessiert Sie das gar nicht, Lann? Das ist immerhin unsere Arbeit der kommenden Monate. Ihre famose Großmutter hielt es doch für richtig, Sie zum Regieassistenten zu machen!« – »Weil sie nicht schmoren will«, sagte ich gelangweilt. »Aus welchen Gründen auch immer, letztendlich ist mir das auch egal. Gleichgültig ist mir aber nicht, wenn Sie hier schlechte Arbeit leisten. Also hören Sie um Gottes willen zu!« Als er wieder damit begann, Carl Maria von Weber in seiner unerträglich lippengespitzten Art zu zerträllern, fragte ich ihn: »Und wo ist Samiel?« – »Rauben Sie mir nicht den letzten Nerv, Flann! Er hat ein Telegramm geschickt, daß er erst später kommen kann!« –

»Später? Dann ist es womöglich zu spät«, sagte ich düster. Der laute Regisseur reagierte gereizt und wies mich zurecht, er kümmere sich schon darum, daß er rechtzeitig da sei. Und dann versuchte er aufs neue, mich zu examinieren. »Warum befürchtet Max plötzlich, Agathe nicht zu bekommen und sieht sein ganzes Lebensglück bedroht?« Warum sollte es diesem Max, auch wenn er zum Personal einer Oper gehörte, besser gehen als mir? Seit mich Jeans Schwester verlassen hatte, war ich sehr allein. »Nur der gelungene Probeschuß könnte Max retten. Da ist die Freikugel eine große Verlockung!« sagte der laute Regisseur. Was hätte mich retten können, nachdem Jeans Schwester einfach weggegangen war, ohne mir auch nur ein Wort zu sagen?

Siebzehn

Im *Kleinen Buch Flann* war an dieser Stelle zu lesen, daß schon bald, nachdem mich Jeans Schwester verlassen hatte, im Kloster ein Mädchen auftauchte und dem überraschten Prior Laurens mitteilte, daß sie das Kleid bringe. Dieser war sehr erstaunt, daß es kein Beinkleid war, sondern ein schwarzes mit großem Ausschnitt für eine Frau. Ob sie denn wisse, wo sie sich befinde, fragte der Prior sie, worauf das Mädchen antwortete, »sie« habe es per Flaschenpost bestellt. »Wer ist ›sie‹, Tochter?« fragte Prior Laurens geduldig. »Elisabeth Lydia Stern«, sagte das Mädchen mit einer natürlichen Anmut. Prior Laurens stieß Laute aus, die nicht so recht zu definieren waren, um dann dem Mädchen mitzuteilen, daß es ein bißchen spät komme und er momentan gar nicht wisse, wo Elisabeth Lydia Stern sich befinde, ob »da oben oder da unten«. Auf seinen verständnislosen Blick hin riet Prior Laurens dem Mädchen, es vielleicht einmal in der alten Molkerei zu versuchen.

Achtzehn

Ein Konglomerat aus Gefühlen und Erinnerungen rührte sich in meinem Kopf zu einer ungenießbaren Brühe zusammen. »Versuchen wir, mit dir zu beginnen«, schrieb unser neuer Lehrer den Schwarzen Reiter an, »mit dir, der du an deinem heißen Schreibtisch sitzt und mit deinem kleinen Bocksfinger imaginären Staub wegwedelst? Der du mit deinem glühenden Lavastift eruptive Pläne vesuvianischster Art in dein Sudelbuch skizzierst? Der du dein Spiel mit vollem Einsatz spielst und erst am Schluß, ganz am Schluß – verlierst?« Er unterbrach sich und ließ das Kinn auf seine Brust sinken. Dann warf er ruckartig den Kopf nach hinten und befahl: »Und jetzt, jetzt geht nach Hause! Hitzefrei, Kinder! Macht, daß ihr wegkommt! Hinaus mit euch! Hinaus!« Er wedelte uns mitsamt unserem Kreischen und Lachen mit beiden Armen zum Klassenzimmer hinaus. »Dein Lehrer, dieser Teufel, was bringt er euch bei?« rief Großmama und konnte sich vor Begeisterung nicht mehr halten. War das übernächste, an das ich mich erinnerte, Jeans Schwester? Jeans Schwester, die Lust auf mich hatte, als ich sie bat, in ihr Medaillon schauen zu dürfen. Wie ich immer Lust auf sie hatte! Der laute Regisseur mit der noch lauteren Stimme gab kastratenähnlich eine Arie aus dem *Freischütz* zum besten, als ich die Kreissäge anstellte, um niedrige Schreinerarbeiten auf der Bühne in Angriff zu nehmen. »Doch nicht jetzt, wenn ich Ännchen bin«, krakeelte er, »da können Sie hier ja gleich Ihre Notdurft verrichten!« – »Lieber Herr Saleim«, schrieb Großmama dazwischen, »wenn ich heute mit Ihnen korrespondiere, dann in meiner Funktion als Erziehungsberechtigte meines Enkels Flann. Ihre pädagogischen Fähigkeiten in Ehren, aber müssen Sie den Kindern partout bei jedem Wetter hitzefrei geben? Und muß wirklich bei jedem Wetter der Unterricht ausfallen? Hochachtungsvoll, Ihre Elisabeth Stern.« Die Matratze ächzte, eher war es ein Quietschen. »Dreh dich um«, sagte Jeans

Schwester. »Doch nicht so«, seufzte sie. »Wie dann?« fragte ich. »Daß dein Kopf am Fußende ist. So kannst du auch das Medaillon sehen und wirst gleich etwas fühlen, was du noch nie gefühlt hast!« Warum läutete die Schulglocke? »Ist Flann heute da?« fragte der neue Lehrer. »Hier bin ich doch«, lachte ich. »Du bist also Flann«, sagte er und schaute mich lange an, »dann hast du auch eine Großmutter!« – »Natürlich«, sagte ich. »Und sie schreibt Briefe?« vergewisserte er sich. »An den Spiegel, an das Sozialamt und an den Totengräber«, sagte ich. »Und an mich«, lachte der neue Lehrer. Sein Lachen steigerte sich zu einem Gelächter ekstatischster Art. »Es ist unglaublich, sie schreibt an mich!« Langsam verebbte sein Lachen. »Du kannst ihr ausrichten, daß jede Stunde, die ausfällt, ein Glücksfall für euch ist! Kinder, die pausenlos dem Einfluß ihrer Lehrer ausgesetzt sind, sind nicht zu ertragen. Der hundertprozentig erfüllte Lehrplan läßt den Sohn meiner Mutter sich übergeben! Hörst du, kotzen könnte ich bei all dem Eifer! Kotzen!« Müde ließ er sich hinter dem Pult nieder und flüsterte: »Hitzefrei, Kinder! Trollt euch! Haut schon ab!« Als ich die Tür beinahe schon erreicht hatte, hielt mich seine Stimme zurück. »Übrigens, wenn deine Großmutter immer fröstelt, sollte sie bei Gelegenheit vorbeikommen!« Und Großmutter kam vorbei und er hatte eine Sektflasche in der Hand, deren Korken er knallen ließ. »Trinken wir auf Ihre Funktion als Frau, Elisabeth«, sagte er ohne Umschweife und zog sie, nachdem sie die Gläser geleert hatten, über das Pult zu sich herüber. Als Großmama nach Hause kam, lachte und lachte sie und als ich sie fragte, warum sie lache und lache, sagte sie, daß mein Lehrer eine Hitze habe, die geradezu unglaublich sei. Wobei sie die Augen verdrehte und wieder zu lachen begann. »Jetzt hör doch endlich mit meinem Lehrer auf, Großmama!« rief ich verärgert. »Eifersüchtig, Flann?« kreischte Großmama, »tatsächlich eifersüchtig?« Der Regisseur mit der lauten Stimme warf mir vor, daß ich an alles, nur nicht an

Kaspar denke, der seine Seele dem Teufel vermacht habe, indem er ihm versprach, die Seele des ahnungslosen Max dem Schwarzen Reiter auszuliefern. Aber seine Worte drangen nicht sehr tief bei mir ein, da sich Bruder Jean mit einem kindlichen Kichern meldete und mir zum hundertsten Mal erzählte, daß er seinerzeit ein Faß mit braunem Bier in den Weinkeller geschmuggelt und unter dem Vorwand, dem Cellerar zur Hand zu gehen, dort täglich wohl eine Stunde verbracht habe, die seine »blaue Stunde« war, denn er sei immer mehr als blau gewesen, wenn er danach wieder ans Tageslicht gekrochen sei. Wieder tauchte das Mädchen auf, welches das schwarze Kleid in Händen hielt. Dieses Mal bei der alten Molkerei, vor der sie eine alte Frau antraf, die ihr mitteilte, daß sie dort kein Kleid oder sonst etwas abgeben könne, da die Molkerei längst stillgelegt sei. Was das Mädchen verstörte, weil sie Chopin'sche Klaviermusik aus dem alten Gemäuer zu hören glaubte.

»Den Rücken wolltest du mir massieren«, schnurrte Jeans Schwester. »Tu ich doch«, sagte ich. »Das nennst du Rücken?« – »Welcher Mann kennt sich mit der weiblichen Anatomie so aus, daß er es wagen könnte, zu entscheiden, wo der Rücken aufhört und wo die Beine anfangen«, murmelte ich und beschäftigte mich mit einem ganz anderen Part. »Ihr kennt euch alle nicht aus«, seufzte sie, »bleibt immer irgendwo dazwischen hängen«.

Neunzehn

Und ich betrat bei einsetzender Dunkelheit an einem späten Nachmittag – es mußte Ende November sein – das Spital, in dem Bruder Jean lag, oder besser gesagt, in dem das lag, was von ihm noch übriggeblieben war. Obwohl das Gebäude seiner Bestimmung nach genutzt wurde und überall Nonnen herumwieselten, die sich an Patienten zu schaffen machten oder an irgendwelchen Hausaltären ihr kleines Zwischengebet verrichteten, von Bettpfanne zu Fieberthermometer sprinteten, machte alles einen ähnlich erbärmlichen Eindruck wie die stillgelegte alte Molkerei. Miasmen von Gerüchen, Schweiß, Urin, Desinfektionsmittel und die Brotsuppe des Elends blockierten meine Atemwege. Benommen trat ich ans Bett Bruder Jeans, der mit zwanzig anderen, deren aller Schicksal der Gottesacker war, in einem großen Krankensaal lag. An den Fußenden der Bettgestelle waren Schiefertafeln befestigt. Auf der Bruder Jeans las ich »38,3« und »Chirurgie ist Leben«. Ich zwang mich, mein abgrundtiefes Erschrecken nicht zu zeigen. »Meine Stimme ist gar nicht meine Stimme«, sagte Bruder Jean seltsam fremd, »ich habe keine mehr, werde vom Spitalchirurgen schlecht und recht synchronisiert!« Er kicherte. »Er ist eine Koryphäe, ein As, ein Schnipsler vor dem Herrn!« – »Du bist bestimmt in guten Händen«, sagte ich. »Du fühlst schon richtig, Bruder Flann«, sagte er, »er hat mir auch mein Gesicht weggeschnitten. Schau mir in die Augen, wenn ich spreche! Braunes Bier kann ich dir nicht anbieten! Und der Malventee: vergiß ihn!« Seine Augen bewegten sich kaum merklich zum Nachttisch hin, auf dem eine Karaffe mit rotem Tee stand. »Du vermißt meine Arme?« fragte er dann. »Ich auch, ich auch«, fuhr er fort, »unterm Strich waren sie doch eher praktisch. Dir fehlt mein Lachen? Mein Zwerchfell gestohlen auf leisen Sohlen!« Wieder huschte sein Blick kurz in Gefilde, die ich nicht ausmachen konnte. »Hier hinein würde ich schießen, wenn ich könnte, aber sie haben mir meine Flinte und meine Schläfen weggesperrt, weil ich suizidgefährdet bin! Aber ich kann nicht klagen, ich habe dreimal täglich eine warme Infusion!«

Zwanzig

Als ich im Schlaf aufschrie, eilte Großmama an mein Bett und strich mir über die Stirn. »Schlecht geträumt, Flann?« – »Von einem Krankenhaus, Großmama«, keuchte ich, »sie nannten es«

»Spital«, half sie mir auf die Sprünge. »Ja, ja, Spital«, sagte ich noch ganz verschreckt. »Ein alter Mann, den ich von irgendwoher kannte. Er nannte mich Bruder Flann und ich nannte ihn Bruder Jean. Er war uralt, Großmama, und sie haben ihm«, meine Stimme versagte und ich schluchzte auf. »Was denn?« fragte Großmama sanft. »Sie haben ihm alles weggeschnitten, Großmama. Er sagte mir, ich solle seine Schwester grüßen, aber ich kenne sie doch gar nicht!«

Einundzwanzig

Und als mich Jeans Schwester wieder einmal so weit gebracht hatte, daß wir uns vergaßen, schaute aus ihrem Medaillon das Auge des Teufels hervor, und ich sah ein kopulierendes Paar, Max und Agathe. Und als ich mich schon kaputtlachen wollte, weil sie im Gegensatz zu Jeans Schwester und mir dabei sangen, erschien eine haarige Pfote, die damit begann, auf Agathes linke Brust eine Zielscheibe zu tätowieren. Das Bild verschwand, als von der offenen Zimmertür her eine Stimme ertönte und ich ein junges Mädchen erblickte, das ein schwarzes Kleid in Händen hielt. »Es tut mir leid, daß ich mitten hineinplatze«, sagte das Mädchen. »Schick sie weg«, keuchte Jeans Schwester. »Sie sind Flann?« fragte das Mädchen. »Ich bin nicht Flann«, sagte Jeans Schwester böse. »Ich meine ja« – »Wen?« fragte Jeans Schwester. »Den, der auf Ihnen liegt. Ich soll bei ihm ein schwarzes Kleid abgeben!« – »Für mich?« frage Jeans Schwester. »Das ist ein Mißverständnis«, sagte das Mädchen. »Wenn du wegen irgendeinem beschissenen Kleid jetzt aus mir rausgehst, Flann, bin ich absolut sauer«, warnte mich Jeans Schwester. »Ich versuche schon ein halbes Leben lang, dieses Kleid zuzustellen«, sagte das Mädchen, »es wurde per Flaschenpost bestellt.« – »Ach du meine Fresse«, stöhnte jetzt Jeans Schwester, »deine verfluchte Kindheit!« – »Meine Großmutter«, seufzte ich, »ihre bizarren Briefe. Die Flaschenpost!« –

»Schick sie weg«, wiederholte Jeans Schwester. »Bringen Sie das Kleid am besten ins Elisabethanische Theater«, riet ich in meiner Ratlosigkeit.

Zweiundzwanzig

Der laute Regisseur mit der noch lauteren Stimme war mit all seinem Gedröhne am Ende – zumindest für ein paar Sekunden, – als ich ihm ein Konzert vieler Vogelstimmen vorführte, das ich auf Onkel Georgs Tonbandgerät im Morgengrauen aufgenommen hatte. Er lauschte verblüfft, bekam aber schnell wieder Oberwasser. »Das ist ein einziger Salat, eine Tortur für jedes Ohr«, warf er mir vor. »Was ist Amsel, was Drossel, was Fink und was Star?« Jetzt war die Stimme einer einzelnen Amsel zu hören, die ich als die eines Buchfinks ausgab. »Wissen Sie, wie ein Buchfink macht?« sagte er empört. »Der macht tirili!« Ich warf ihm an den Kopf, daß ich keinen einzigen Vogel kenne, der so idiotisch sei, auch nur daran zu denken, »tirili« zu machen. Es sei ein Rotkehlchen. Jetzt wurde der laute Regisseur noch lauter, trumpfte damit auf, daß er praktisch mit Rotkehlchen aufgewachsen sei, und dann erkannte er plötzlich, daß es eine Amsel war. »Gut«, sagte er, die können wir von mir aus im dritten Aufzug in der zweiten Szene einsetzen! Machen Sie weiter!« Nun war eine Nachtigall an der Reihe, auf die ich besonders stolz war. Wer heutzutage noch eine Nachtigall wolle, bedeutete er mir, sei völlig out, auch wenn sie noch so schön singe. Er wünschte die nächste Vogelstimme zu hören. »Eine Krähe«, sagte ich. »Eine Saatkrähe«, verbesserte er mich. »Ein fabelhafter Ton. Verpflichtet!« Wieder verschlug es ihm für kurze Zeit die Sprache, als anstelle des nächstens Vogels die Stimme Bruder Jeans zu hören war. »Ich will nicht wie eine reife Frucht ins Grab sinken«, verkündete sie, »Metaphern reichen mir nicht aus, um mir den bitteren Trank des Todes zu versüßen.« – »Ach Gott, ach Gott«, sagte der Regisseur. »Ich weigere mich, von der Flut getragen zu werden, die das menschliche Leben sanft in die Unsterblichkeit hinüberbringt, und der unvermeidliche Lauf des Schicksals mißfällt mir!« – »So spricht kein Vogel, Flann«, sagte der Regisseur gequält. »Ich bin verliebt in diese grüne Erde, in das Antlitz der Stadt und des Landes, ich bin verliebt in die unsägliche, ländliche Abgeschiedenheit. Ich würde gerne bei dem Alter, das ich habe, stehenbleiben, uns verewigen, mich und meine Freunde, weder jünger sein noch reicher, noch stattlicher. Jede Veränderung in dieser meiner Welt verstimmt und verwirrt mich. Meine Hausgötter sind schrecklich festgewachsen, und ohne Blutvergießen sind sie nicht zu zerreißen.«* »Nun ist es gut, Lann, ich sehe wirklich nicht, wie wir dieses Material für unsere Zwecke verwenden könnten.« – »Es ist Bruder Jean, es ist sein Testament«, flüsterte ich. »Das mag ja so sein«, sagte er, »aber –« Ich schnitt ihm das Wort ab und brüllte ihn an, daß ich mir seine schwerfällige, bedeutungslose Drecksoper ohne Murren bis zum Gehtnichtmehr angehört habe, genauso wie sein läppisches Gesinge, Geträllere, Gehabe um zwei Langeweiler wie Max und Agathe. »Wie reden Sie von meinem *Freischütz*?« fragte er mich entgeistert. »Jetzt hören wir uns Bruder Jean an. Das bin ich seinen wenigen sterblichen Überresten schuldig.« – »Das können Sie ihm auch außerhalb Ihrer Arbeitszeit schuldig sein«, sagte er kaltschnäuzig. Mir blieb keine Wahl, als ihn in den Schwitzkasten zu nehmen. »Lassen Sie mich sofort los!« sagte er mit dumpfer Stimme. »Falls Sie es noch nicht bemerkt haben, Sie wohnen einer Art Gedenkfeier bei,« wies ich ihn in die Schranken. Ich schaltete das Tonbandgerät wieder ein. Und was mich erstaunte, war, daß hinter der Stimme Bruder Jeans diejenige des Schwarzen Reiters zu hören war und ab und zu gereimte Kom-

*Bruder Jean muß Charles Lamb gekannt haben, da sein Testament nahezu wortwörtlich identisch ist mit einer Passage aus *Elia* (1823).

mentare Großmutters, die sich jetzt zu amüsieren schien. Als ich Bruder Jean aufgenommen hatte, war von all dem nichts zu hören gewesen. »Die Sonne und der Wind und der Himmel und die einsamen Spaziergänge«, hörte ich Bruder Jean und dahinter, in regelmäßigen Abständen wie das stete Geräusch einer tickenden Wanduhr, die Stimme des Schwarzen Reiters. »Pix, nix, nox, vermis, flagra, vincula…« – »Und die Sommerferien und das Grün der Felder und die köstlichen Säfte von Fleisch und Fisch…« »Pech und Schnee, jeminé, Wurm und Nacht, viehisch gelacht«, meckerte Großmutter dazwischen. »Ich will nicht wie eine reife Frucht ins Grab sinken«, setzte Bruder Jean sein Vermächtnis fort, während der laute Regisseur sich aus meinem schraubstockähnlichen Griff zu befreien suchte. »Geisel und Fessel, siedender Kessel«, kicherte Großmutter. »Pus, pudor, horror«, perpendikelte der Schwarze Reiter mir ins Ohr. »Und die Freunde und das frische Glas Wein, das dunkle Bier und die Gespräche am Feuer. Und die unschuldigen Eitelkeiten und die Scherze, allein die Ironie, all das soll mit dem Leben vorbei sein?« Ehe ich das Gerät abstellen konnte, hörte ich das sich schnell entfernende Getrappel von Pferdehufen. Und der laute Regisseur rappelte sich mit hochrotem Kopf empor und rief mit lauter Stimme: »Sie sind entlassen, Lann!« – »Das dürfen Sie nicht, bevor Samiel erscheint«, widersprach ich ihm. »Sie sind fristlos entlassen«, dröhnte er und wies mich von der Bühne. Es war keine Regieanweisung, wie ich begriff.

Dreiundzwanzig

Ich erwachte durch ein leises Geräusch und sah gegen das helle Fenster, vor dem gerade der volle Mond stand, die dunklen Umrisse einer mir fremden Person. Die, als sie bemerkte, daß ich aufgewacht war, mir ein lohnendes Angebot machte. Ich fragte, welcher Hafer sie steche, mich mitten in der Nacht aus dem Schlaf zu wecken und einfach in meine Wohnung einzudringen! Er lachte. Und als ich ihn fragte, wer er überhaupt sei, wich er einer klaren Antwort aus und erklärte mir, er habe meine brennenden Gardinen gesehen und sich gedacht, »besuchst ihn halt.« – »Welche brennenden Gardinen?« fragte ich. »Ich will nicht vorgreifen«, kicherte er, »eigentlich betrifft es auch eher Ihre Freundin!« – »Agathe?« stotterte ich. »Das ist doch die Freundin von Max«, lachte er. »Jeans Schwester?« fragte ich ihn. »Freilich«, sagte er eifrig und mit großem Interesse. »Denken Sie manchmal noch an Ihre Großmutter?« wollte er von mir wissen. »Oft. Eigentlich immer«, sagte ich. »Und an ihre Korrespondenz?« – »Kommen wir endlich zur Sache«, schlug ich vor. »Ich bin der, an den sie geschrieben hat. Und ich würde gern ein frisches Grab schaufeln. Für Ihre Freundin!« Ich erschrak. »Dann ist sie tot und Sie sind der Totengräber?« Er lachte. »Wenn eine Frau dich verlassen hat, ist sie noch lange nicht tot!« Was wollte er von mir? »Ein Probeliegen mit Ihrer ehemaligen Freundin arrangieren«, sagte er.

Vierundzwanzig

Das helle Lachen war nicht das Lachen Großmutters, es war das Lachen von Jeans Schwester, die mit mir im Bett lag. Als ich ihr Medaillon vorsichtig öffnete, sah ich mich vor dem Briefkasten stehen, auf dem sich das Wappen des Teufels befand, und ich sah eine Hand, die einen Brief in den Schlitz schob. »An Abbadon?«, keuchte Jeans Schwester. »An Abbadon«, keuchte ich. Im Rhythmus, in dem ich in sie eindrang, fiel ein Brief nach dem anderen auf den Grund des Kastens. »An Ammon?« schrie Jeans Schwester. »An Ammon!« schrie ich. »An Asmodi?« – »An Asmodi!« – »An Behemoth?« – »An Behemoth!« – »An Belfagor?« – »An Belfagor!« bekräftigte mein Becken. »An Beelzebub?« wimmerte sie. »An Beelzebub!« Ein Lied aus dem *Freischütz* nebelte uns ein. »Milch des Mondes fiel aufs Kraut. Uhui! Uhui!« Ich war mir sicher, daß es der Schwarze Reiter war, der es mit geliehener Stimme sang. »An Luzifer?« stöhnte Jeans Schwester. »An Luzifer«, stieß ich in sie hinein. »An Leviathan?« – »An Leviathan!« Brief um Brief. »An Satan?« – »An Satan!« Jeans Schwester war nicht mehr Jeans Schwester, sie war eine rotglühende Frauenstatue, an der meine Haut zischend verbrannte. »An Samiel!« schrie ich voller Schmerzen. Der Schwarze Reiter unterbrach seinen Gesang und rief mit der Stimme Samiels: »Was rufst du?« Und zu meiner Verwunderung hörte ich Max sagen: »Du weißt, daß meine Frist schier abgelaufen ist!« – »Noch nicht«, keuchte Jeans Schwester unter mir, »mach weiter.« – »Was macht dieses Mädchen auf der Bühne?« hörte ich Samiel fragen und war erstaunt, daß er nicht Jeans Schwester meinte, sondern das Mädchen, das ein schwarzes Kleid in Händen hielt. »Sie will das Kleid abgeben«, sagte ich und wunderte mich, daß Jeans Schwester verschwunden war. »Welches Kleid?« fragte Samiel. »Agathes Brautkleid?« – »Nein, nein, das schwarze mit dem großen Ausschnitt, das Elisabeth Lydia Stern bestellt hat!« – »Bei mir braucht sie kein Kleid«, lachte Samiel, »bei mir herrscht Hitze!« – »Du bist gar nicht richtig bei der Sache«, sagte Jeans Schwester. Die also doch da war. »Ich bin bei dir«, flüsterte ich. Und ich sah in ihrem Medaillon Maxens Hände, die zitternd Kugeln gossen. »Freikugeln sind's, auf die er Hoffnung baut«, sagte Kaspar. »Sechse treffen, sieben äffen!« schrie Samiel. »Die siebente sei dein«, sagte Kaspar. »Jetzt ist sie schon beim Totengräber«, flüsterte ich. »Wer?« fragte Jeans Schwester. »Das Mädchen mit dem Kleid. Sie sagt zu ihm, sie wolle es abgeben und er fordert sie auf, es auszuziehen. »Ich habe ein frisches Grab ausgehoben«, lockt er. »Für wen?« fragt das Mädchen. »Wir könnten probeliegen«, sagt der alte Sack. »Das ist geschmacklos«, sagt das Mädchen. »Ich könnte Geschmack daran haben, an dir rumzufummeln«, sagt er. »Du hast vielleicht eine Phantasie«, sagt Jeans Schwester unter mir. Und der laute Regisseur mit der noch lauteren Stimme ist ganz verdattert, als Samiel mich sprechen will. »Ich habe ihn gefeuert«, sagt der Regisseur voller Schuldgefühle. »Sind Sie wahnsinnig?« fragt ihn Samiel, »alles war auf diese eine Begegnung zwischen Flann und mir ausgerichtet! Also schaffen Sie ihn herbei!« – »Wie denn?« fragt der Regisseur. »Bestellen Sie ihn für Mitternacht auf diese Bühne«, befiehlt Samiel ihm. »Ich mag es nicht, wenn du bei dieser Sache nicht bei der Sache bist«, sagt Jeans Schwester. »Ich bin doch bei dir«, flüstere ich ihr ins Ohr. »Du wirkst aber völlig abwesend«, sagt Jeans Schwester.

Fünfundzwanzig

Die Kreide kratzte die Tafeloberfläche entlang. Wir hatten Mühe, unserem neuen Lehrer und seinem höllischen Tempo zu folgen. »Schwarzer Reiter, wo ist dein Ort?« schrieb er, »bist du im leidenden Herzen Maxens zu Hause? Oder im Totenkranz Agathes? Oder im Kleid der Elisabeth Lydia Stern, das nicht zuzustellen ist? Oder im Medaillon von Jeans Schwester? Wo ist dein Ort, Schwarzer Reiter? Existiert er vielleicht gar nicht?« – »Doch, doch, doch, er existiert!« rief ich, ohne mich zu melden. Lehrer Saleim drehte sich langsam um und schaute mich lange an, ehe er mich fragte. »Und wo ist er zu Hause, mein Kind?« – »Der Teufel selbst«, sagte ich, »ist das permanente Nichtleben!« – »Aha!« sagte Saleim. »Die allgegenwärtige, diffuse Infernalität!« – »Oho«, lachte Natas Saleim, und durch sein Lachen war ich ermutigt, mich in eine geradezu manische Definitionswut hineinzusteigern, in der mir Begriffe und Worte nur so zuflogen, von denen ich zuvor nie etwas gehört hatte. »Schwabbelig wie eine Amöbe!« rief ich eifrig. »Hört, hört«, stachelte er mich an. »Mit undefinierbaren Konturen«, sage ich. »Sehr gut, sehr gut, sehr gut«, klatschte Saleim in die Hände. »Eine Art voranimalische Jauche«, verstieg ich mich zu sagen. »Du übertriffst dich selbst«, sagte unser neuer Lehrer.

»Ein schmutziger, apokrypher, schleimiger Universums-Misthaufen!« schleuderte ich meine Worte hinaus. Meine Klassenkameraden begannen zu kichern und unser Lehrer fragte mit süffisant verzogenem Mund: »Vergaloppierst du dich nicht, Flann?« »Keineswegs«, erwiderte ich, »denn widersprüchlich ist sein Ort, unkontrollierbar! Im kalten Herzen der Politiker ist er zu Hause, die von Januar bis Dezember Mittelmäßigkeit ausschwitzen. Im malträtierten Ohr der von Montag bis Sonntag einlaufenden Horrormeldungen hält er sich auf!« Natas Saleim schnitt mir mit einer harschen Handbewegung das Wort ab. »Keiner kann es besser wissen als ich«, sagte er, »in der Hölle ist er zu Hause! Wir schreiben, der Teufel ist…«

Sechsundzwanzig

»Auf der Bühne zu Hause«, schrie Samiel um Mitternacht, und ein Krachen, Donnern und Blitzen begleitete seine Worte, als er die Bühne betrat. Obgleich ich ihn dort erwartet hatte, erschrak ich heftig. »Alles billige Effekte«, beruhigte er mich. Als ich ihn mir genauer anschaute, erschrak ich ein zweites Mal, da ich Natas Saleim in ihm erkannte. Samiel lachte. »Saleim – ein Anagram von Samiel!« – »Und Sie wohnen auf der Bühne?« stammelte ich. »Nur während der Aufführung«, sagte er. »Sie spielen den Samiel?« fragte ich. »Ich bin Samiel«, belehrte er mich, »ich übernahm die Rolle nur, daß sie ein einziges Mal richtig besetzt ist!« Sein Pferd, das neben ihm stand, schnaubte bestätigend. »Und Sie sind immer mit Pferd unterwegs?« fragte ich. »Wie denn sonst?« – »Zum Beispiel mit dem Motorrad«, murmelte ich. »Motorrad pah«, rief er, »jeder fünfzigste verunglückt und jeder zweitausendste stirbt dabei! Das ist nur etwas für ganz Junge oder für alte Deppen, die glauben, noch jung zu sein!« – »Und Sie sind wirklich der Schwarze Reiter?« fragte ich verunsichert. »Kommen wir zur Sache«, unterbrach er mich, »was begehrst du?« – »Ich soll mit dir verhandeln!« – »Ich weiß, ich weiß«, sagte er ungeduldig, »deine Großmutter will plötzlich nicht mehr bei mir schmoren! Früher liebte sie meine Hitze, mein Feuer! Aber Undank ist der Hölle Lohn!« – »Gib sie frei!« sagte ich. »Unter einer Bedingung«, sagte er ganz schnell, so, als ob er meine Aufforderung erwartet hätte. »Und die wäre?« fragte ich ihn. »Spring aus dem Fenster deiner Wohnung!« »Ich wohne im vierten Stock«, protestierte ich. »Eben«, sagte er, »du hast dich zurückgezogen! Wenn du nicht springst, verläßt du die Wohnung nie mehr!« – »Und das soll ein seriöser Rat sein?« – »Was gibt's da zu überlegen?« fragte er mich. »Und es kann nichts passieren?« – »Im äußersten Fall tritt dein Tod ein!« – »Sonst wirklich nichts?« versicherte ich mich. »Versprochen«, sagte Samiel, »sonst nichts!« Er reichte mir die Hand. Und ich schlug, ohne zu zögern, ein.

Siebenundzwanzig

Ich öffnete das Fenster und durchsprang den Höllenring meiner brennenden Gardinen. Vier Stockwerke tiefer schlug ich auf und beobachtete mich, wie ich dem feuerzüngelnden Salamander des Mittelstreifens unserer Dorfstraße folgte, bis ich beim Friedhof angelangt war. Der Mond senkte sich hinter den Pappeln in den See, die Nacht ging zur Neige und der Tag brach an. Sie ließen gerade den Sarg eines Mannes, der in der Blüte seines Lebens gestorben war, wie Prior Laurens sagte, in unser Familiengrab hinab. Ich mischte mich unter die Trauernden, die nicht die geringste Notiz von mir nahmen. Nicht Onkel Georg, der gerade sein Tonbandgerät ins offene Grab warf. Nicht Tante Claudine, die zu meiner großen Überraschung ein Maulwurffellchen und *Das Kleine Buch Flann* auf den Sarg legte. Nicht Tante Emma, nicht Prior Laurens, nicht Jeans Schwester, die ihre Nase schneuzte und viele Tränen vergoß. Nicht mein ehemaliger Lehrer, der im Stand vor sich hinhinkte. Nicht einmal vom Mädchen wurde ich wahrgenommen, die ein wunderschönes, schwarzes Kleid in Händen hielt. Auf dem Grabstein stand ›Elisabeth Lydia Stern‹ und daneben war ein frisches Holzkreuz aufgerichtet, an dem ein Pappschild befestigt war, auf dem ›Flann Stern‹ stand. Und das flüchtig hingepinselte Todesdatum stimmte mit dem vorvorgestrigen Tag überein. Ein Posaunenchor begann zu spielen.

Und ich lag in der frisch ausgehobenen Grube neben meiner Großmutter. »Ich dachte, die alte Molkerei ist unser Treffpunkt«, begrüßte ich sie. »Was hast du gegen den Friedhof? Noch dazu, wo er einer der schönsten ist?« – »Dann ist das gar kein Probeliegen?« fragte ich in plötzlich aufkeimender Erkenntnis. »Das befürchte ich«, sagte sie. »Wer erbt jetzt deine 22 Millionen?« fragte ich sie fassungslos. Großmutter lachte. »Ich wüßte nicht, was du damit hättest anfangen können! Selbst mir hat Geld nichts mehr bedeutet, als ich deinen Lehrer kennenlernte.« – »Du hattest ein Verhältnis mit ihm?« fragte ich sie überrascht. »Diese Liaison brachte mir nichts als Erfolg. Und außerdem hatte er Feuer! Ich gehörte ihm bis vor drei Tagen.« Großmutter lag still und wächsern da, schön wie immer. Sie lächelte in Erinnerung an ihn, dem sie erst vor drei Tagen entkommen war. »Vor drei Tagen?« fragte ich. »Weil du vor drei Tagen aus dem Fenster gesprungen bist!« – »Heißt das, ich bin es, der ihm jetzt gehört?« Großmutter antwortete mir nicht, was mir gerade recht kam, da ich Jeans Schwester breitbeinig an meinen Grab stehen sah. Sie mußte mir nicht sagen, daß ich mich hinlegen sollte, weil ich schon lag, und ich konnte sehen, daß sie drunter nichts anhatte. Und ich hörte sie in Erinnerung an die halbverfallene Scheune, die zwischen der Molkerei und Tonuttis Laden stand, sagen: »Wenn ich weiß, daß ich einen neuen Kerl kennenlerne, trag ich nichts drunter.« – »Männerphantasien, je oh je«, seufzte Großmutter neben mir. Dicht neben Jeans Schwester stand mein ehemaliger Lehrer, dieser Teufel, und lächelte sie an. »Ich gehöre dir, nicht sie!« schrie ich

ihn an. »Er hört dich nicht, Flann«, sagte Großmutter, »uns hört keiner mehr!« – »Läßt dich das kalt, daß er sich jetzt auch noch Jeans Schwester krallt?« fragte ich sie aufgebracht. »Auch wenn ich bis an mein Herz hinan sehr kalt bin, Flann, weiß ich doch, daß es sehr schwer ist, der teuflischen Versuchung zu widerstehen!« – »Man hat mich reingelegt«, sagte ich voller Groll. Großmutter lachte. »Ins Grab! Alles war eingefädelt, Flann, alles!« – »Seit wann?« – »Vom Augenblick an, als du geboren wurdest, nahm alles seinen schicksalhaften Lauf!« Jetzt wurde es dunkel, da das Mädchen das schwarze Kleid, welches meine Großmutter per Flaschenpost bestellt hatte, liebevoll über meiner achteckigen Kiste ausbreitete. »Was geschieht eigentlich mit uns?« hörte ich Prior Laurens in seinem Nachruf auf mich fragen, »warum haben wir uns verändert in solch einem Maße? Überall sitzen, stehen, gehen wir auf unseren Lebensplätzen und sind längst zu bloßen Verwaltern tatsächlicher, eingebildeter oder selbsterzeugter Miseren geworden. Wie nehmen wir uns wichtig, wenn wir uns verkniffen im Detail verrennen und es für das ganze Sonnensystem halten! Was sich von uns oft nur noch mitteilt, ist Lähmung, Depression, schlechte Laune. Und was wir aussenden ist, daß wir uns ständig bedrängt fühlen, daß wir gehetzt sind und keine Zeit haben. Wie leben wir da auf, wenn uns an seinem Platze einer begegnet, der mit Feuer seine Sache vertritt, der bei sich ist. Wie erwärmt er uns, wie sind wir plötzlich wieder interessiert an den Dingen der Welt, wie sind wir glücklich, wenn die Begeisterung wieder zurückkehrt in unser beinahe verdörrtes Leben.«
»Oggi la vita è tranquilla«, murmelte Großmutter ein paar Tage später neben mir. Das Leben oder das, was man das Leben danach nannte, war jetzt wirklich sehr still und ich beschloß, mit dem, welchem ich meine Seele verkauft hatte, Kontakt aufzunehmen und ihn zu fragen, ob es nicht möglich wäre, ab und zu Urlaub von meinem jetzigen Zustand zu nehmen.

Ohne Anfang und Ende – Die Legende von Flann

Eins

Nun war es aber so, daß ich glaubte, eine Existenz zu sein zwischen den Jahrtausenden, auf die Welt geworfen, um nach Sekunden schon wieder zu verschwinden. Und daß es andere Wesen gab, die lebten, noch nicht lebten, nicht mehr lebten oder die Erinnerungen Lebender bevölkerten. Und obgleich Großmutter nicht mehr war, Laurence Sterne, Jean Paul und Flann O'Brien schon lange nicht mehr, und auch Zoltan, Professor Paradeiser und der Totengräber aller Wahrscheinlichkeit nach nicht mehr über mir weilten, geht meine Geschichte weiter. Was das Schmoren bei IHM betrifft, weiß ich nicht, ob es das ist, was sich derzeit mit mir abspielte. Nichts hatte sich in meinem Leben wirklich verändert. Alles hatte sich verändert. Was mir nach und nach auffiel, war einzig die Tatsache, daß ich nur noch nach Einbruch der Dunkelheit meine Wohnung verließ, meine Streifzüge ausschließlich nächtliche waren. Zunächst im Umkreis meiner Behausung, dann in immer größer werdenden Kreisen die nähere und weitere Umgebung durchmessend. Dabei war der Himmel nicht immer klar und von Sternen übersät, manchmal war er verdeckt oder die Wolken hingen so tief, daß mein Kopf zwischen ihnen verschwand, während meine Füße noch die Erde berührten. In anderen Nächten hatte ich Gelegenheit, in Häuser zu blicken, Großmütter und Großväter dabei zu ertappen, wie sie von der Legende erzählten. Väter versenkten Fernsehapparate in Truhen, die sie mit Vorhängeschlössern sicherten, um die Legende von vorgefertigten Bildern unbehelligt über Jahre immer plastischer ausschmücken zu können, und Mütter streiften ihre Mutterrolle ab, um dem, von dem die Geschichten handelten, ein verführerisches Lächeln hinaus in die Nacht zu schicken. Und ich begriff nur langsam, daß ich es war, von dem ihre Erzählungen handelten. Ob ich meine Aktivitäten für immer einstellte oder auch nicht, lebte ich weiter in mündlicher Überlieferung oder festgehalten in der Geschichte meines Lebens, die sich *Das Kleine Buch Flann** nannte. Im Grunde ist es unerheblich, in welchem Zustand ich bin, solange ich für den Leser existiere, wo immer das auch sein mag.

»Du bist sehr blaß« war der stereotype Satz, den ich von Kitty zur Begrüßung zu hören bekam. Und ich muß gestehen, daß auch mir meine Durchblutung ein Rätsel war. Da ich aber nichts daran ändern konnte – tagsüber war mir sogar, als ob gar nichts mich durchblute –, sorgte ich umsomehr für Kittys Durchblutung, begann an ihren Extremitäten, um mich dann auf ihre Mitte zu konzentrieren. So, daß sie auf meine nächtlichen Besuche nicht mehr verzichten zu können glaubte. Erstaunlich, daß sie es gewesen war, die in der kleinen Heimatzeitung einen Nachruf auf mich verfaßt hatte. Wenn sie ermattet nach unseren nächtlichen Durchblutungsriten neben mir lag, sagte sie: »Da war ich wohl etwas voreilig!« Ich machte mir keine Gedanken, ob ich lebendig war oder nicht, ob ich eine von ihr halluzinierte Figur war, die sich sonst hinter der Wand aufhielt, hinter die keiner blicken konnte, ob ich eine astrale Erscheinung war, die Projektion einer Idee eines an seiner Schreibmaschine sich Abmühenden. Clara, die hinten beim Keltengrab wohnte, versicherte mir, daß ich mich, wenn sich meine Gedanken in dunklen, schattenreichen Provinzen herumtrieben, sehr fest in ihr, auf ihr und unter ihr anfühle. Ich selbst kann bestätigen, daß ich mich nach Einbruch der Dunkelheit, wenn ich auf meinen Streifzügen bei einer meiner Frauen landete, stets sehr wirklich fühlte. In der ganzen Zeit, die man sein Leben nennt, waren mir nur zwei Frauen beschieden, die das Laken mit mir geteilt hatten, Tante Claudine und Jeans Schwester. In meinem jetzigen Zustand aber setzte ich endlich in

*Sebastian Goy, *Das Kleine Buch Flann*, lipa verlag 1997, 212 Seiten, gebunden. Pflichtlektüre für alle, die selbst ein Leben absolviert haben oder noch dabei sind, es zu tun.

die Tat um, was ich mir oft ausgemalt hatte. Wann immer es möglich war, goß ich das kleine Pflänzchen »Beziehung zwischen Mann und Frau«, wobei ich stellvertretend für alle die Rolle des Mannes übernahm. Weil es mir als einzige Chance erschien, auf diesem Wege jeglichem Ansatz von Männerbündelei zu entkommen. Die nicht sehr anheimelnden Alternativen zur Herrlichkeit der Frauen sind öde Gemeinderatssitzungen, öde Kasernenaufenthalte, öde Vereinsmeiereien, öde Sportvereine, oder am allerschlimmsten, ödes Alleinsein.

Zwei

Hundert Jahre später – oder waren es nur hundert Tage? – hatte ich es mir zur Gewohnheit gemacht, die Nacht von Sonntag auf Montag für Milena zu reservieren. Sie empfing mich in einer dieser Nächte mit der Frage, ob mich ihre neueste Neurose interessiere. Ohne Atem zu holen fuhr sie fort, es seien Pferde, die einzigen Geschöpfe, die sie nicht enttäuschten. Autos würden von ihr in den Straßengraben gesetzt und selbst das Wessobrunner Gebet habe keinen Reiz mehr für sie, sie könne dank ihrer Pferde jetzt leben, ohne es siebzehn Mal am Tag lesen zu müssen. Und Antialkoholikerin sei sie nur die letzten drei Tage gewesen. Auch das sei längst passé. Sie schwenkte eine halbleere Champagnerflasche, legte sich mit ihr in ihren Liegestuhl und erzählte mir mit wachsender Begeisterung von ihrem Lieblingspferd, mit dem sie tagsüber und in Nächten, in denen ich ihr nicht zur Verfügung stand, über Felder und durch Wälder des Hinterlandes jagte. Milena war für eine Frau ungewöhnlich groß und noch keine vierundzwanzig Jahre alt. Daß sie sich ausgerechnet in mich verliebt hatte, war kein Zufall. Meine Körperkräfte hielten sich zwar in Grenzen und meine Intelligenz war alles in allem nur mittelmäßig, aber ich hatte den Geruch an mir, der sie dazu trieb, mir kleine Billetts zukommen zu lassen: »Dem Mann, der es fertiggebracht hat, meine linke Schulter in erregendste Zustände der Verzückung zu versetzen, wünsche ich ein langes Leben unter üppigen Himmeln.« Ich hielt parfümierte Texte dieser Art, die an mich adressiert waren, keineswegs für übertrieben, auch wenn ich manchmal mutmaßte, daß ein Teil meiner Anziehungskraft an meiner Fähigkeit lag, ihr *Geschichten aus Tausend und einer Nacht* in einer Weise vorzulesen, die sie sogleich alles an nachgeburtlicher Haltung vergessen und als wiedererwecktes Embryo im Fruchtwasser meiner Stimme schwimmen ließ. »Du bist die längste Lieblingsneurose, die ich bisher hatte«, unterbrach Milena meine Gedanken. »Vier Monate«, sagte ich, »was ist das schon!« – »Du darfst nicht in Zeitbegriffen unserer Eltern und ihrer lebenslangen Eheneurosen denken. Im übrigen sind diese *Geschichten aus Tausendundeiner Nacht* einfach geil!« Das banale Wort geil traf es genau. Milena fand es geil, diesen Geschichten zu lauschen, die ihre Fähigkeit aktivierten, sich in eine Art säkularisierte Pfarrfrau zu verwandeln die gleichzeitig ihre eigene Tochter war, ein noch unschuldiges Mädchen, das zum ersten Mal die teuflischen Verlockungen körperlicher Lust verspürte. Welche sich auch bei mir regte, ohne daß ich gewillt war, meinem Verlangen nachzugeben. Unser Ritual schrieb vor, erst einen verbalen Gipfel zu erklimmen, ehe wir uns dem Eigentlichen widmeten. Tante Claudine hatte mir vor Urzeiten geraten, während des Vorlesens oder Erzählens Mariendistelsamen zu kauen, weil mich dies bei gewissen Frauen unwiderstehlich mache. Während ich nun den Samen kaute, dachte ich, wie beglückend die Besuche waren, weil nach und nach zwischen Milena und mir ein unglaubliches Zusammenspiel im Zuhören, Erzählen und im gegenseitigen Weiterspinnen von Geschichten entstand. Unsere Einfälle sprangen wie Pingpongbälle vom einen zum anderen. Heute startete ich einen neuen Versuch, fragte Milena aus heiterem Himmel, was sie vor dem Ausschuß ausgesagt habe, und war der festen Überzeugung, daß sie es nicht schaffen würde, daraus eine Geschichte zu entwickeln. Auf meine Frage hin schwieg sie dann auch sehr lange. Hieß das, unsere Worte trugen unsere Beziehung nicht mehr, erschufen uns nicht mehr Nacht für Nacht neu? Aber dann sprach sie doch und neue Hoffnung keimte in mir auf. »Vor welchem Ausschuß?« fragte sie mich. »Der, vor dem wir uns verantworten mußten«, sagte ich beiläufig, »du, weil du für mich verantwortlich warst. Ich, weil es mir gelang, aus dir, einer Amtsperson, einen Menschen zu machen.« – »Sei nicht ungerecht zu ihnen«, meinte Milena, »sie waren gütiger und geduldiger mit uns, als ich es nach Lage der Dinge für möglich gehalten hätte.« – »Du nimmst diese Bande auch noch in Schutz«, rief ich in gespielter Empörung. »Sie arbeiteten nicht mit Daumenschrauben«, gab Milena zu bedenken, »nur mit ihrem altmodischen Verhalten.« – »Ich war nicht anpassungswillig, also nach ihrer Meinung gefährdet. Du dagegen als junges Mädchen, das in dieser neuen Gesellschaft aufgewachsen war, warst ideologisch gefestigt genug, um mir als Umerzieherin und Aufpasserin zugeteilt werden zu können.« – »Ich erinnere mich«, lachte Milena, »ich fand dich alt, anmaßend, lächerlich, starrsinnig, bockig, indiskutabel!« Ich schaute sie bewundernd an. Ihre Gabe, sich auf meine verstiegenen Spiele einzulassen war immer wieder phänomenal. Milena ahnte, daß sie Neuem beiwohnte, in dem sich Vorlesen und Erzählen zu etwas entwickelte, bei dem sie aktiv mitwirken mußte, wenn es funktionieren sollte. Woher sollte sie auch wissen, daß ich nur deswegen richtig loslegen konnte, weil ich all meiner Sorgen enthoben war.

Daß ich sie immer nur nachts besuchte, war nur am Anfang ein Streitpunkt zwischen uns gewesen. »Ich fand dich damals langweilig, angepaßt und vor allem fremdgesteuert«, sagte ich zu Milena, um unser Spiel fortzusetzen. Sie gab mir eine volle Breitseite zurück. »Du hattest den typischen Geruch des Toleranten an dir, des aufgeklärten Bürgers, bei dem es keine Geheimnisse und keine Abgründe mehr gibt.« – »Und du warst so naiv«, schrie ich lauthals hinaus, »die Vordergründigkeit einer computergesteuerten Seelenlandschaft für so geheimnisvoll wie den Schatten eines Baumes zu halten! Du wähntest das Plastikglück dieser neuen Zeit für vergleichbar mit der stillen Oberfläche eines Waldsees!« Milena richtete sich in ihrem Liegestuhl halb auf und sagte mit schneidender Stimme: »Ich merkte auf den ersten Blick, daß du den idealistischen Heiligenschein aufhattest, der jede normale Frau, die das Pech hat, an solch einen Typen zu geraten, in Schuldgefühle stürzt!« – »Redest du von der Gegenwart oder von der anderen Zeit?« fragte ich sie irritiert. »Von damals natürlich«, lachte sie. Ich war beruhigt und spann ihren Faden fort. »Du warst lieb, ebenmäßig, puppenhaft!« – »Und du wußtest alles besser. Du wolltest dir auf Teufel komm raus einen eigenen Reim auf die Dinge machen. Dabei reimte sich alles von alleine«, sagte Milena. »Meintest du, als typisches Kind deiner Zeit«, parierte ich. »Es war widerlich für mich«, rief Milena, »wie du deine Individualität heraushängen ließest! Wie du auf deinem altmodischen Grundgesetz herumgeritten bist« – »Was hattet ihr ihm entgegenzusetzen?« – »Die allgemeine Harmonie, den allgemeinen Spaß. Du wolltest und wolltest nicht begreifen, daß längst alles möglich war. Statt dessen warst du aufsässig, schlepptest deine Bücher mit dir herum und faseltest mir ins Ohr, sie seien Hilfe zur Lebensbewältigung. Und hast dich meinen Anordnungen widersetzt.« – »Und du warst dir nicht zu blöde, wie alle Frauen in diesem tumben Kittel herumzulaufen. Mit deinem geschorenen Schädel wirktest du steril und kalt.« Milena räkelte sich in ihrem Liegestuhl und lächelte mich an. »Nicht nur auf dem Kopf war ich kahlgeschoren«, sagte sie, sprang plötzlich auf und näherte sich mir. »Was willst du?« wehrte ich sie ab. »Kannst du dich nicht mehr erinnern, daß kein einziges Härchen an meinem ganzen Körper war?« Sie drängte sich an mich. »Noch nicht«, sagte ich. »Ich bin scharf auf dich«, sagte sie. »Später«, sagte ich. Sie zog sich schmollend wieder in ihren Liegestuhl zurück. »Woher auch sollte ich damals wissen, wie es unter deinem Kittel aussah?« – »Später hast du es umso eindringlicher erfahren. Ich sehe noch dein erstauntes Gesicht vor mir, das fassungslos auf meine glatte Unschuld blickte. Ich nahm deine Hand und führte sie dorthin, wo ich sie haben wollte. Und du sagtest, es fühle sich wunderbar zart an.« – »Ich dachte gar nicht daran«, wehrte ich ab, »an dich unter deinem Kittel zu denken.« – »Dann denk jetzt dran«, sagte Milena. Obwohl ich mich kaum zurückhalten konnte, wollte ich unser Spiel so lange wie möglich ausdehnen. »Noch nicht«, flüsterte ich und schob sie zurück in ihren Liegestuhl. »Erzähl schon, was sie heute vor dem Ausschuß von dir wissen wollten.« – »Ich schwimme gleich weg«, sagte Milena. »Erinnere dich an die Verhandlung!« – »Ich will mich gar nicht daran erinnern, ich will mit dir vögeln«, murmelte Milena. »Das können wir noch jahrelang«, vertröstete ich sie. »Sei dir nicht zu sicher, daß meine Flann-Neurose ewig währt!« warnte sie mich. »In der letzten Ausschußsitzung hast du ihnen erzählt, daß du mir den Harmoniekatechismus eintrichtern wolltest.«

Milena seufzte und holte weit aus. »Es war eine seltsame Zeit«, begann sie, »alle Rohstoffquellen waren versiegt, alle maschinellen Verkehrsmittel gehörten der Vergangenheit an. Reisen waren streng verboten. Ich erzählte ihnen, daß ich es bei dir schön fände, weil du mir Dinge zeigtest, von denen ich noch nie etwas gehört, geschweige denn etwas gesehen hatte. Ich klärte sie darüber auf, daß du eine Art »Volkshochschule«, wie du es nanntest, in einem abgelegenen, ehemaligen Wirtshaus organisiert hast.« – »Es war kein Wirtshaus«, sagte ich mit gespieltem Ärger, »es war eine ehemalige Wallfahrtskirche, ein ehemaliges Gotteshaus, das in vergangenen Zeiten sehr berühmt war.« Milena lächelte. »Wie konnte ich nur ein Wirtshaus mit einem Gotteshaus verwechseln?« – »Daraus kann dir keiner einen Vorwurf machen«, sagte ich, »Wirtshäuser waren diejenigen Häuser, in denen man große Fleischstücke auf Tellern serviert bekam, Gotteshäuser waren die, in denen dir erzählt wurde, daß es Völlerei sei, diese Teller leer zu essen.« – »Da wir paradiesische Verhältnisse hatten«, rief Milena, »brauchten wir nicht diesen Kinderglauben, daß nach dem Tod alles besser werde. Alle Pfarrer, das Klosterpersonal und die violetten Landesbischöfe nebst Kardinälen mit ihrem gütigen Lächeln waren längst zu allgemeinen Harmoniewächtern und Seelentröstern umgeschult worden.« – »Erinnerst du dich, wie ich die verriegelte Tür der Kirche aufbrach?« fragte ich Milena. »Und ob, ich schrie dich an, daß das verboten sei!« – »Und ich schrie zurück, daß es in einer harmonischen Gesellschaft ein Widerspruch in sich sei, Verbote auszusprechen.« – »Du hattest Glück«, sagte Milena, »daß du schon Zweifel in mir hattest. Denn ich war immerhin bewaffnet!« – »Ideen, nicht Waffen sind gefährlich«, lachte ich. »Als wir die Kirche betraten«, erzählte Milena, »war ich sehr erstaunt über das, was wir zu sehen bekamen. ›Was ist das‹? fragte ich dich mit offenem Mund.« – »›Das Innere einer Kirche! Und wer ist das‹? fragtest du mich und hast auf ein Kruzifix gedeutet. ›Der Erlöser‹! antwortete ich dir. ›Er wurde gekreuzigt, damit er wieder auferstehen konnte.‹« – »Du sprichst rätselhaft«, sagte sie. »Hier in diesem Gebäude versammelten sich die Gläubigen und beteten diesen Mann dort an, der am Kreuz hängt, erläuterte ich dir. Er ist der Vater, der Sohn und der Heilige Geist.« – »Ich sehe nur einen«, sagte sie. »Dennoch sind es drei«, seufzte ich. »Du willst mich auf den Arm nehmen«, sagte Milena. Ich deutete an Milenas Zimmerdecke und fragte: »Siehst du die kleinen Engel, die vergoldeten Stuckdecken, die Fresken mit biblischen Darstellungen? Diese Kirche wurde im spätbarocken Stil erbaut. Ich sagte dir damals, dieser Raum sei geeignet, die verschüttete

Phantasie wiederzubeleben. Phantasie, ein Wort, das dir unbekannt war. Ich lehrte dich, daß es außer den beweglichen Bildern in den Harmonieapparaten noch etwas anderes gab. Daß es Wörter gäbe, die in den Harmonieapparaten keine Bilder hätten, bei denen jeder sich sein eigenes Bild machen könne.« – »Deine Botschaft verbreitete sich in Windeseile«, sagte sie. »Immer mehr Leute strömten in die Kirche zu mir und ich erzählte ihnen eine meiner alten Geschichten. Die Geschichte der großen, stählernen Vögel, die Kerosin fraßen und sich mit Hunderten von Touristen in die Lüfte erhoben, um sie auf irgendwelchen südlich gelegenen Inseln oder Landstrichen auszuspucken. Und wie dort alle versuchten, ihre bleiche Haut in braune zu verwandeln. Ich erzählte ihnen von großen Ozeanschiffen, die wie schwimmende Dörfer waren, von Eisenbahnzügen, die Täler durchquerten, in Tunnels eintauchten, ständig wechselnde Landschaften vorüberziehen ließen, und es gelang mir, meine Sätze wie hängende Blumengärten immer schattiger und duftender werden zu lassen, so daß es meinen jungen Zuhörern ermöglicht wurde, sich in den Arenen ihrer erwachenden Phantasie zu ergehen und Reisen zu simulieren.« – »Irgendetwas war mit den Fischern des Sees«, warf Milena ein. »Welche Fischer?« fragte ich, für eine Sekunde verblüfft, um mich sogleich wieder zu fangen. »Ahh, die Fischer!« – Ich stockte. »Deine Freunde, die Fischer«, erklärte mir Milena geduldig, »die mißmutig dahinlebten, die sich entgegen der Glattgesichtigkeit der Zeit lange volle Bärte stehen ließen. Die zu den wenigen gehörten, die der neuen Harmonie mißtrauten. Du hast ihnen eines Tages vorgeschlagen, wieder Fisch an den Hof zu liefern.« – »An welchen Hof?« fragte ich, der ich plötzlich bei meinem eigenen Spiel nicht mehr mithalten konnte. »Du hast es doch dem Ausschuß lang und breit erzählt«, sagte Milena unwillig, »daß sie wieder Flöße bauten, riesige Segel setzten und sich bis ans Ende des Sees treiben ließen, sich dem Seeausfluß folgend

den Fluß hinuntergleiten ließen mit ihren Fässern, in denen lebende Fische schwammen, Renken genauso wie Saiblinge und Zander. Nach zwei Nächten Fahrt erreichten sie glücklich das Schloß und lieferten dort gegen fürstliche Bezahlung ihre Fische ab. Sie riskierten das nur, wenn kein Mond schien, weil Eigenständigkeiten dieser Art streng verboten waren. Sie trafen den Herzog in barocker Lebensfreude an, obwohl er längst außer Mode war, politisch und kulturhistorisch. Die Fischer stellten damit alles in Frage, was zu dieser Zeit gang und gäbe war. Nach jeder Rückkehr schworen sie, daß die höfische Gesellschaft existierte. Ihre kleingläubigen Frauen fürchteten sich und waren selig, in zwei völlig verschiedenen Epochen zu leben, sie, die aus den beweglichen Bildern in den Harmonieapparaten nur einen schwachen Abklatsch dessen kannten, was ihnen ihre Männer erzählten.«
»Und worum ging es in der nächsten Ausschußsitzung?« fragte ich, um unser ausuferndes Spiel abzukürzen. »Um deinen anachronistischen Kampf gegen die seelenlose, neue Architektur.« – »Und wie reagierten die Zuhörer damals?« fragte ich sie. »Welche Zuhörer?« fragte sie verblüfft. Jetzt war ich es, der wieder Oberhand in unserem Spiel gewann. »Die unsichtbar anwesenden, seufzenden Villenbesitzer des ausgehenden neunzehnten und des noch jungen zwanzigsten Jahrhunderts, die jetzt im zweiundzwanzigsten Jahrhundert in großen, geisterhaften Scharen erschienen waren. Sie weinten, als sie vom Abriß der Villa im italienischen Stil erfuhren. Sie erstarrten, als sie hörten, die alte Bahnhofsgaststätte mit ihrem morbiden Wintergarten sei einem seelenlosen Hotelbau gewichen. Sie erzitterten, als ihnen klar wurde, daß das alte Anwesen des Schusters Bichelmaier abgerissen und an seiner Stelle ein ödes Geschäftshaus mit Betonarkaden entstanden war. In der vierten Sitzung gaben sich die Liebhaber alter Gassen und Wege zu erkennen, und die Freunde von

Bächen, Tümpeln und Seen wetterten vehement gegen Drainagen, Verrohrung, Austrocknung und Begradigung. Und in der fünften Sitzung formierten sich die Gegner der breit ausgebauten Straßen.« – »Das gefällt mir heute ausgesprochen gut«, sagte Milena in ihrem Liegestuhl, »aber vielleicht sollten wir zwischendurch etwas Champagner trinken.« Sie trank ein Glas und ließ ihre Beine über die Lehnen des Liegestuhls baumeln, so daß sich mir, da ihr Kleid nach oben verrutscht war, laiengynäkologische Einblicke boten. Ich schloß die Augen, um gegen diese Versuchung gefeit zu sein und sagte mit leiser Stimme: »Dann beschlossen wir, uns ihrer Kontrolle zu entziehen, indem wir den zugeteilten Standort verließen. Wir begannen eine Reise, verbargen uns in den Gehölzen einer posthistorischen Forstzeit, sammelten Beeren, fingen in Bächen Fische, ernährten uns von Pilzen, dachten uns unsichtbare Schlingen aus, in denen sich kein einziges, auch kein unsichtbares Reh fing, kein Kaninchen, nichts.« – »Ich erinnere mich«, sagte Milena, »wie erstaunt ich war, als ich unter einem Teppich von Laub, Erde und Pflanzen zum ersten Mal ein Stück Asphalt erblickte.« Ich zuckte zusammen, als sie das Wort Asphalt aussprach. Milena bemerkte meine heftige Reaktion, nahm meine Hand, die sich in ihrem Kleid verkrallt hatte und führte sie an ihre Brust. »Das war für mich ein Erlebnis, vergleichbar mit dem des Astronauten, der zum ersten Mal den Mond betritt und den Staub der Oberfläche bestaunt. Ich wußte mit Asphalt nichts zu verbinden.« Ich spürte, wie mir der Schweiß ausbrach, als dieses gräßliche Wort ein weiteres Mal über ihre Lippen kam. Mit größter Anstrengung sagte ich: »Man brauchte ihn früher für die sich selbst fortbewegenden Mobile. Es mußten glatte Flächen sein, die die ganze Landschaft wie Bänder überzogen und hohe Geschwindigkeiten gestatteten. Für viele waren diese Bänder zu glatt, sie landeten mit ihren Blechkarossen im Straßengraben oder Tausende von ihnen direkt auf dem Friedhof.« – »Einige von denen, die überlebten«, sagte Milena lächelnd, »setzten sich wieder aufs Pferd.« Sie zog meinen Kopf zu sich heran und flüsterte mir irgendetwas von »gerne reiten« ins Ohr. Dann begann sie mich zu küssen. Unser Spiel war so weit gediehen, daß es an der Zeit war, das Eigentliche zu spielen. »Wie taufen wir unser erstes Kind?« fragte sie mich. »Von Kindern kann, was mich betrifft, wirklich keine Rede sein, noch dazu, wo ich den ganzen Tag weg bin.« – »Es geht doch gar nicht um Kinder, Dummkopf«, sagte Milena. »Worum dann?« fragte ich, obwohl ich längst wußte, worum es ging. Ich zögerte, ihr das Kleid über den Kopf zu streifen, das verbarg, woran ich die ganze Zeit schon gedacht hatte. »Jetzt sind wir in unserer eigenen Geschichte«, flüsterte Milena, »in der Geschichte deiner nächtlichen Streifzüge und der Besuche bei mir.« Ich blickte an ihrer linken Schulter vorbei auf das Bücherregal und ich sah ihr Prachtexemplar einer Ausgabe von *Tausend und einer Nacht* und ich erinnerte mich an eine der darin enthaltenen erotischen Schilderungen und gab meinem Drang nach, es dem Helden gleichzutun. Nach all unserem verbalen Getümmel war es an der Zeit, aufs neue zu entdecken, daß Milena unter ihren Kleidern nur das trug, was sich nach samtener Haut anfühlte. Ich entledigte mich rasch meiner eigenen Kleider und Milena zog mich in ihr Badezimmer, in dem sie mich aufforderte, die Zeit aufleben zu lassen, in der kein einziges Härchen ihre südliche Körperhälfte bedeckte. Ich war bereit, sie zur Orientalin zu machen, kniete zwischen ihren Beinen und erinnerte mich plötzlich daran, daß ich in prähistorischen, schüchterneren Zeiten Tante Claudine vor ihrer Rasur die Achselhaare einschäumen durfte. Ihr Maulwurffellchen dagegen war sie herzugeben nie bereit gewesen, worin sie sich grundlegend von Milena und deren Gewohnheiten unterschied. Nachdem ich ihren Auftrag erfüllt hatte, verknoteten sich Milena und ich neben ihrem Liegestuhl, in ihrer Küche, auf der Treppe und in einem ihrer Pferdeställe.

Und es gelang ihr, mich in erregendste Zustände der Verzückung zu versetzen. Und es gelang mir, ihre Schultern zu erwecken. Und es gelang uns, auch unsere restlichen Körperteile zum Beben zu bringen. Und als ich sie gegen Morgen noch bei völliger Dunkelheit verließ, wußte ich, daß sie schon einige Stunden später mit ihrem derzeitigen Lieblingspferd im Hinterland über Felder und durch Wälder jagen würde, um reumütig wieder zur sich selbst fortbewegenden Blechkarosse zurückzukehren. Ich bewegte mich nach Hause, und ehe der Tag begann, hatte ich mich längst zur Ruhe gelegt. Bevor ich einschlief wußte ich, daß ich die Nächte nutzen würde, wenn ich die Tage schon verschenkte. Tot oder nicht, lebendig oder untot, ich hatte mich meiner Unsterblichkeit würdig zu erweisen.

Drei

Elegische Gefühle überkommen mich, wenn ich des Nachts erwache und mich daran erinnere, daß die, die leben, jetzt schlafen und die, die einst mit mir lebten, sich schon vor langer Zeit zum ewigen Schlaf niedergelassen haben. Unruhig durchkämme ich meine Behausung. Nichts Lebendiges, wohin ich auch blicke. Und ich erinnere mich, daß auch ich schlafe, auch wenn der Pakt mit IHM mich um und umtreibt. Daß ich schlafe, wie der alte Herd in meiner Küche schläft, wie mein verzweifeltes Gelächter schläft angesichts der Tatsache, daß Tisch, Stuhl, Bänke schlafen, die zugezogenen Gardinen im Staub der Jahrzehnte ersticken, die Feuerstelle aschekalt und tot darniederliegt, die Dielenbretter nicht mehr knarzen. Wenn ich des Nachts erwache, kehrt Leben in mich zurück, lädt mich für einen weiteren nächtlichen Streifzug auf. Erinnert mich daran, daß ich einst aus der verwaisten Werkzeugkiste des verstorbenen Mannes der Witwe Färguson in kleptomanischer Aufwallung einen Handbohrer an mich genommen hatte. Einfach so an mich genommen, obwohl ich keinerlei

Verwendung für ihn hatte. Seine dünne Spitze bestand aus drachenvernichtendem Stahl und ich wollte wie Ritter Georg Tod und Teufel verflucht sein, wenn dieser Handbohrer nicht in der Lage war, die dicksten Stahlplatten zu durchbohren. Wenn ich zu Kitty, Milena, der Witwe Färguson, Clara, Elisa oder Henriette unterwegs war, hatte ich es mir angewöhnt, diese irritierenden, mich manchmal zur Raserei bringenden harten Bänder, die westlich, nördlich, südlich und östlich meiner Behausung die Landschaft durchschneiden und mich unnötig einschnüren, zu bekämpfen, indem ich Brücken aus Gras über sie baute. Weil ich sie nur so überqueren konnte, ohne mit ihnen in Berührung zu kommen. Seit dem Sprung aus meiner im vierten Stock gelegenen Wohnung hätte ich mich eher vierteilen lassen, als noch einmal mit dem Asphalt in Berührung zu kommen. Asphalt, auf den ich in jener Stunde hart aufgeschlagen war. Zum Glück entsann ich mich der Grasbrücken-Methode und überquerte ihre Straßen in einer von mir säkularisierten Fronleichnamprozession, während der ich leise Flüche von mir gab, die nur sehr entfernte Ähnlichkeit mit einem liturgischen Singsang hatten. Dann geriet ich manchmal in euphorische Stimmung, die mich an meine Geburt erinnerte und an die Nachgeborenen, deren häßliche Straßen ich einfach zu tätowieren begann. Weshalb ich den drachentötenden Bohrer unter meinem Hemd hervorholte, wo er in einem Lederbeutel verborgen war. Und mich des Leinensäckchens an meinem Gürtel versicherte, in dem ich ein Gemisch aus Huflattich-, Sauerampfer-, Gras- und Kleesamen wußte. Wie ich in einem anderen Beutel hochwertige Gartenerde mit mir trug, die ich bei Mondschein in einem Ritual aus Gelächter und Furcht abgefüllt hatte. Und in meiner Hosentasche hielt ich in einer tiefblauen Niveadose ein wenig graue Asche parat. Als die Kirchturmuhr halb zwei Uhr schlug, machte ich mich so gerüstet auf meinen nächtlichen Weg. Ich verließ meine Behausung, einem Wunschtraum

von einem Haus, das einfach besser zu mir und meiner Legende paßte als die kleine Wohnung meiner Vergangenheit. Ein schmaler, mit bunten mediterranen Cottafliesen ausgelegter Gang führte von der Haustür zu einer an der Rückseite identischen Tür und teilte das Haus in zwei gleich große Hälften. Manchmal, wenn ich keinerlei Ordnung noch System in meinem Nachleben entdecken konnte, brachte mir die absolute Symmetrie der Anlage Linderung. Und die schweren, samtroten Vorhänge, die ich immer geschlossen hielt, schützten mich vor unerträglichem Licht und der Unsichtbarkeit des Tages.
Als die Kirchturmuhr halb zwei Uhr schlug, stand ich im Garten, der aus verwilderten Staudeninseln, Obstbäumen, Johannisbeersträuchern und schon seit Jahrzehnten nicht mehr beschnittenen Hecken bestand. Unkraut überwucherte die kleinen Wege. Im Schatten meiner weinbewachsenen Altane blieb ich stehen und suchte die Nacht mit wachen Augen nach Taglingen ab. Ich befürchtete nicht ernsthaft, einen von ihnen zu entdecken, da sie um diese Zeit meist zu schlafen pflegten. Der Mond trat für einige Augenblicke zwischen schnell dahinziehenden Wolken hervor und tauchte den Garten und das ganze Dorf in ein fahles Licht. Der cremefarbige Zirkuswagen zur linken, den die momentane Bewohnerin als Teehaus benützte, geriet genauso in mein Blickfeld wie das Atelierhaus zur rechten, in dem Reiser der Ältere und Reiser der Jüngere bis weit in die frühen Morgenstunden malten und schrieben. Ihr Haus wirkte verlassen. Eine kleine Kälte kroch mir bis dort hin, wo einmal mein Herz geschlagen hatte. Zweifel beschlichen mich. Ob Reiser der Ältere und Reiser der Jüngere noch existierten? Oder ob die bis in die Morgenstunden erleuchteten Fenster nur Projektionen meiner Erinnerung waren? In einer weit zurückliegenden Zeit hatte mir Reiser der Jüngere eines Nachts mit Hilfe einer in die Höhe gehaltenen Petroleumlampe ein paar Seiten aus seinem gerade entstehenden Werk vorgele-

sen, welches *Das Kleine Buch Flann* hieß. Ich war versucht gewesen, ihm zu entdecken, daß dieses Werk längst existierte, schon im Buchhandel erhältlich war, er sozusagen dabei war, den Ottomotor ein weiteres Mal zu erfinden. Aber nachdem ich wahrnahm, welch fröhlicher Eifer sein Gesicht erhellte, während er mir vorlas, wie ich als Maulwurf den Kilimandscharo untertunnelte, vermied ich es, ihn darauf hinzuweisen. Aftererfinder, Provinzbewohner überhaupt sind nur solange glücklich, solange sie nicht aufgeklärt werden. Und besonders Reiser den Jüngeren hätte ich in eine Krise gestürzt, ihn, der ständig Ausflüge in die Wirklichkeit verkraften mußte, die ihn eigentlich gar nicht interessierte, die Wirklichkeit, die sich ihm trotz aller Vermeidungsstrategien immer wieder aufdrängte. Die Wirklichkeit in der gebeugten Gestalt der Kommunalpolitik und einer politischen Partei, an deren Spitze ihn eine Anhäufung unglückseliger Zufälle trug. Er sehnte sich an seinen Schreibtisch zurück, an dem er Probleme nicht lösen, sondern nur antippen konnte, seine Unentschlossenheit gleichmäßig übers Papier verteilen und dabei in brillanten Formulierungen schwelgen konnte. Der unfreiwillige Ausflug in die Tagespolitik hatte ihn in eine Schaffenkrise gestürzt, die der seines Vaters, Reiser des Älteren, der ein Leben lang große Familienclans porträtiert hatte, in nichts nachstand. In dem Maße, in dem die Familien kleiner wurden, verringerten sich seine Aufträge. Und so war Reiser der Ältere dazu übergegangen, horizontale, schwarze Balken auf die Leinwand aufzutragen, die dem Betrachter den Blick in die Tiefe versperrten und ihn glauben machten, er selbst habe Balken vor den Augen. »Es gibt keine Tiefe mehr«, murmelte Reiser der Ältere seitdem mehrmals am Tag. Sollte ich ihm und seinem Sohn auseinandersetzen, daß sie zwei Existenzen, zwei typische Verkörperungen der Ungleichzeitigkeit waren, die allenfalls ins neunzehnte, nicht ins zwanzigste Jahrhundert gehörten. Daß es lächerlich war, in ländlicher Umge-

bung zu hausen, Inseln in der kaputten Idylle zu pflegen und ein überholtes Künstlerleben zu zelebrieren. Daß es, was meine eigene Person betraf, nur deshalb möglich war, solch ein Leben zu führen, weil ich mich längst in die Legende begeben hatte, zu einem unverwechselbaren Fall geworden war, der sowohl das siebzehnte, als auch das achzehnte, neunzehnte, zwanzigste sowie das zukünftige einundzwanzigste Jahrhundert mythologisch abdeckte. Ganz anders als Reiser der Ältere und Reiser der Jüngere mußte ich mich keinen Deut mehr um Zeitgeist, Relevanzen und Identität kümmern. Ich lebte, lebte nicht, wie immer man das interpretieren mochte. Ich konnte es mir leisten, das Computerzeitalter zu verschlafen, mich in Liebschaften zu verstricken anstatt mich mit weltweiten Computernetzen verknüpfen zu lassen. Reiser der Ältere wußte von all diesen Dingen nichts. Er malte Balken. Er las in alten Texten. Er ging spazieren. Er verfertigte neben seinen Bildern kleine Texte, die vor dunklem Sinn strotzten. Das einzige Medium, das ihn erreichte, war das alte Dampfradio, in dem er sich Hörspiele, Vorträge, jahrzehntealte neue Musik und andere Verstiegenheiten zu Gemüte führte. Wenn ihnen das Schicksal gnädig war, sind Vater und Sohn Reiser längst ausgestorben, liegen auf dem Friedhof und sind aller diesbezüglicher Sorgen enthoben.
Unser Programm war zeitlos gültig, ohne Absturz, kontinuierlich erging ich mich in Wäldchen und Feldern und auf Laken, die mir Glück bedeuteten. All dies sind Überlegungen, die ich im Schatten meiner Altane anstelle, die ich, nachdem ich mich überzeugt hatte, daß niemand sich in der Nähe befand, verließ und lautlos den überwachsenen Kiesweg entlangging, der zur hinteren Gartenpforte führte. Ehe ich sie öffnete, lauschte ich wieder ein Weilchen, hörte das malmende Geräusch weidender Schafe auf der gegenüberliegenden Wiese, beugte mich über den Zaun, schaute nach links und nach rechts und versicherte mich, daß niemand

des Weges kam. Erst dann drehte ich den Schlüssel im Schloß, öffnete die Gartentür und trat hinaus auf den kleinen Weg, der von meiner Behausung hinunter zum See führte.

Vier

Manchmal, wenn ich diesen Weg einschlug, nahm ich mir Zeit, mich auf einer von meiner Gartengrenze nur dreißig Meter entfernten Bank niederzulassen und den Geräuschen der Nacht zu lauschen, die meist aus Stille bestanden. Ab und zu wehte es mir aber auch Lieder und Schlager aus den fünfziger Jahren des zwanzigsten Jahrhunderts herüber, von musikalischen Prinzessinnen auf der Erbse gesungen, und es erstaunte mich, daß ich auch sie im Lebensgepäck hatte. Dann wuchs meine Schwermut und im Forrest* meiner ländlichen Melancholie erinnerte ich mich des Marterls, das sich hinter meiner Bank befand und dessen auf einer Holztafel festgehaltener Text ich auswendig wußte. »Wanderer, als du einst das Licht erblicktest, weintest du, es freuten sich die deinen. Lebe so, daß wenn dein Aug sich schließt, du dich freust, die Menschen aber weinen.« Je nach Stimmung brach ich, wenn ich mich dieser anrührenden Worte entsann, in lautloses Gelächter aus oder aber fühlte ein Gekräusel der Angst auf meiner Oberlippe, weil ich trotz meines Privilegs, der Mittelpunkt einer Legende zu sein, nicht wußte, ob es irgendjemanden auf dieser Welt oder im weiten Universum gab, der um mich weinte. Oder weil ich nicht wußte, ob ich nicht Brustwassersucht hatte oder gar Tuberkulose. Oder ob ich nur jemand war, der ruhelos umherstrich, von Ereignis zu Ereignis hüpfte, mich von Laurence Sternes zu Jean Pauls Werk hangelte, fremde Empfindungen plagiierte und nie, nie meinen Frieden fand, weil ich mit einem paktiert hatte, für

*Ende der neunziger Jahre des 20. Jahrhunderts gab es nicht weit von hier eine Band, die sich nach meinem Seelenzustand *Schwermutforrest* nannte. Ob sie im 21. Jahrhundert noch existieren wird, entzieht sich meiner Prognose.

den es Erfüllung nicht gab. Vielleicht lag meine diffuse Stimmung auch nur daran, daß ich auf einer Rentnerbank saß und dafür mit meinen vierzig, vierhundert oder wieviel Jahren einfach noch zu jung war. »Laßt uns, bevor wir ins Altersheim hineinhumpeln, noch etwas unternehmen«, sagte ich mir dann, sprang und jagte, gehetzt von den Furien meiner Biographie den kleinen Fußweg hinunter, der am Seehotel vorbeiführte, in dem ich früher unausweichlichen gesellschaftlichen Verpflichtungen nachgekommen war und mit Viehfutterhändlersgattinnen einen Fünfuhrtee zu mir genommen hatte. Dieses Seehotel hatte den Vorzug, nicht am See zu liegen, wie die Langlaufskier, die ich einst von Großmutter geschenkt bekommen hatte, den Vorzug hatten, nie an meine Füße geschnallt zu werden. So war ich nicht in Versuchung geführt worden, mich in die Loipe oder von der Hotelterrasse in den See stürzen zu müssen. Ich hatte die diversen Gattinnen beim Fünfuhrtee natürlich begehrt, mir aber nie zugetraut, ihre schweren vollen oder spitzen kleinen Brüste freizulegen, meinen natürlichen Begierden nachzugeben, weil ich mein Leben damals sehr schwer mit mir herumgeschleppt hatte. Weshalb ich auch eine gewisse Uneleganz an den Tag legte, wenn meine bleierne Pfote die leichte Porzellantasse zum Mund führte. Aber trotz dieses zeitweiligen Handicaps fühlte ich mich auch nicht zum Möbelpacker berufen. Eine gewisse Unentschlossenheit konnte man mir in jenen Tagen nachsagen, eine gesteigert ambivalente Haltung innerhalb oder außerhalb des Seehotels, wodurch es auch im Grunde egal war, wo ich mich in meinem Leben gerade aufhielt. Am liebsten hielt ich mich in meinen Gedanken auf, in trüben, weniger trüben, in klaren, weniger klaren, in Nachtgedanken oder in jenen von winzigen Tieren, denen niemand irgendwelche vernünftigen Gedanken nachsagen wollte. Die Bank in der Nähe meiner Behausung hatte mir auch schon im früheren Leben dazu gedient, ab und zu auf ihr zu sitzen und was ich heute als *Schwer-*

mutforrest bezeichne, war damals eine Porzellanallergie gewesen, die meine Frühstücksprobleme schnell wachsen ließ. Vom Frühstückstisch weg war ich dann in unser kleines Reisebüro gestürzt, das die Familie Siebenschön führte. Eigentlich wurde es nur von Frau Siebenschön geführt, da Herr Siebenschön an elf von zehn Tagen der Meinung war, daß es für ihn als berufenen Berufslosen unter seiner Würde sei, ein gewöhnliches Reisebüro zu führen. Seine Frau dagegen führte es so schwungvoll, daß man dir nichts mir nichts sieben Reisen gebucht hatte, zum selben Termin, so daß man mit einem Bein in Australien stand, während das andere in St. Wolfgang wanderte und das dritte bis siebte Bein sich in fünf anderen Kontinenten herumtrieben. Und alles auf der Flucht aus Ägypten oder vor dem Altersheim, das am Horizont eines jeden Lebens drohte. Aber trotz dieser Zappeleien rund um das Seehotel wurde man älter, siebzehn zum Beispiel war man nur ein Jahr lang und im Rückblick betrachtet war es ein Hohn, es je gewesen zu sein, worüber ich übrigens mit der Viehfutterhändlersgattin einig gewesen war. Aber nur in dieser Frage. In allem anderen wie Kinderaufzucht, Musikgeschmack, prognostizierter Schneehöhe des kommenden Winters, Wechseljahren haßten wir uns über unsere Teetassen hinweg. Aber was ich damit sagen will, ist etwas ganz anderes. Daß wir uns auf unsere eigenen Wahrnehmungen nur sehr begrenzt verlassen können, auf unsere Gefühle schon gleich gar nicht. Wer das Gegenteil behauptet, ist ein – Es war mir ein Bedürfnis, ab und zu den Faden zu verlieren. Meist konnte ich ihn auch wieder aufnehmen, wie jetzt, als mir bei meinen nächtlichen Streifzügen in der Nähe des Seehotels ein Nachzügler über den Weg lief, vor dem ich in eine kleine Kapelle flüchtete. Was ein großer Fehler von mir war. Denn ich hatte in dieser Kapelle immer wieder das Pech, Bischöfen, Dekanen, Monsignori, Kardinälen zu begegnen, die kleine Jungen oder Mädchen geschändet hatten und mir jetzt die Luft nahmen. Von all den Heiligen und Seligen der römisch-katholischen Kirche habe ich nie jemanden angetroffen, weder Nepomuk, Antonius, Sebastian noch Stefan. Bei drangvoller Enge wie in einer bei einem Studentenulk beinahe berstenden Telefonzelle, atmete ich den Atem des dispensierten Kardinals, und er atmete notgedrungen meinen, bis draußen die Luft wieder rein war, so daß ich zügigen Schritts das Färbergasserl hinuntereilen konnte, vorbei an einem dieser Seniorenheime, die uns einkesseln, wenn wir einmal das dreißigste Lebensjahr überschritten haben. Weshalb ich schaute, dieses Gemäuer hinter mir zu lassen und in der Mühlstraße landete, in der Mühlstraße meiner Zeitgenossen, in der Mühlstraße meiner Vorfahren, der Müller und Gerber, die aber längst den großen Knockout erlitten hatten und von Eiscafés, Kosmetikgeschäften und Boutiquen verdrängt worden waren. Ich nahm einen gewaltigen Anlauf und übersprang die Straße, um den Asphalt nicht unter meinen Füßen spüren zu müssen und den Zeitpunkt zu überspringen, an dem ich mich unweigerlich überlebt hätte. Ich überquerte den Mühlbach, hielt mich links und strebte der Fließrichtung des Baches folgend dem See zu. An einem Fischteich gebar ich für einige Sekunden Wildnis, holte mit geschickter Hand einen Fisch heraus und biß ihn tot, ehe ich ihn mit Haut und Haar verschlang. Dieses Verhalten ermöglichte mir im Dunstkreis meiner nächtlichen Besuche dann umso einfühlsamer und sanfter zu sein, ermöglichte mir eine stundenlange Zärtlichkeit, eine aus Honigseim und parfümiertem Wachs geformte Harmonie, die allen Menschen guttat. Wenn ich Menschen sage, meine ich natürlich Frauen. Für Männer hatte ich mich schon zu meinen Lebzeiten nicht interessiert.

Die Seeanlagen waren menschenleer. Ein leichter Wind trieb kleine Wellen ans befestigte Ufer. Ich setzte mich auf eine Bank und schaute zum gegenüberliegenden Ufer hinüber, das sich dunkel aus dem Wasser erhob. Hoch über dem See war die erleuchtete Kirche des Dechser Klosters zu sehen. Der Ort, an dem einst die Burg des mächtigen Grafengeschlechts stand, das längst ausgestorben war. Aber ich wußte, daß Mitglieder dieses Clans immer noch im Gebiet ihrer einstigen Macht herumirrten, vom Frankenland bis Innsbruck nachtgeisterten, hinunter bis Slowenien gar. Ich grüßte ans andere Ufer hinüber, fühlte mich verbunden, seit ich wie sie und jene andere Gestalt, die bei Norning ihr Unwesen getrieben und Goggolori genannt worden war, einer aus Legende und Sagenwelt war. Ich grüßte sehnsüchtig lange, da mich sonst Gestalten umgaben, denen es an Mythos mangelte, die damit beschäftigt waren, ihre Kinder zu säugen, zu schlagen, einzukleiden, in eine kleine Ordnung hineinzurüffeln, bis sie bar jeglichen Geheimnisses waren. Nur der entschlossene Mord an ihren Eltern, Kindern, Geschwistern, Geliebten hätte ihnen ein Geheimnis zurückgegeben. Aber sie kamen nicht auf die Idee, sich den Dschungel zurückzuerobern. Nur einige erreichten durch Eigensinn und Verschrobenheit einen Status, der dem meinen gleicht. Ich denke an den alten Mann mit windzerzaustem, langen Zwirbelbart, der die Dampfer, die am Steg anlegten, immer mit frischer Kohle versorgte. Ein schmaler Gleiskörper führte von dem am Bahndamm gelegenen Kohleschuppen auf den Dampfersteg. Tag für Tag füllte er die eiserne Lore und schob sie mit seiner kleinen Menschenkraft bis zum Dampfschiff, der eleganten großzügigen »Gisela«, dem kleinen, umgebauten Flußschiff »Marie«, den lilienweißen Schwesterdampfschiffen »Markhofen« und »Grafrath«. Dabei wurde er immer staubiger, immer gebeugter, immer schweigsamer, immer unbeweglicher, bis er sich in einen achteckigen Kasten begab, in dem er zur endgültigen Bewegungslosigkeit kam. Respekt, alter Mann, sei gegrüßt, wie auch du, Lea August, die du Jahr um Jahr heiße Maroni unter den alten Kastanien verkauft, mit unnachahmlich knarrender Stimme »Eis, Zigaretten, Ansichtskarten« feilgeboten hast. Waren deine Nieren immer gewärmt, Lea August, hattest du überhaupt eine Altersversorgung oder hättest du dich nicht besser im Alter von fünfzig Jahren im weingetränkten Zustand vom Bootssteg des Fischers Hierl ins Wasser gerollt wie der unvergeßliche Lorenz Ostenrieder es in einem hellsichtigen Augenblick getan hatte? Ihr Irdischen, wenn ihr einhaltet und euch besinnt, so stoßt auch ihr auf eure legendären Gestalten. Nur erkennen müßt ihr sie. Das kann euch niemand abnehmen.

Aber was räsoniere ich wie ein altes, vertrotteltes Gespenst, das nur noch dazu taugt, Geisterbahnen zu bevölkern oder in allen Disneyländern dieser Welt zur Belustigung der Kids gegen Entgelt herumzugeistern. Leck mich am Arsch, Hinfälligkeit. Warum sitze ich in den Seeanlagen herum, warum berausche ich mich an der Größe der Dechser und an meiner eigenen, wenn ich heute nacht noch so viel vorhabe? Ich stand auf und ging schnellen Schritts in nördlicher Richtung am See entlang, ließ bald die vom Seerichter Hoxler geschaffenen Seeanlagen hinter mir, die durch Eingriffe späterer Generationen zu den biedersten im ganzen Oberland geworden waren, erreichte die Birkenallee. Kittys Birkenallee, ihr zweitliebster Fußweg nach demjenigen, der sie aus ihrem Wohnzimmer zu ihrem Bett führt, wenn ich in ihm liege. Ich erreichte die alten Fischerhütten, das Kirchlein von Sanshaupt, neben dem direkt am See Kitty wohnte. Ich hatte heute keine Zeit, ihr meine Aufwartung zu machen, weshalb ich ihrem dunkel daliegenden Anwesen nur eine flüchtige Kußhand zuwarf und dabei hoffte, daß sie sich in ihre Träume einschlich. Der nächste Abschnitt meines Streifzuges war ein ärgerlicher, ein beschwerlicher für mich. Alte und junge, dem linken wie dem rechten Lager sich zugehörig fühlende Gemeinderäte hatten letztes Jahr eine Maschine auffahren lassen, die eine übelriechende, schwarze Paste aus sich herauspreßte und die Straße, die ich seit Generationen begangen hatte, hart und glatt machte, mit diesem mir verhaßten Asphalt belegt, den ich scheute wie der Vampir den Knoblauch. Unheilig war diesen Gemeinderäten ihre Bandscheibe, deren tägliche Stauchung auf nichtfederndem Untergrund sie mutwillig herbeiasphaltierten. Und ignorant waren sie gegenüber der Legende von Flann (ihre eigene Geschichte haßten sie sowieso), gegenüber mir, um den sie sich keinen Deut bei ihrer Entscheidung kümmerten. Sie hatten keinerlei Probleme damit, mir durch ihre Teerung (hätte nur noch gefehlt, daß sie mich auch noch federten) Beschwerlichkeiten zu bereiten. Seit jenem Tag, als diese Straße plötzlich ein glattes, hartes Band war, mußte ich um vorwärtszukommen auf die entlang der Fahrbahn liegenden Gärten ausweichen. Dabei bescherte mir die unglückselige Angewohnheit meiner Landsleute, ihren Besitz, und sei er auch nur handtuchgroß, einzuzäunen, eine beschwerliche Klettertour, die meiner Bedeutung eigentlich unwürdig war. Zunächst mußte ich die besonders hohe Mauer des Klostergartens übersteigen, mich im Dunkel der Bäume an der weitläufigen Gebäudeanlage vorbeidrücken, aus der die wohlklingenden 24-Stunden-Gebete der sich in einem von der Heiligen Kurie ausgerufenen Gebetsjahrtausend befindlichen Nonnen drangen. Dann war der Gartenzaun eines an ständiger Schlaflosigkeit leidenden Bahnbeamten zu überwinden. Und im nächsten Anwesen wohnte einer, den ich von früher her kannte, wobei mir nicht mehr ganz klar war, ob er mein zeitweiliger Schachpartner oder gar ein Cousin von mir war. Oder der Cousin eines ganz anderen. Nachdem ich die Eisenbahngleise überquert hatte, befand ich mich im Garten eines Mannes, der in seiner reichlich bemessenen Freizeit Jagd auf jede einzelne Lärchennadel machte, die der Wind ihm bösartig aus dem Nachbargrundstück in seine Dachrinne trug. Er fühlte sich ansonsten aber sicher, da ihn ein riesiger Schäferhund schützte. Mir kam bei meinen vom Gemeinderat aufgezwungenen Klettertouren zugute, daß Hunde neuerdings vor mir Angst hatten, egal ob sie von Kalbs- oder Pinschergröße waren. Als ich auf dem flachen Dach einer Garage stand, die ich zu überklettern hatte, bemerkte ich auf dem First des Nachbarhauses den jüngeren Bruder des Professor Dr. Haff. Er saß einfach dort oben und suchte mit Hilfe einer Taschenlampe das Dach nach undichten Stellen ab. Dann durchquerte ich den Garten der alten Matthäusschwestern, schlich vorbei an ihrem Salettl, ihren alten Obstbäumen, ihren Staudenbeeten, ihrem durch Zeitläufte und Liebe geprägten Anwesen. Ich hatte noch vier Zäune zu überwinden und gut dreihundert Meter einer kleinen am Ortsrand gelegenen Siedlung zu durchqueren, ehe ich in der freien Natur war. Vor einer kleinen Kapelle, deren Baukörper von einem Baumeister ersonnen worden war, der auf Form und Proportion vertraut und allem Schnickschnack widerstanden hatte, verbeugte ich mich mehrmals. Nicht, um den angeblich da drinnen sich befindenden Gott zu ehren, sondern vor Freude, einem Architekten begegnet zu sein, vor dem ich nicht das Bein heben mußte, um ihn, wie die meisten seiner Zunft, anzupinkeln.

Nun endlich war ich im Wald. Auf einer ungeteerten Forststraße brachte ich schnell einige Kilometer hinter mich, bis ich das hart asphaltierte Band erreichte, dem mein Haß in dieser Nacht galt. Nachdem ich mich vergewissert hatte, daß sich keinerlei menschliches Lebewesen in der Nähe befand – Wildwechsel konnte ich getrost außer acht lassen –, fing ich an, Heu, das entlang der Straßenränder lag, zusammenzuscharren und auf die Straße zu werfen, so daß bald ein dichter Teppich auf die andere Seite hinüberführte. Ich betrat ihn vorsichtig, kniete mich nieder, holte meinen Handbohrer heraus, schob etwas Gras beiseite und setzte die drachentötende Stahlspitze auf den Asphalt. Dann begann ich zu bohren. Es ging mir wie die Zubereitung eines Soufflés von der Hand, war wie die zärtliche Berührung einer weiblichen Schulter. Euphorie stellte sich ein, ich sah alle asphaltierten Bänder der

Welt von mir tätowiert, sah, wie sie von gelben, weißen und roten Blüten und grünen Sprößlingen überwuchert wurden. Zuerst aber mußte ich den Grund zu diesen meinen Visionen legen, indem ich in jedes von mir gebohrte Loch ein Samenkorn versenkte, es mit Gartenerde auffüllte, die ich behutsam festdrückte, um dann meiner Niveadose eine Prise Asche zu entnehmen, mit der ich das Loch verstrich, so daß keinerlei Veränderung zu erkennen war. Ich wiederholte diese Prozedur einhundertsiebenunddreißig Mal, um es für diese Nacht gut sein zu lassen, da ich noch vorhatte, Clara zu besuchen, ehe der Tag begann, der mich bleich und bewegungslos machte.

Fünf

Wenn ich des Nachts erwache und unruhig mein Haus durchkämme, schläft alles rings um mich her. Es schläft das lange Ofenrohr, die Bilder hängen blind an toten Wänden, die Suppenkelle, Gabeln, Pfannen, Töpfe sind in tiefem Schlaf versunken. Die Fenstersimse, Fensterrahmen, die toten Scheiben nicht lebendig, die Treppenstufen, das Geländer fest erstarrt, versunken im Schlaf auch Betten, Schränke, alles schläft um mich herum. Auch Reiser, der Ältere und Reiser der Jüngere schlafen längst in ew'ger Ruh. Das Kopfsteinpflaster meiner Straße schläft, der schmale Gehweg träumt dahin. Und hinterm Haus schlafen die Bäume, die Sträucher, Stauden, alles schläft. Markhofen schläft. Die Kühe, die Pferde schlafen. Es schlafen unsere rollenden Gefährten, das Zweirad, auch das Vierrad schläft, es schlafen die Motoren. Doch ich bin unterwegs, durchschreite Haus und Nacht, bin unterwegs zu ihr, zu Clara.

Clara, die oberhalb Weihershausens, ungefähr einen halben Kilometer von der Stelle entfernt wohnte, an der ich meine erste Tätowierung vorgenommen hatte, war für mich ein rätselhaftes, aber zugleich auch sehr vertrautes Wesen. Des öfteren traf ich sie völlig aufgelöst an. Wenn mir die Schubert'schen Klavierkonzerte, Sonate d-dur op. 53 dv 850, allegro vivace, conmotto, Scherzo, Rondo, Sonate a-moll op. posth. 143 dv 784 allegro giusto, Andante, allegro vivace und so weiter in großer Lautstärke entgegenschallten, konnte ich sicher sein, daß sie wieder einmal inmitten ihrer Holzhütte, die aus einem einzigen, großen Raum bestand, bäuchlings auf dem Boden lag. So war es auch dieses Mal, bloß war sie in Tränen aufgelöst. Bald wurde sie ruhiger und klagte, daß sie das Leben nur schwer ertrage, von niemandem richtig geliebt und sich regelmäßig der Tragik bewußt werde, daß der einzige, den sie wirklich liebe, sie nur sporadisch und ausschließlich nachts besuche. Und dazu sei ich noch ein Typ, bei dem sie gar nicht wisse, ob er wirklich existiere oder nur zum Personal ihrer beinahe nie abreißenden Tag- und Nachtträume gehöre. Und selbst wenn ich bei ihr sei, sei ich niemals richtig zu fassen, stets entzöge ich mich ihr, sei in Gedanken weiß Gott wo. »Weiß der Teufel wo«, berichtigte ich sie dann und fügte törichterweise hinzu: »Jetzt bin ich da!« – »Aber meistens bist du das nicht«, protestierte Clara und wurde von einem neuen Weinkrampf geschüttelt. War es ein Zufall, daß Schubert genau an dieser Stelle sein Tempo verdoppelte? Hilflos stammelte ich: »Meistens bin ich nicht da, weil ich so lebe, daß ich immer gerade dort bin, wo es mir gefällt.« – »Bei mir gefällt es dir also nicht«, schmollte sie. »Du würdest mich schnell als sehr wenig lebendig empfinden, wenn ich immer bei dir wäre«, sagte ich. »Ich würde dich schon zum Leben erwecken«, sagte Clara. Was wußte sie schon von mir! Ich hatte selbst genügend damit zu tun, mich Abend für Abend, Nacht für Nacht neu zu Lebendigkeit zu motivieren. Und wenn ich zu meinen Streifzügen aufbrach, ging ich die ersten Meter wie auf Watte, hatte das Gefühl, in den Boden hineinzulaufen. Erst langsam gewann ich meine Sicherheit zurück, wobei zurückgewinnen eine Lüge war, weil ich früher diese

Sicherheit überhaupt nie besessen hatte. Das einzige, was ich besessen hatte, war eine zuverlässig mich durchs Leben begleitende Unsicherheit. Erst wenn mir klar wurde, daß ich diesem Zustand schon lange enthoben war, wurde mein Schritt fester, obwohl meine Beine und Füße eigentlich materiell nicht mehr existent waren. Es war die Ironie meines Nachtlebens, daß ich, jetzt untot, einen festen, früher dagegen immer nur einen schwebenden Gang gehabt hatte. Die Schubert'schen Klavierkonzerte waren verstummt, wie ich zu meiner Erleichterung konstatierte. Das bedeutete, Claras Stimmung war umgeschlagen. Ich wußte, daß sie jetzt eine ganz andere Nummer abziehen würde. Und tatsächlich sangen, nachdem sie von ihrem CD-Player zu mir zurückkehrte, die schon zu Lebzeiten legendären Lassie Singers, die süßherben Mädchen, die zehn Jahre älter waren als noch vor zehn Jahren, was mich in leichte Depressionen stürzte, weil mir klar wurde, daß ich der Ewigkeit seitdem erst zehn Jahre abgetrotzt hatte. Die Lassie Singers sangen ihre unnachahmlichen Lieder vom Ampelmann und von der Langeweile. Und Clara, die all diese Texte auswendig konnte, tanzte vor mir herum. »Wärst du nur älter oder weiser«, sang sie dabei lauthals, »größer oder breiter, chevaleresker und charmanter oder einfach interessanter, wärmer oder lieber, lebendiger oder lasziver, ein bißchen lustiger oder heller, einfach ein bißchen sexueller, dann könnte sehr gut sein, daß aus uns noch mal was wird.«* Clara, noch vor ein paar Sekunden ein Häuflein Elend, war nicht wiederzuerkennen. Mit jedem Ton der Musik blühte sie mehr auf. Sie wirbelte herum, daß ihre Haare flogen. Ihre Bewegungen wurden immer kraftvoller. Die lächerliche Blässe einer höheren Tochter fiel von ihr ab. Ihr momentaner Zustand war beglückend wie das Wort »Scheiße«, wenn es zur rechten Zeit von jemand ausgesprochen wird, aus

*»Es ist so schade«, Lassie Singers, aus dem Album *Stadt, Land, Verbrechen,* 1994.

dessen Meißnerporzellanmund man es am wenigsten erwartet hätte. Ich tanzte mit Clara wohl eine Stunde, ehe sie mit fliegender Röte im Gesicht an meinem Beinkleid herumzunesteln begann und ich ihr Kleid auf alle mögliche Weise schürzte, zuletzt bis unter ihr Kinn. Wir stürzten zu Boden und ich drängte noch im Fallen meine Knie zwischen ihre Beine, die sie eisern geschlossen hielt. Wenn ich es dann schaffte, sie zu öffnen, folgte das, was sie ganz im Gegensatz zu Milena und Kitty immer als erstes wollte. Beim zweiten oder auch dritten Durchgang ließen wir uns Zeit, viel, viel Zeit. Vor allen anderen Männern hatte ich den Vorzug, daß ich mir davon nehmen konnte, soviel ich nur wollte. Ich hatte selbst dann noch Zeit, wenn andere schon längst den Löffel abgegeben hatten.

Nach einer halben Ewigkeit auf dem Boden ihrer Hütte zog mich Clara hinaus ins Freie. Wir warteten, bis der Mond mit einem lautlosen Knall hinter der Wolkendecke hervorbrach. Worauf wir in seinem sprichwörtlich fahlen Licht ein Hügelgrab erklommen. Trotz unserer Nacktheit war uns keine Sekunde kalt. Auf der Spitze des Grabhügels ließen wir uns nieder, Rücken an Rücken und «saharisierten«, versuchten, unsere Köpfe wüstenleer zu machen, was nicht auf Anhieb gelang. Zum einen war mir der warme Rücken Claras sehr bewußt, zum anderen erinnerte ich mich weit zurückliegender Erdumdrehungen, dachte an eine Zeit, in der ein befreundeter einarmiger Glasbläser und ein abgebrochener Photographenlehrling dieses Hünengrab, auf dem Clara und ich jetzt thronten, auf stümperhafte Weise auszurauben versucht hatten. Und obwohl sie gruben und gruben bis Blasen ihre Hände zierten, gelang es ihnen nicht, den Status ernsthafter Grabräuber zu erlangen, stießen sie auf kein einziges Ringlein, keinen keltischen Schmuck, kein prinzgemahlgestifteter Brautschmuck fiel ihnen in die Hände. Sie schworen seit dieser Zeit, daß dieses Grab gar kein Grab, sondern ein geologischer Bastard sei, ein Höcker diluvialer

Spiellaune, eine pleistozäne Ausgeburt, ein Endmoränen-i-Punkt und was sie noch alles, sturzbetrunken und rotweinbefleckt, im Wirtshaus von sich gaben. Sie hätten sich um ein Haar, aller ihrer Sinne beraubt, selbst ans Messer geliefert, zumindest wegen versuchten Grabraubes hätten sie belangt werden können. Wüstenleer! Wüstenleer! Mein Kopf sei wüstenleer! Vergessen Clara, vergessen der einarmige Glasbläser, vergessen der Halbfotograf. Nur der Mond. Nur das Grab. Die Reise. Clara und ich, zahnlos mümmelnde Greisin und Greis. Zahnlose Babys. Benutzer einer Achterbahn aus regenbogenfarbenen, stampfenden, in Stahl gegossenen, sich auf und abbewegenden Schlingen. Auf kreisenden Becken von Priesterinnen balancierend. Schwimmende Blätter auf friedlich dahinmäandernden Bächen. Sich der Nachtkühle verschließende Blütenblätter. Jahrelang zusammen in riesigen Schreibmaschinen eingespannt, weiße Blätter, auf denen Geschichten entstehen, in denen wir zwischen riesigen Schenkeln lebten, jahrtausendalte Genitalien vor Augen, aus Lautsprechern mit Wortkitschkaskaden traktiert, wie »Liebgeburt«, »Todesglück« oder »christsozial«. Wir waren winzige Mäuse, von raubtierhaften Katzen zerrissen, ehe wir gefesselt in dunklen Kleiderschränken deponiert wurden, wo uns die Sehnsucht nach Sommerwiesen verzehrte. Auf Kamelrücken schaukelten wir durch Wüsten, befuhren serpentinenreiche Alpenpässe, wobei die umliegenden Berge wie die knabenhafte Jane B. orgiastisch schrieen. »Johnny ist der Mann für mich«, hörte ich Clara rufen, »Johnny ist der Mann für mich.«* Und ich schrumpelte zusammen wie ein Ballon, dem die Luft entweicht. »Wer ist Johnny?« hörte ich mich rufen. »Das weißt du doch«, empörte sich Clara. Ich wußte es nicht, ich wußte es nicht, auch unter Aufbietung aller

* »Johnny ist der Mann für mich« singen Françoise Cactus und Brezel Göring von Stereo Total auf dem Album *Oh Ah Oh,* 1995.

meiner Kräfte wußte ich es nicht. Es war mir so neu mit Johnny, ich wußte es nicht. »Dummerchen«, sagte die große Clara, band mir ein Lätzchen um und fütterte mich mit frisch angerührtem Zement. »Verhärte dich nicht«, ermahnte sie mich dabei. Auf dem Rücken dreier Wildgänse flogen wir mit Nils Holgersons Enkel über Seen, Wälder und Felder und Clara sang dabei das Lied »Ich bin Skandinavierin«.* Wir sangen es, bis wir Karelien erreichten... Wenn der Mond versank und wir uns verstört wieder auf dem Keltengrab einfanden, setzte sich Clara rittlings auf meinen Schoß und wir tauschten unsere Erlebnisse aus. Immer wieder waren wir erstaunt, beinahe alles gemeinsam durchlebt und durchlitten zu haben, zur gleichen Zeit durch ausgefallenste Orte gestreift zu sein. Es war die Droge des Zusammenseins, die Clara und mich derart berauschte und auf solche Reisen fortriß. Noch etwas benommen erhoben wir uns und gingen hinunter in ihre Hütte. Als ich Clara eröffnete, daß ich sie gleich verlassen würde, blickte sie unauffällig, wie sie meinte, auf Schuberts Klavierkonzerte und ihre Züge nahmen einen leidenden Ausdruck an. Ich küßte die Schmerzgeplagte sehr, sehr lange und trat dann den Heimweg an.

Sechs

Unser heutiger Flug von der Startbahn des Hügelgrabes in die vierte Dimension unseres Zusammenseins hatte sehr lange gedauert, so daß ich panisch reagierte, als ich erst einen kleinen Teil des Rückwegs zurückgelegt hatte und schon einen hellen Streifen am östlichen Horizont erblickte. Ich befand mich auf Höhe Nornings und sah das wenige hundert Meter entfernte Trachingen vor mir liegen. Wenn ich mich beeilte, konnte ich mich in das dortige, ehemalige Schulhaus flüchten, in dem Johnny – Johnny? den

*Naitsabes Yog sang dieses Lied 1997 erstmalig im Rosengarten von Schloß Buz.

zu kennen ich mich weigerte – sein Atelier hatte. Natürlich kannte ich Johnny! Clara hatte mich einst zu seinem Geburtstag mitgenommen. Johnny? Kannte ich ihn wirklich? Tröstete sich Clara mit ihm, wenn ich nicht bei ihr war? Oder war er es, der sie tröstete? Sah sie keine Notwendigkeit, ihn davon abzuhalten? Ich hatte keine Zeit, darüber nachzudenken. Der Sonnenaufgang drohte. Wenn es eine Rettung für mich gab, dann bei Johnny. Wenn ich nicht irgendwo auf freiem Feld erstarren und dann vielleicht von den falschen Leuten aufgegriffen werden wollte, blieb mir nur Johnny. Ich erreichte Trachingen noch rechtzeitig, war aber derart in Not, daß ich eine Scheibe eindrücken und durchs Fenster einsteigen mußte, da Johnny nicht in seinem Atelier war. Johnny, ein ausgewiesener Städter, der aber auf dem Land wohnte. Wie ein stets elegant vom Baum fallender Apfel zeigte er, zumindest äußerlich, keinerlei Schrammen. Die Anzüge, die er trug, waren aus teuerstem Tuch, wie überhaupt seine Kleidung nie knitterte. Natürlich kannte ich Johnny. Der sich Tag für Tag von seinem Wohnort Weihershausen aus, der am See liegt, cinquecentomal und mehr mit seinem Kleinwagen ins Hinterland begibt, wo sich sein Atelier versteckt. In dem ich mich jetzt vor drohendem Sonnenlicht versteckte. In seinem Atelier, in dem Johnny auf großem Format tagsüber das zeichnet, was er dann am Abend mit weißer Farbe übermalt. Vielleicht war Johnny ein Arschloch, weil er Clara tröstete. Aber ein guter Maler war er auch. Warum konnte er sich damit nicht begnügen und Clara in Ruhe lassen? Umso mehr, als er bei seiner Methode reichlich damit beschäftigt war, zu zeichnen, zu übermalen, zu zeichnen und zu übermalen. Johnnys nun schon lange andauernde Manie rief mancherorts Kopfschütteln hervor, weil er niemals dokumentierte, photografierte oder aufschrieb, was er am Tag zeichnete. Vielleicht war es an einem Tag der Mond, der am Abend verschwand, vielleicht war es an einem anderen Tag die Jackentasche, wieder an einem

anderen die Jauchelache, in der sich der Mond spiegelte. War es ein Baum, war es ein Ast, war es ein Blatt, waren es Wörter, Sätze, war es die Hitze des Opfers und die Kälte des Brillenetuis, waren es Adam und Efeu, waren es Rosen und Tulpen, war es das eine, dem alles zugrunde liegt. Johnnys Bilder wuchsen, Schicht um Schicht, während sie verschwanden. Einhundertzwanzig Tage, einhundertfünfzig Tage gezeichnet, übermalt, gezeichnet, übermalt. Von seiner täglichen Tat bleiben nur Indizien, Vermutungen allenfalls, oft falsche Schlüsse. Kein Warum! Ein Vorgang, der sich bei Johnny über Monate erstrecken und dann plötzlich abbrechen konnte. Johnnys Manier eben. Wie es seine Manier war, Clara zu trösten, wenn ich nicht zur Verfügung stand? Johnnys und Claras Gravuren? Etwas zu ahnen im Nichts? Der Nachbar hinter den Gardinen bezeugt, daß Johnny regelmäßig sein Atelier besucht, sich dort aufhält, es wieder verläßt, nachdem er zunichte gemacht, was er geschaffen hat. Aber niemand sieht es, wenn er Clara in ihrer abgelegenen Hütte besucht. Was er dort mit ihr anstellt, kann mir keiner hinterbringen. Kein Nachbar, keine Gardine. Ob er Rücken an Rücken mit ihr das Keltengrab benützt? Unser Keltengrab? War Johnny so geschmacklos? Auch wenn sein Alibi nicht sein Werk ist, sondern sein Tagwerk, hat er für die Tage mit Clara keines vorzuweisen. Er hinterläßt bei ihr keine Spuren, wie er in seinem Atelier keine hinterläßt, am Abend alles unter einer weißen Schicht begräbt.
Obwohl es noch beinahe dunkel war, sah der Erkennungsdienst meiner Phantasie Johnny vor einem seiner Bilder stehen. Ganz deutlich waren Bleistiftspuren an seinen Fingerkuppen festzustellen, Schmauchspuren seiner heißen Arbeit, die auf nächste Nähe hindeuteten. Der Erkennungsdienst meiner Phantasie hielt auch noch anderes fest. Rechteckige Lappen aus Karton, sechs an der Zahl, um vieles größer und grauer als Geldscheine, deren Oberflächenstruktur gezeichnet ist durch das, was sich dicht daneben

weniger eingegraben hat. Gravuren, die gut oder weniger gut zu erkennen sind. Auf einem Bild Ansätze des Eigentlichen, des Ursprungs allen Seins. Stärker schon auf dem zweiten. Was auf dem dritten zunächst wie ein Dürer'scher Kopf erscheint, ist eindeutig im Schenkeldreieck angesiedelt. Das vierte Bild zeigt wie ein vergrößerter Ausschnitt des dritten krauses Haar, welches im fünften dann in einem Bewuchs schamhaarigster Art gipfelt. Das sechste Bild verleugnet wieder, will vom Erkennungsdienst nicht überführt werden, will, daß ich irgendwelche Schiffe, Apfelmotive oder Nebensächlichkeiten wie das versunkene Antlitz betender Hasen erblicke. Clara leugnet, mit Johnny je etwas gehabt zu haben. Dabei läuft es bei Johnny auf das eine hinaus, nur auf das eine. Auf sonst nichts. Indem Johnny übermalt, macht er sichtbar, verheißt, macht neugierig, macht eifersüchtig, läßt den erwartenden Blick zu, kalkuliert selbst die sabbernde Betrachtung sich selbst befriedigender Kunstkritik mit ein. Obwohl schon etwas heller, ist es noch so dunkel, daß ich noch immer auf meine Einbildungskraft angewiesen bin. Der Erkennungsdienst meiner Phantasie stellt Johnny das Hunderttausendstel einer Sekunde lang – hochwertige Meßgeräte stehen mir als Träger meiner eigenen Legende zur Verfügung – in eine Reihe mit Georgia O'Keeffe und ihrem schamlippig auseinanderklaffenden Blütenbild ›Schwarze Iris‹, das sie Ende des siebten Jahrzehnts des zwanzigsten Jahrhunderts erschuf. Der Erkennungsdienst meines tiefer werdenden Blicks entdeckt Philipp Roth, der neben Johnny an der Staffelei steht. »Bei jedem Mädchen, das ich sehe, stellt sich heraus«, sagt er leichthin, »daß sie zwischen ihren Beinen eine Möse spazierenführt, eine richtige Möse. Verblüffend! Erstaunlich! Sie haben alle Mösen und nur ein Kleid darüber«*…
Alle Maler, von denen es im Hinterland des Sees so viele gibt,

*Aus Philipp Roth, *Portnoys Beschwerden,* New York 1967.

haben Bilder, aber nur Johnny hat weiße Farbe darüber. Mein Erkennungsdienst spielt seine letzte Trumpfkarte aus, setzt ein sündhaft teueres Assoziationsgerät ein,* wirft ein Courbet'sches Bild aus dem Jahre 1866 an die Atelierwand, das er »The Origin of the World« nannte. Das Bild einer Frau, die mit weit gespreizten Beinen daliegt und unter deren dichtem Schamhaar der canyonartige Einschnitt ihres Schoßes sichtbar wird. Selbst wenn die Schenkel geschlossen sind, wenn das Bild übermalt ist, deuten alle Indizien darauf hin, daß es die große Vulva ist, die Johnny Tag für Tag in sein Atelier treibt. Alle Indizien deuten darauf hin, daß seine Arbeit längst vom Ursprung allen Seins, allen Fortlebens weiß, und daß der weibliche, der göttliche und der Schoß der Kunst identisch sind. Daß er um die Verheißung weiß, daß auf Tod neues Leben folgt. Daß Johnny am Abend übermalen kann, was er am Tag gezeichnet hat. Daß er nichts beweisen muß. Daß er es sich leisten kann, ein Kleid über das zu malen, was offensichtlich ist. Und ich, Flann, weiß, bin mir so gut wie sicher, daß ich Johnny auf der Spur bin. Es wird nun wirklich Tag, erste Sonnenstrahlen fallen ins Atelier und eine große, bleierne Müdigkeit überkommt mich, ich schaffe es kaum mehr, die Augen offenzuhalten. Leichte Panik stellt sich ein und ich blicke mich nach einer Zuflucht um, sehe eine kleine Tür, auf die ich schwankend zugehe, die ich öffne, in ein kleines Studierzimmer eintrete, in dem ein Tisch, ein Stuhl, ein Bücherregal und ein Feldbett stehen. Ich schließe die Tür hinter mir und sinke auf das Bett. Und bin nicht mehr vorhanden.

*Die Spiellust eines in seiner Legende Befindlichen offenbart sich vor allem durch Assoziationsvermögen und Skurrilität, mit deren Hilfe es ihm immer gelingt, Orte, Zeiten, Reales und Irreales durcheinanderzuwirbeln, ohne dafür irgendwelche Erklärungen abgeben zu müssen.

Sieben

Als ich erwache, ist es stockdunkel und langsam erinnere ich mich wieder, daß ich in Johnnys Studierzimmer neben seinem Atelier auf einem Feldbett liege. Unter der Tür ist ein kleiner Lichtschein zu sehen und ich höre leise Stimmen. Ich kann nicht verstehen, was sie sagen. Langsam richte ich mich auf, erhebe mich und gehe zur Tür. Einem plötzlichen Impuls folgend, öffne ich sie nur einen winzigen Spalt breit. Was ich sehe, läßt mir das nicht vorhandene Blut in den Adern gefrieren. Ich war also doch auf der richtigen Spur. Johnny steht an der Staffelei und zeichnet. Es ist nicht der Mond, den er zeichnet, es ist auch nicht die Jauchelache, in der sich der Mond spiegelt, es ist kein Baum, kein Blatt, kein Haus, kein vornehmer Apfel, nicht der Blick hinüber zur Gardine des Nachbarn, es sind nicht Wörter, Sätze, es ist nicht die Kälte des Brillenetuis, nicht Adam und Efeu, nicht Rosen und Tulpen sind es. Es ist das eine und nur das eine, was er zeichnet. Es ist Clara, die ihm Modell liegt und ihm mit weit gespreizten Beinen ihren behaarten Venushügel entgegenwölbt. Clara! Die mich zu Johnnys Geburtstag mitnahm. Johnny, der jetzt seine Staffelei verließ, zu seinem Modell, zu Clara hintrat, ihre Beine packte und sie, wie wenn er eine Gliederpuppe vor sich habe, grätschte, auseinanderbog, so daß Claras Schamlippen auseinanderklafften wie die Blütenblätter auf Georgia O'Keeffes Bildern. Für den Bruchteil einer Sekunde glaubte ich, Reste weißer Farbe – oder war es mein Sperma? – zu erblicken, sah dann aber nur die wunderschöne Makellosigkeit ihrer lachsroten, bis ins auberginenfarben schillernden, sonst den Blicken verborgenen Schleimhäute. »Nicht so grob«, hörte ich Clara sagen, doch Johnny kümmerte sich nicht um ihren Einwand und fuhrwerkte mit ihren Beinen herum, bog sie weit nach hinten und verschränkte ihre Füße hinter ihrem Kopf. Clara lag jetzt offen vor ihm, wie es offener nicht vorstellbar war. Es waren also doch diese

Spiele, die ihn Tag für Tag in sein Atelier eilen ließen. Es war ihre Vulva, die ihn inspirierte, es waren Claras große und kleine Schamlippen, die er zeichnete und zeichnete, die er nur für sich haben wollte, weshalb er sie Abend für Abend wieder übermalte. Und die ich, ohne sie je gezeichnet zu haben, nur für mich haben wollte. Mir wurde klar, daß Johnny nichts von mir wußte, daß Clara ihm meine Existenz einfach verschwieg, so wie sie Johnnys Existenz mir immer verschwiegen hatte. Ich war nahe daran, meinen Handbohrer, drachentötend, aus seinem Beutel zu holen und Johnny bei lebendigem Leib sein verqueres Gehirn aufzubohren. Schnell verwarf ich diese Idee. Was mußte ich einen endzeitlich angelegten Johnny töten, den ich sowieso überlebte. Wenn ich wollte, konnte ich Claras Beine noch auf ihrem Rücken verknoten, wenn Regenwürmer sich längst um seine übriggebliebenen Knochen verknoteten. Leise schloß ich die Tür, öffnete das Fenster des Studierzimmers und kletterte das Birnbaumspalier hinunter. Warum eigentlich sollte Clara nicht ein doppelte Spiel spielen, wenn ich für mich in Anspruch nahm, mit Milena, mit Kitty, mit der Witwe Färguson, mit Elisa und mit Henriette und all den anderen ein Gleiches zu tun? Trotz dieser meiner Selbstbeschwichtigungsversuche war ich auf dem Heimweg noch so aufgebracht, daß ich das mir in die Quere kommende asphaltene Band an drei verschiedenen Stellen tätowierte und dabei einhundertzweiundvierzig Samenkörner in ihm versenkte.

Acht

Wenn ich des Nachts erwache, schläft alles rings um mich her. Großmutter schläft gleich hinter der Allee am See im Familiengrab. Sie schläft, wenn Mondlicht sie bescheint, wenn der Mond sich hinter Wolken feig versteckt, sie schläft bei Regen, Schnee, im Nebel oder wenn der Himmel klar ist. Auch Zoltan schläft im tiefen Grab des Stromboli, das ihn einst gnädig schnell verschlungen hat, um weitere Werke seiner dilettierenden Palette zu verhindern. Der große Kraterschlund ein Rahmen, wie kein Bilderrahmen es je vermochte, ihn einzurahmen. Es schlafen Bruder Jean und Prior Laurens sowieso, mit ihnen ruht ihr Rosenkranz auf dem kleinen Friedhof zwischen Windrad und Vergangenheit. Ihre Gebete ruhen, es ruht der braune Saft, es ruhen ihre Kindheit und ihr Alter, es ruht ihr längst verfallener Leib. Professor Paradeiser ruht. Und seine Doktortitel ruhen auch, wie seine Ambitionen schlafen, es ruht sein kleines Alphabet, sein elektronisch fixes Ohr ist taub von Tod, es ruhen all seine Apparaturen, Professor Paradeiser, der Tod hat dich vom Leben exmatrikuliert. Und - Onkel Georg schläft. Mit ihm schläft seine starre Sicht der Dinge, schläft seine besserwisserische Zunge, es schläft seine Rechthaberei.

Wenn ich des Nachts erwache, schläft alles rings um mich her, nur manche meiner Angewohnheiten schlafen nicht. Mir am Frühstückstisch die Zeitung vorzunehmen, mich beim Lesen in ihr zu räkeln, während die freie Hand jenseits der Blätterwand blind nach der Kaffeetasse tastet und eine verstimmte Partnerin außen vor läßt, gehört der Vergangenheit an. Wenn ich jetzt des Nachts erwache, bin ich in meinem Haus allein, kann in meinem alten senffarbenen, vor Schmutz starrenden Morgenmantel zur Haustür schlurfen und das Journal holen, das der Zeitungszusteller noch in der morgendlichen Dunkelheit, kurz nachdem mir die Sinne zu schwinden pflegten, durch den Briefkastenschlitz geworfen hatte, und mich mit ihm, ohne mir die Zähne geputzt zu haben, in meinem Ohrensessel niederzulassen. Ich bin allein, weil Milena, Kitty, Clara, Elisa, die Witwe Färguson, Erdmute und Henriette nicht wissen, wo ich wohne. Es war mir unmöglich, ihnen alles zu erklären, weil ich selbst nicht wußte, was ich ihnen hätte erklären sollen. Die sich so aufgeklärt geben, halten den Status des Untoten für etwas, das zwischen Himmel und Erde längst nicht mehr vorkommt. Weshalb ich es vermeide, sie von meinem wahren Zustand überzeugen zu wollen. Wenn die Nacht anbrach, saß ich zunächst in meinem Sessel und gab mich ausführlich der Lektüre hin. Ich las begierig, wie einer bei seiner Hochzeitsreise ins Eis einbrach und seine junge Witwe im letzten Augenblick gerettet wurde, um schon ein paar Wochen später ihren Lebensretter zu heiraten, um diesen regelmäßig mit dem Eismann, dem Tiefkühlkostauslieferer und dem Kühlschrankreparateur zu betrügen, wobei sie jedes Mal weinte. Ich las von Eifersuchtsdramen, die diejenigen, in die Kitty verwickelt gewesen war, weit in den Schatten stellten. Ich las von Liebesnarreteien, ich las alle Geschichten, in denen ich glaubte, das Leben zu spüren. Ich las von merkwürdigen Naturerscheinungen, Abdrücken heimlich gelandeter außeridirscher Raumschiffe in Kornfeldern, und ich las von Gras-, Blumen- und Blätterteppichen auf Straßen, die die Öffentlichkeit vor ein Rätsel stellten und die Straßenämter veranlaßten, die Autofahrer vor ihnen zu warnen, vor allem wenn sie noch von Tau benetzt seien oder wenn frisch gefallener Regen sie glitschig gemacht habe. In der heutigen Zeitung las ich, daß die motorisierten Polizeistreifen verstärkt worden seien und daß in der kommenden Woche die Bürgermeister der Seegemeinden und die des Hinterlandes sich treffen wollten, um über diese interessanten Phänomene zu beratschlagen. Der Angriff auf den Asphalt sei ein Angriff auf den rollenden Verkehr, in dem sich unsere Freiheit manifestiere, ließ der Bürgermeister von Seeholzen verlauten. Wenn ich solche Nachrichten las, zeigte ich meiner Zeitung den Vogel und fühlte mich gleichzeitig ermutigt, meinen Sämannsjob in verstärktem Maße zu betreiben, Nacht für Nacht immer kunstvollere Brücken aus Gras zu knüpfen, unter denen dann mein drachentötender Handbohrer Dutzende von Pflanzlöchern schaffen konnte. Daß es in diesem Sommer häufig regnete, ließ meine Hoffnung wachsen, die leblosen, glatten Bänder der

Taglinge noch schneller als erwartet verändert vorzufinden. Das Land, das wir bewohnen, wartet immer darauf, noch geschaffen zu werden, und wird letztendlich nur das sein, was wir aus ihm machen. Da diejenigen, die am Tag schalten und walten, es beinahe bis zur Unkenntlichkeit verunstaltet haben, müssen Nachtgestalten wie ich retten, was noch zu retten ist.
Eine Zeitlang hatte ich auf meinen nächtlichen Streifzügen die zweifelhafte Ehre, mit einer anderen Nachtgestalt, dem regulierten lateranensischen Chor- und Kapitularherren Angelino Feistl in Berührung zu kommen, der sich, als ich die Klosterkirche passierte, im Dunkel der Nacht zu mir gesellte, sich mir geradezu aufdrängte und mich bis zur kleinen Kapelle in Weindorf begleitete. Dabei gab er mir, wie ich zunächst glaubte, ein mitreißend improvisiertes Privatissimum über den Willen zur Gestaltung sakraler Räume, in denen er sich sicher wie ein Schlafwandler bewegte. Erst nachdem er mich ein paarmal begleitet hatte, merkte ich, daß von Improvisation keine Rede sein konnte. Er spulte immer wieder die Lob- und Jubelpredigt herunter, die er zur Einweihung der Klosterkirche anno 1739 gehalten hatte. Indem er mit seinen Baumeistern und Künstlern den Himmel neu gedacht habe, habe Probst Herkulan Karg seinerzeit das Land, das er bewohnte, aufs neue geschaffen. Noch bis auf den heutigen Tag zeugten viele Bauwerke davon. «Die mit Hilfe harter Frondienste entstanden sind», warf ich gegenüber der untersetzten, schattigen Gestalt neben mir ein. «Das bereitet mir rückblickend recht wenig Kummer», sagte dieser Feistl neben mir, «immerhin brachten wir die Leute dadurch ins Brot!« – »Für Gotteslohn, der meistens ein Hungerlohn war«, sagte ich. »Unterm Krummstab lebte es sich besser als unter weltlicher Herrschaft«, sagte er, »aber darüber zu streiten ist wahrhaftig nicht meine Profession, meine ganze Passion gilt noch immer dem Markhofener Himmel!« – »Der beinahe durch die Druckwellen tieffliegender Düsenjäger

zum Einsturz gebracht worden wäre«, klärte ich ihn auf. »Fliegende Soldaten sind Barbaren«, sagte Angelino Feistl düster. »Der Markhofener Himmel konnte gerettet werden«, beruhigte ich ihn. »Das besänftigt mich«, sagte Feistl, »denn er ist mein einziges Thema!« Mich, den gerade ein warmer Wind aus Richtung Süden kitzelte, ritt der Teufel und ich versuchte, ihn auf ein anderes Themenfeld zu locken. »Bemerken Sie den Südwind?« rief ich aus, »in anderen Nächten ist es der Hinterwind, der Vorderwind oder der Wessobrunner Wind!« – »Winde interessieren mich einen Furz«, sagte Angelino Feistl. »Die wirklich interessanten Gespräche«, sagte ich zu ihm, »sind die übers Wetter, über das gesundheitliche Befinden unserer Kinder und andere Nichtigkeiten.« – »Barocke Kirchen sind es, über die zu parlieren es sich lohnt«, sagte er. »Dieses große Gebäude hinter uns«, er deutete auf die dunklen Umrisse der Klosterkirche, »ist am 8. September 1739 eingeweiht worden, welcher feierliche Akt um sechs Uhr in der Früh seinen Anfang genommen und ohne eine einzige Aussetzung bis zwölf Uhr dauerte.« Angelino Feistl unterbrach sich und sagte: »Ich hoffe, Sie stört es nicht, wenn ich ab und zu in meine alte Sprache verfalle.« – »Überhaupt nicht«, beeilte ich mich ihm zu versichern, »aber wenn ich Sie darauf aufmerksam machen darf, daß sich uns gerade ein herrlicher Blick auf den See bietet!« – »Was ist dieser Blick gegen die Herrlichkeit eines Markhofener Himmels«, sagte Angelino Feistl beinahe gelangweilt. »Wenn der Südwind des Nachts einfällt und kleine Wellen die Wasseroberfläche des Sees kräuseln…« – »Ist mir das ziemlich gleichgültig«, fiel er mir ins Wort. »Wellen aus Stuck sind es, die für mich lebendig sind.« Übergangslos verfiel er in einen schwärmerischen Ton. »Bevor ich meine Predigt beginnen konnte, ging eine Prozession durch den Kreuzgang. Das hätten Sie miterleben müssen. Erstlich ging ein Genius der Bruderschaft, dann zwei Doctores samt dem Kruzifix, gefolgt von jungen Knaben mit vorhergehenden Fahnen, dann alle angekommenen Kreuze der benachbarten Pfarreien, hiernach die Handwerksgesellen, auch andere Bürgerschaft, die Mitglieder der löblichen Armen Seelen Bruderschaft, dann die Bruderschaft mit ihren gewöhnlichen schwarzen Röcken samt vorgetragenem Kruzifix und Fackeln, dann der löbliche Magistrat von der Marianischen Erzbruderschaft des Allerheiligsten Rosenkranzes, die Musik mit Pauken und Trompeten, woselbst abwechslungsweise von zwei Chören die Antiphona und anderes abgesungen wurde.« Während ich mir überlegte, ob ich mich bei seiner langatmigen Ausführung langweilen sollte, beendete er diese auch schon. Wir waren gerade dabei, den Kugelbaum und das danebenstehende Kruzifix zu passieren, als Angelino Feistl mich am Arm packte: »Das ist der rechte Ort, um Euch meine Eröffnungsrede noch einmal halten zu können.« Ehe ich ihn daran hindern konnte, war er den Wiesenhang hinaufgeeilt, hatte sich zwischen Baum und Kreuz in Positur gebracht und begann zu predigen. Da ich einen verhängnisvollen Pakt geschlossen hatte mit einem, der vom Himmel abgestürzt war, fühlte ich mich unangenehm berührt, der Adressat einer Predigt zu sein, die vom Himmel handelte, wenn auch nur in seiner Markhofener Spielart.

Ich hatte keinerlei Hemmungen – auch wenn Angelino Feistl unterm Kugelbaum gerade etwas ganz anderes predigte – an all die reich oder weniger reich ausgestatteten, leider viel zu engen Pforten zu denken, durch die für immer einzutreten uns nicht vergönnt war. Geburt und Tod, Tod und Geburt. Hatte nicht irgendein Stümper den Ablauf auf den Kopf gestellt? Durch einen engen, weichen Schlauch betreten wir diese Welt, um nach siebzig oder gar achtzig Jahren sie dadurch zu verlassen, indem wir uns in eine frisch ausgehobene Grube begeben. Welch herrliche Perspektive hätte das Leben, wenn wir aus einem kalten Loch geboren würden, um dann am Ende eines Lebens von einem warmen, weichen Schoß aufgenommen zu werden. Angelino Feistl war inzwischen bei seiner geliebten Jungfrau Maria angelangt. »Tausend Glück! Du gütigste Frau! Du mächtigste Himmelskönigin!« tönte er mit lauter Stimme durch die Nacht, bestrich die umliegenden Kuhweiden mit seinem Anliegen. »Tausend Glück! Oh Maria zu deinem heiligen Geburtstag.« Geburtstag? Heute? Dann hatten seine Maria und meine Kitty am gleichen Tag Geburtstag! »Was wünsche ich denn beim heutigen Jubelfest dieser großen Fürstin und Himmelskaiserin?« fragte Angelino Feistl mit gekünstelter Rhetorik. Ich wußte, was ich Kitty und mir wünschte. »Die Antwort ist schon fertig!« rief Feistl, »ich wünsche ihr einen neuen Himmel!« Den wünschte ich Kitty sowieso, einen gemeinsamen siebten Himmel. »Dieser neue Himmel aber ist diese neue Stiftskirche«, deklamierte Feistl, »ja, ja, dieses prächtige, dieses neue Gotteshaus ist ein neuer Himmel, welcher zur hohen Ehre der göttlichen Mutter erbauet und eingeweiht worden. Da ist Maria auf ein neues in den Himmel gefahren, da, da, in diesem, ihrigen heiligen Tempel hat unsere liebe Frau aufgeschlagen ihren Palast, ihren Thron, ihren Wohnsitz, als wie in einem neuen Himmel.« Idiotische Verse gingen mir durch den Kopf, Feistls Rede in keiner Weise angemessen. »Erst warf ich einen Brief ein an meine Nachkommen«, formulierte meine plötzlich dick geschwollene Zunge, »dann warf ich zwei Scheiben ein, das soll vorkommen, dann erbrach ich Säuerliches und das Siegel des Testaments meiner Eltern. Dann bestieg ich die Bühne und ganget für immer…« Ganget für immer? Für – immer? Weg von hier? In ein anderes Leben, in einen anderen Himmel? In die Nacht. Ich ging für immer in die Nacht, erreichte nie den Himmel, nie! Ich ging zum Leben, das sterblich war, ging zu denen, die ich liebte, ohne die ich ohne Leben schon gleich gar nicht mehr leben konnte. Und Angelino Feistl stand feist auf seinem Hügel im Mondlicht und zwang mich mit seinem Gehabe, ihm eine kleine Gegenpredigt zu halten, weil ich nicht nur an Kittys Geburtstag, sondern auch an ihren Schoß dachte. Was lag da näher als das Hohe Lied Salomos in die nach Heu riechende Nacht hinauszupredigen, dem Himmel des regulierten, lateranensischen Chor- und Kapitelherren Angelino Feistl meinen eigenen entgegenzusetzen. »Wie schön ist dein Gang in den Schuhen, Kitty, du Lehrerstochter! Deine Lenden stehen gleich aneinander wie zwei Spangen, die des Meisters Hand gemacht hat. Dein Schoß ist wie ein runder Becher, dem nimmer Getränk mangelt. Dein Leib ist wie ein Weizenhaufen, umsteckt mit Rosen. Deine zwei Brüste sind wie junge Rehzwillinge!« – »Alles ist Ihnen Fleisch, Fleisch!« rief Angelino Feistl angewidert, »so schweigen Sie doch mit Ihren kleinen Gebäuden, die es nicht vermögen, an Ort und Stelle zu verweilen, wie meine Klosterkirche es vermag. Gebäude aus Fleisch, Fleisch, die zur Sünde erbaut worden sind.« – »Das Fleisch, das das Hohe Lied Salomos preist!« lachte ich. »Menschinnen, unwürdige sündige Menschinnen, Gebäude, die das Sündhafte beherbergen«, murmelte Feistl. »Und Ihnen ist alles nur Stein oder Stuck«, rief ich, »wie entsetzlich langweilig!« – »Es ist nicht Stein, es ist der Himmel«, sagte Feistl erstaunt. Natürlich konnte er erstaunt sein, konnte, solange er wollte, Kitty, Milena, Clara als kleine Gebäude bezeichnen. »Wenn schon, würde ich die Bezeichnung ›himmlische Gefäße‹ vorziehen!« – »Versündigen Sie sich nicht«, rief er. »Kitty, Clara, Milena, Elisa, Henriette sind die wahren Ebenbilder Gottes«, sagte ich zu Angelino Feistl. »Wir alle sind Ebenbilder Gottes«, murmelte Angelino Feistl mürrisch, »selbst ich, was keiner glauben mag.« Er kicherte verlegen. »Wir müssen weiter«, drängte ich ihn, aber er war nicht von seinem Hügel herunterzubringen. »Ich wußte schon als kleiner Junge, daß ich eines Tages auf der Kanzel stehen würde«, sagte er versonnen, »und ich stand auf der Kanzel. Und zwar als Kirchweih-, Lob- und Jubelprediger, der die neue marianische Stiftskirche der regulierten lateranensischen Chorherren des Heiligen Augustinus zu Markhofen feierlich eingeweiht hat.« – »Das ist mir inzwischen mehr als bekannt«, sagte ich, aber Angelino Feistl war schon wieder mitten in seiner Predigt, die ständig zu wiederholen er wohl von irgendeiner höheren Instanz verurteilt worden war. Da er sie erst 250 Jahre wiederholte, war es ihm noch immer eine Lust, sie zu predigen. Wieder wurden die Kühe auf den umliegenden Weiden auf ihn aufmerksam. Die lateinischen Brocken, die er einstreute, waren für sie ein Heu, das sie nicht fressen wollten. So lauschten die Hornviecher und ich mit offenem Mund seinen Ausführungen. »Alle vorigen Stadt- und Kirchengebäude zu Markhofen soll ich mit dieser neuen Kirche nicht vergleichen«, donnerte Angelino Feistl. Seine Stimme klang nicht gequält, war nicht die Stimme eines Umgetriebenen, Ruhelosen, der sich nach dem ewigen Frieden sehnte. Angelino Feistls Himmel war das, was er Nacht für Nacht betrieb: das Ewige Predigen. Er war nicht in den Himmlischen Frieden, er war in das ewige Predigen eingegangen. »Weiche auch du und sage nichts mehr, altes Christ-Katholisches Markhofen, von deiner ersten Stiftskirche und Ruhestatt des seligen Rathardi«.

Ich hatte durch Feistl schon so viel Zeit verloren, daß ich sein »Weiche auch du« jetzt wörtlich nahm und mich aus dem Staub machte. Denn ich hatte noch viel zu tun. Ich schritt kräftig aus, blieb aber manchmal stehen, blickte wild um mich und lauschte lange, weil ich, wie in letzter Zeit schon häufiger, einen Schatten zu bemerken glaubte, der sich mir näherte. Ich mußte mich getäuscht haben. Ich erreichte das harte Band, das Markhofen mit Trachingen verknüpfte, errichtete sogleich eine Brücke aus Gras, unter der ich dann meine Löcher bohrte, was mir inzwischen sehr zügig von der Hand ging. Als ich die Samen versenkt hatte, kam mir die Idee, zur Abwechslung eine andere Art der Tätowierung auszuprobieren. Wenn ich sie beidseitig entlang ihrer Ränder tätowierte, würde eines Tages, falls meine Saat aufging, die Natur sie von der rechten und linken Flanke aus zurückerobern. Ich arbeitete hart, schaffte wohl hundert Meter auf östlicher als auch auf westlicher Seite. Dann rannte ich querfeldein, bis ich Sanshaupt erreichte, um Kitty in meine Arme nehmen zu können.

Neun

»Du bist so blaß«, sagte Kitty in meinen Armen. Ich befreite mich sanft von ihr, zündete siebenunddreißig Kerzen an und legte ihr dann das Granatgeschmeide um den Hals, das ich von Großmutter geerbt hatte. Das Geschmeide, das mir Jeans Schwester, der ich es vor langer, langer Zeit in einer ähnlichen Geburtstagszeremonie um den Hals gelegt, vor die Füße geschmissen hatte, als sie mich verließ. Kitty, die ihre kräftigen, langen Haare heute offen trug, küßte mich lange und ich spürte unter ihrem schwarzen Kleid ihre schweren Brüste. Ein leicht animalischer Duft stieg von ihnen auf, der mich ein wenig narkotisierte. Während ich an all die Spiele dachte, die wir schon gespielt hatten, sank ich auf die Knie, nestelte benommen an ihrem Kleid und küßte die nicht mehr ganz so jungen Rehzwillinge, die ob ihrer Fülle mir entgegenhingen. Wenn wir sie, wenn Kitty sich über mir befand, zum Schwingen brachten, konnten mir die prächtig gegossenen Glocken des Markhofener Himmels, auch wenn es mehr als zwei waren, gestohlen bleiben. Ich knöpfte Kittys Kleid geschwind wieder zu und schlug vor, ihren Geburtstag auf dem See zu feiern. Sie war begeistert von der Idee, packte eine Flasche Wein und ihr Tagebuch in einen Korb, drückte mir das Tablett mit den siebenunddreißig Kerzen in die Hand, und schon saßen wir in ihrem alten Ruderboot und ruderten auf den nächtlichen, dunklen See hinaus. Es war windstill, so daß ihre Geburtstagskerzen nur wenig flackerten. Ruderboote sind genau das richtige Wassergefährt für

Nachtgeschöpfe wie mich. Segeln, surfen, Motorbootfahren überließ ich nur allzugern den Taglingen, bei denen alles schnell und sportlich sein mußte, damit sie sich wohlfühlten. Taglinge, die, wenn sie nicht auf dem Wasser waren, auf abgezirkelte, rotaschige Felder eilten, um in weißen Gewändern der frech behaupteten Unschuld mit Darm bespannte Schläger zu schwingen und sich stundenlang Bälle zuzuspielen. Oder sie hüllten sich, kaum an Land, in häßliche Anzüge, die eigens für diesen Zweck kreiert worden waren und liefen mit hängender Zunge humpelnd Kilometer um Kilometer. Oder sie stiegen in bunter, sehr teurer und sehr enganliegender Kleidung auf sündhaft teure Fahrräder, die sie in »Fahrradapotheken« erstanden hatten, und spulten auf ihren harten Asphaltbändern Kilometer um Kilometer herunter. Ich brauchte im Gegensatz zu ihnen keinen Schläger, keinen Jogginganzug und schon gar nicht eine Mitgliedschaft in einem Rotascheverein. Während Kitty im Schein der Kerzen und der sie umgebenden Nacht von beinahe unwirklicher Schönheit war, auch und gerade, wenn sie die Rotweinflasche an ihre Lippen setzte, ruderte ich in einem sehr gleichmäßigen Takt und nur das leichte Quietschen der Dollen war in der stillen Nacht zu hören. »Ein Glück, daß ich schließlich noch an einen wie dich geraten bin«, sagte sie, »auch wenn ich dich nur selten zu Gesicht bekomme.« – »Und wenn, dann nur bei künstlichem Licht. Bei natürlichem Licht würdest du erschrecken«, mumelte ich matt. Kitty lachte. »Ich weiß nicht, was das für eine Marotte ist von dir, mich immer nur nachts zu besuchen, aber ich akzeptiere sie, umso mehr, weil auch ich viel Zeit brauche für mich.« – »Ich auch, ich auch«, murmelte ich und war mir gar nicht so richtig klar, was genau ich tagsüber trieb. Keinen Hauch von Erinnerung daran, keine Träume. Nichts, was darauf schließen ließ, daß ich überhaupt vorhanden war.

Zehn

Wenn ich des Nachts zum Leben erwache, ist alles ruhig rings um mich her. Es schläft mein Haus, es schläft auch die Erinnerung. Es schläft Tante Claudine, es schläft ihr Maulwurffellchen samt seinem verborgenen rosa Schimmer, es schläft ihr tantensüßer Leib, es schläft ihr Lachen. Und ihre Schönheit, die schläft auch. Es schläft Jeans Schwester. Es schläft ihr Duft, es schlafen ihre Sommersprossen und ihre neunundsechzig Phantasien schlafen auch. Auch ich bin eingeschlafen, bin erwacht. Auch ich bin eingeschlafen unterm Sternenzeichen des immer leeren Suppentopfs, um einer gläsernen Kugel Bilder Teil zu sein. Auch ich bin eingeschlafen, um in der Dunkelheit für ewig wach zu sein.

Wenn wir davon ausgehen, daß wir vor dem Tod gar nicht leben, müssen wir über jede Bewegung, die wir bei uns und anderen wahrnehmen, glücklich sein. Auch in meinem jetzigen Zustand nahm ich sie mit Freude wahr. Zunächst bewegte ich mich im näheren Umkreis meiner Behausung, dann in immer weiteren Kreisen, bewegte mich den Wäldern zu, in denen Märchen sich abspielen. Märchen von geheimnisvollen, weiblichen Geschöpfen, die sich auf meine nächtlichen Besuche freuten. Ich bewegte mich in meiner Legende gelassen und heiter, da ich wußte, daß die Lebenserwartung der Toten eine ewige ist. Wodurch alle Ängste, das Ende betreffend, von mir abgefallen waren. Lebende erreichen, wenn es hochkommt, ein Alter von hundert Jahren. Tote werden älter, weil sie immer tot bleiben, also länger »leben«.

Als ich eines Nachts die dicken Gardinen des Wohnzimmerfensters ein wenig zurückzog, sah ich eine kleine Gruppe von Leuten vor meinem Haus. Ein Literaturwissenschaftler, wie ich an seinem Scheitel sofort erkannte, las einer Gruppe verklärt lächelnder Hausfrauen aus dem *Kleinen Buch Flann* vor. Da keiner wußte, wo ich wohnte, hatte ihm der Zufall diesen literarischen Ortstermin verschafft. Neugierig hörte ich zu, wie der Wissenschaftler mein Leben analysierte, und ich merkte, wie mich Rührung überkam, sogar Sentimentalität, ich spürte, wie mir dicke Tränen herunterliefen, weil ich plötzlich so sehr von meiner eigenen Bedeutung ergriffen war. Ich hörte mein Geburts- und mein Todesdatum, Andeutungen über Tante Claudine und Jeans Schwester, die er meine Musen nannte. Dann umriß er die Rolle Großmutters, verfiel dabei in einen Flüsterton, um den sich enger um ihn scharenden Frauen etwas zu verraten, was auch mir neu war, daß ich als einziger Mensch auf dieser Weltkugel die Kunst des Fliegens besessen habe. Wie ein Vogel sei ich in die Lüfte emporgestiegen. Aber nicht wie Ikarus abgestürzt. Meine Großmutter väterlicherseits habe als erste Frau mit einem Warmluftballon den Bodensee in seiner ganzen Länge überflogen. Vielleicht seien es die Gene der Großmutter gewesen, die mir Flügel hätten wachsen lassen. Ich war erstaunt über die Quellen des Wissenschaftlers, da ich weder etwas von einer Großmutter väterlicherseits noch von Flügeln wußte. Nach längerem Überlegen unterließ ich es aber, das Fenster zu öffnen und einer neuen Legendenbildung entgegenzutreten. Warum eigentlich sollte ich nicht geflogen sein? Ich freundete mich rasch mit diesem Gedanken an und glaubte wenig später selbst daran, daß ich über der Klosterkirche, über dem See, ja sogar über den Alpen meine Runden gedreht hatte. Ja, es ging sogar soweit, daß ich Henriette, deren Mann Pilot war, erzählte, ich habe nicht nur die Fähigkeit zu Fliegen, sondern auch zum stundenlangen Schwimmen unter Wasser gehabt, da ich, hybrid, wie ich konstruiert gewesen sei, jederzeit von Lungen- auf Kiemenatmung habe umschalten können. Der davon völlig hingerissenen Elisa erzählte ich, daß ich durch eine Tarnkappe stundenweise unsichtbar gelebt habe und Clara teilte ich mit, mir seien früher täglich sieben Golddukaten überreicht worden. Kurzum, ich hatte mein eher jämmerliches Erdendasein gänzlich verdrängt und sah jetzt auch meine Vergangenheit als die eines »Hans im Glück«, eines Herkules, sah mich legendär wie Robin Hood und Odysseus zusammen. Das Leben eines Unsterblichen gestaltete sich anders. Nacht für Nacht die ringsum liegenden, mich einschnürenden Straßen zu tätowieren und dann noch die Erwartungen Claras, Milenas und all der anderen zu erfüllen erzeugte in mir manchmal ein Gefühl des vortodlichen Ausgelaugtseins. Es war nur ein Gefühl, weil mein jetziger Zustand, was immer ich auch tat, ein unveränderter war und Gefühle wie »erschöpft« oder »ermüdet« die Phantomgefühle eines Mannes waren, dem das Leben wegamputiert worden war, der es ab und zu aber noch spürte.

Ob nun unbegrenzt leistungsfähig oder nicht, war ich auf jeden Fall froh, unerwartet an eine Helferin zu geraten, die mich bei meinen Pflanzarbeiten unterstützte, so daß ich meine zeitlichen Aufwendungen erheblich verkürzen konnte, was Milena, Kitty und all den anderen letztlich zugute kam. Schon lange war es mir bei meinen nächtlichen Streifzügen vorgekommen, als ob sich aus den großen Schatten der Nacht da und dort ein kleiner löste, der sich mir näherte. Der aber immer, wenn ich stehenblieb und mich umblickte, verschwunden war. Eines Nachts aber, als ich diesen Schatten nicht mehr ernst nahm, ihn für ein Überbleibsel meines früheren Lebens hielt, in dem Nervosität genauso zu mir gehörte wie meine Nase, sprang er mich so vehement an, daß ich zu Boden gerissen wurde. Ich war dermaßen verblüfft, einen Schatten mit solch einem materiellen Gewicht zu erleben, daß ich für einige Sekunden nicht an Gegenwehr dachte. Ich wurde zu Boden gedrückt und erst langsam kehrten meine Unlebensgeister zurück und ich kämpfte mit dem Schatten, der sich, je länger wir miteinander rangelten, immer wärmer und weicher anfühlte und von dem ein Duft nach Chanel Nr. 5 ausging. Mir dämmerte, daß die Erscheinung, auf der ich lag und deren beide Arme ich gegen den Boden drückte, weiblicher Natur war. »Clara?« fragte ich.

»Milena? - Kitty? - Elisa? - Henriette?« Ich bekam keine Antwort. Erst als der Mond hinter den Wolken hervortrat, sagte eine Stimme hinter einer Maske »Erdmute«. Ich schob die Verhüllung beiseite. Das Gesicht einer mir unbekannten, wunderschönen Frau kam zum Vorschein. »Ich habe es immer gewußt, daß es dich gibt«, sagte sie zu meiner Verwunderung. Als ich mich wieder gefaßt hatte, antwortete ich ihr: »Seit es mich nicht mehr gibt, bin ich mir völlig sicher, daß es mich gibt!« – »Ich bin dir seit Jahren auf der Spur«, sagte die Frau. Sie zog meinen Kopf zu sich herunter und küßte mich. Wieder ging ein Gerangel los, das in einer lustvollen Kopulation endete, bei deren Höhepunkt ich kurz glaubte, Angelino Feistls Füße vor meinen Augen zu sehen und seine Stimme zu hören, die »Fleisch, Fleisch, alles ist Ihnen Fleisch« murmelte. Aber ich mußte mich getäuscht haben. Als ich mich aufrichtete, waren nur der Schatten, der sich Erdmute nannte und ich allein auf weiter Flur. Erdmute mit keinem Fetzen mehr am Leib. Einem Leib, der etwas füllig war, einem Leib, der der Vorsitzenden des Pfarrgemeinderats von Weihershausen gehörte, einem Leib, der fünf Kinder geboren hatte und einer Frau gehörte, die ein geregeltes Leben führte, wie ich nach und nach von ihr erfuhr, einem Leib, der, ich kann es nicht verhehlen, die schönste Seele beherbergte, die ich je kennenlernen durfte. Erdmute eröffnete mir, daß meine Taten in aller Munde seien und meine nächtlichen Aktionen von vielen bewundert würden. »Woher weißt du von ihnen?« fragte ich sie erstaunt. »Weil ich dich beobachtet habe«, lachte sie. »Deine Bewunderer sind in zwei Lager gespalten. Die einen verehren dich wegen deiner ökologischen Amokläufe, die anderen wegen deiner Frauengeschichten. Ich bewundere beides und werde dir ab heute auch bei beidem helfen.« Und sie half mir, wie ich mit einem weinenden und einem lachenden Auge sah. Beinahe jede zweite Nacht fiel sie mich jetzt an, so daß es bald keinen Ort mehr im Wald, auf den

Feldern und Wiesen gab, an dem sie es nicht mit mir getrieben hatte. Frauen bestimmten mein neues Leben, aber daß es jetzt schon beinahe die ganze Nacht war, in der sie es taten, ließ in mir die Befürchtung wachsen, daß sie sich eines Tages auch noch in meine Träume einschlichen oder aber, wenn sie feststellten, daß ich gar keine hatte, am Tag, wenn ich nicht vorhanden war, meinen leblosen Leib schänden würden. Die Art, wie Erdmute mich des Nachts schändete, gefiel mir ausgesprochen gut. Und wie sie sich danach in eine Forrestiera verwandelte, die mit geschickten Händen Samenkörner im Asphalt versenkte, gefiel mir auch. Auch wenn ich ihr nie richtig verständlich machen konnte, daß es nicht der ökologische Faktor war, der mich zu meinen Aktionen trieb, sondern der primitive Haß auf den Asphalt, auf den ich in einem anderen Leben final aufgeprallt war. Da sie mir, der ich doch so zupackend sei, eine Suizidgeschichte nicht abnehmen wollte, ließ ich sie irgendwann im Glauben, daß ich ein Krieger an der Ökofront war. Daß mich Asphalt und Schoß gleichermaßen anzogen, ließ sie meine unglaubliche Vielseitigkeit rühmen. Dabei war sie es, die vielseitig war, tagsüber fünf Kinder großzog, ihren Mann bekochte, Wäsche wusch, Literaturabende in der Volkshochschule veranstaltete, den Kirchenanzeiger redaktionell betreute und in der Kirchengemeinde alle ermahnte, die zehn Gebote einzuhalten. Nachts aber das sechste hemmungslos brach und auch das erste Gebot verhöhnte, da sie neben ihrem Gott mich anbetete. Nachts wurde sie darüber hinaus zur Pantherfrau, die ihr Opfer – mich – riß, dann zur Pflanzerin konvertierte und dazu beitrug, daß die glatten Bänder aus Asphalt in voller Pracht erblühten. Daß Huflattich aus ihnen sproß, hellgrünes Gras, rot und weißblühender Klee und Sauerampfer sie überwucherten. Und daß sich Formen ergaben, die von mir initiiert worden waren wie andere, bei denen der Zufall überraschend bizarre Gebilde hervorzauberte.

Elf

Ich hatte Elisa zwei Jahre lang die glühendsten Briefe geschrieben und es vermieden, einen Absender anzugeben. Ich wollte Elisa, und weil ich sie wollte, wollte ich sie zunächst nur neugierig auf mich machen. Ich schickte ihr meine Briefe zwar unter meinem richtigen Namen Flann, aber schon meinen Familiennamen verweigerte ich ihr. Die Welt kannte meine letzte Wohnung, in der, wie ich mir sagen ließ, die Urenkelin der Waldgassinger, meiner Hebamme, selbst auch schon in hohem Alter, Führungen veranstaltete, auf die Überreste der brennenden Gardinen hinwies, meinen implodierten Fernseher als besondere Reliquie pries und lang und breit die Bilder Zoltans interpretierte, auf denen ich in den veschiedensten Gestalten Satans zu sehen war. Da ich damit rechnete, daß Elisa auf der Suche nach mir auch in diese Wohnung gelangen würde, streute ich im einen oder anderen Brief kleine Anspielungen auf Details dieser Bilder ein. Ob sie mich für Flann oder einen Hochstapler hielt oder für einen, der in der Nachfolge Flanns wandelte, konnte ich zwei lange Jahre nur ahnen, da ich ihr nicht die Gelegenheit gab, sich mir mitzuteilen. Dagegen teilte ich Elisa meine immer inniger werdenden Empfindungen mit, verglich ihre Gestalt, die ich bei einer meiner nächtlichen Streifzüge durch Zufall erblickt hatte, mit weiblichen Lichtgestalten der Weltliteratur, der Geschichte und der Malerei, ging dann nach und nach dazu über, in ausführlichen Briefen, in denen jedes Wort stimmte, ihr Antlitz zu würdigen, das mir von Botticelli ersonnen schien, ihren Augen sieben zwölfseitige Briefe zu widmen, ihren wohlgeformten Ohren das Piercing meiner verzückten Reime angedeihen zu lassen, ihrer Nase eine von mir erfundene männliche Verehrerbeamtenschaft eines riesigen Hochhauses zu erfinden, was beim Schreibtisch des Elisa-nasenverliebten Beamten in Zimmer Nr.1 begann und im achtzehnten Stock in Zimmer Nr. 1812 mit einem Elisa-nasenliebeskranken

Oberbeamten endete. Ihren Mund stellte ich in einer Folge von Briefen neben die vollen Lippen Cleopatras, Athenes, Beatrice Dalles und neben diejenigen von Tarzans Jane. Und ich konnte es mir leisten, solch dummes Zeug zu schreiben, da ich wie vom Donner gerührt war, als ich sie zum ersten Mal zu Gesicht bekommen hatte, und es konnte durchaus sein, daß ich am Fenster, durch das ich sie zum ersten Mal gesehen hatte, meinen Verstand verloren hatte. Trotz meines liebeskranken Zustands konnte ich es mir ebenso leisten, nach ihren Lippen erst einige Zeit mit tändelnden Nebensächlichkeiten zu vergeuden, ehe ich eine Salve von Liebeserklärungen an ihr Kinn mit seinem reizenden Grübchen losließ. Wie ich es mir leisten konnte, mir zwei Jahre schriftlicher Werbung um sie zuzugestehen, da ich der Mann war, für den zwei Jahres nichts, gar nichts bedeuteten.

Und einen praktischen, ganz und gar handfesten Aspekt hatte diese meine langsame Annäherung an sie überdies. Elisa war, als sie meine ersten Briefe bekam, erst ganze fünfzehn Jahre alt, und hätte ich meine Leidenschaft für sie nicht gezügelt, hätte ich mich womöglich der Verführung Minderjähriger schuldig gemacht. Es war inzwischen schon ein halbes Jahr meiner brieflichen Werbung vergangen und ich war erst beim Hals Elisas angelangt, dem ich in Dutzenden von Briefen imaginäre Geschmeide, Halsbänder, seidene Tücher und anderes mehr umlegte. Vom Hals sprang ich zu ihren Füßen über. Jeder einzelne ihrer wohlgeformten Zehen waren mir zehn Briefe wert, und als ich Fersen, Spann, die edlen Fußsohlen gewürdigt hatte, hatte ich einhundertfünfzig Briefe allein diesem Detail ihrer Gesamterscheinung gewidmet. Die Formulierungen der nächsten Wochen galten ihrer schönen Seele, ihrer Jugend, ihrer und unserer gemeinsamen Zukunft, ehe ich eine Hymne auf ihre Knöchel verfaßte, ihre Waden pries, ihre Knie einer akribisch liebevollen Würdigung unterzog. Dann ihre Schultern lobte, das Hohelied ihrer Oberarme und Ellenbogen sang. Den zartgliedrigen langen Fingern ihrer klassisch modellierten Hände widmete ich ein halbes Tintenfaß, himmelte die Halbmonde ihrer Fingernägel an und unterzog die Linien ihrer Handinnenflächen einer bis in die Raserei sich verästelnden Würdigung. Erst nach eineinhalb Jahren wagte ich es, ihre beiden Brüste einer kurzen, wie zufälligen Erwähnung zu unterziehen, machte dann aber ihren Bauchnabel zum Mittelpunkt meiner nächsten Briefe. Ihren Schoß streifte ich nur in einem Nebensatz eines sonst recht belanglosen Briefes über das Kleinklima ihres Elternhauses. Was für die südwestliche Küste Englands und Irlands der Golfstrom, war für die Flora rings um ihr Haus Elisa, die Wärme ausstrahlte und subtropischen Gewächsen ein Dasein ermöglichte. Dauernd an sie zu denken, ließ auch mich wie eine tropische Frucht überreif für sie werden. In der siebenhunderteinunddreißigsten Nacht meiner Werbung schwang ich mich an einem langen Seil, das ich an einer hohen Pappel befestigt hatte, die in etwa fünfzehn Metern Entfernung von ihrem Elternhaus stand, krachend durchs geschlossene Fenster ihres Mädchenzimmers, in dem sie in ihrem rosafarbenen Bett auf mich wartete. Vom Klirren der Scheiben und Splittern der hölzernen Fenstersprossen unsanft geweckt, erschienen ihre Eltern, weshalb ich meinen Einstand zunächst nicht in, sondern unter Elisas Bett geben mußte. Den Atem anhaltend, konnte ich eine erste Kostprobe von Elisas Klugheit und rhetorischem Geschick erleben. Innerhalb nur weniger Augenblicke hatte sie ihre Eltern davon überzeugt, daß ein winziger Meteorit in ihrem Zimmer niedergegangen sei, der durch einen ihrer Teddybären aufgehalten worden sei. Ich sah, wie ihre Hand ihn mir unters Bett schob und begriff sofort, was ich zu tun hatte. Ich nestelte den drachentötenden Handbohrer aus meinem Beutel, bohrte ihrem Teddy ein großes Loch in die Brust und reichte ihn unauffällig wieder nach oben. Elisas Mutter blickte fassungslos auf die Wunde, während ihr Vater das zerstörte Fenster einer Inspektion unterzog. »Unglaublich«, flüsterte er, »ich habe diese verdammten Himmelskörper einfach zu wenig ernst genommen.« – »Stell dir vor, der Meteorit hätte bei dir eingeschlagen«, hörte ich Elisas Mutter klagen. Das war es, was ich an meinem neuen Leben so liebte, daß es mir solch unwahrscheinliche Geschichten bot, die selbst in einer Filmklamotte nicht unterzubringen gewesen wären. »Der Meteorit der Liebe hat bei mir eingeschlagen, Mutter«, sagte Elisa. »Du bist noch ein bißchen verwirrt«, sagte ihre Mutter mitfühlend. »Ich fühle, daß der, nach dem ich mich seit zwei Jahren sehne, sich ganz in meiner Nähe befindet.« – »Mein armes Kind«, sagte Elisas Mutter. »Wenn ihr mich jetzt alleinlassen würdet«, sagte Elisa. »Traust du dir schon zu, allein zu sein?« fragte ihre Mutter. »Ich bin nicht allein«, widersprach ihr Elisa, »und ich werde nie mehr allein sein.« Da täuschte sie sich leider sehr, da ich tagsüber ein Ausfall und nachts nur sporadisch zur Verfügung stand. »Bist du wirklich in Ordnung?« fragte ihre Mutter. »So sehr wie heute war ich noch nie in Ordnung«, sagte Elisa. »Wir werden das Fenster gleich morgen früh erneuern lassen, ich befürchte sogar, daß wir einen neuen Rahmen benötigen«, sagte ihr Vater. »Nicht morgen«, sagte Elisa. »Wann dann?« fragte er verblüfft. »Im Herbst vielleicht, wenn die Nächte wieder kälter werden.« – »Im Herbst«, stotterte ihre Mutter, »nimm es dir nicht so sehr zu Herzen!« – »Mein Fenster soll immer weit offen für ihn sein«, seufzte Elisa. »Kind, Kind, für wen denn?« fragte ihre Mutter und brach in Tränen aus. »Jetzt laßt mich endlich allein«, schrie Elisa. »Gleich morgen werde ich meinen Freund von Schwarz herbitten, damit er uns ein ballistisches Gutachten erstellt, diesen merkwürdigen Meteoriten betreffend«, murmelte ihr Vater auf dem Rückzug. »Sollen wir dich wirklich alleinlassen?« fragte Elisas Mutter an der Tür. »Ja«, sagte Elisa in einem Ton, der es ratsam erscheinen ließ, schnell die Tür hinter sich zu schließen. Endlich waren sie fort und ich kroch in Elisas Bett. Ich wußte, daß sie sich mir widerstandslos ergeben würde. Welche junge Frau von siebzehn Jahren erlebte es heutzutage noch, zwei Jahre brieflich umworben, um dann mit einem Knalleffekt erobert zu werden, dergestalt, daß ihr Freier sich wie Errol Flynn als Robin Hood am Seil in die Burg von Lady Marian schwingt und einfach da ist. »Dies ist das Ende einer platonischen Brieffreundschaft«, sagte Elisa und zog sich ihr Nachthemd über den Kopf. »Dies ist der Anfang einer Leidenschaft«, sagte ich und küßte ihre Augen, ihre Nase, ihren Mund, ihr Kinn mit seinem reizenden Grübchen, ihren Hals, jeden einzelnen ihrer wohlgeformten Zehen, ihre Fersen, ihren Spann, ihre Knöchel, ihre Waden, ihre Knie, ihre Schultern, ihre Arme, saugte hingebungsvoll an jedem ihrer zartgliedrigen, langen Finger, folgte mit der Spitze meiner Zunge den Linien ihrer Handinnenflächen. Dann liebkoste ich mit meinen Lippen ihre winzigen Brüste, küßte ihren Bauchnabel und widmete mich ihrem Schoß, um sie sanft auf den Bauch zu drehen, ihren zarten Nacken, ihren Rücken zu streicheln, mich Kuß für Kuß, Wirbel um Wirbel abwärts zu tasten, bis ich ihren knabenhaften Po erreichte. Worauf ich mich gewaltsam von ihr losriß, zum Fenster eilte, das Seil, das ich am Fensterladen verhakt hatte, ergriff und mich hinaus in die Nacht schwang. Im Osten graute der Morgen und ich eilte meinem Tagschlaf entgegen, der ohne Träume und ohne jegliches Leben war.

Zwölf

Heute ging ich einen sehr schweren Gang, ging mit großem Widerstreben zu Elisa, die mich zu ihrer Hochzeit eingeladen hatte. Bei meinem letzten Besuch, der erst mein dritter gewesen war, hatte sie mir völlig überraschend ihre Vermählung angekündigt. Man kann sich vorstellen, wie hocherfreut ich war, als sie den von ihr Auserwählten nannte: Johnny! Aber ich hatte mich innerlich bereits damit abgefunden, auch in der stillen Hoffnung, daß er mir dann bei Clara nicht mehr in die Quere käme. Ich kam in dieser Nacht nur sehr langsam vorwärts, da es mir nicht gelungen war, den immer lästiger werdenden Angelino Feistl abzuschütteln, der mir mit seiner ewigen Einweihungspredigt auf die Nerven ging. Und nicht genug, machte er mir Vorwürfe, daß ich mit Erdmute, der Pfarrgemeinderatsvorsitzenden, geschlechtlich verkehre. Zu seiner Zeit habe sich solch eine Weibsperson nicht derart sündig aufführen können, der Bannstrahl der Kirche habe alle getroffen, die sich nicht nach den heiligen zehn Geboten richteten. Zugegeben, auch damals habe es schon vereinzelt solche Personen gegeben. »Selbst bei meiner unvergeßlichen Predigt zur Einweihung der neuen Klosterkirche in Markhofen gab es einen einschlägigen Zwischenfall. Während ich Gott pries und die Jungfrau Maria, bemerkte ich plötzlich, daß eine weibliche Person dicht unter der Kuppel der Kirche, entlang der herrlichen Fresken des Bergmillers, die noch beinahe feucht waren, flog.« – »Flog?« fragte ich verblüfft, da ich bis zu diesem Zeitpunkt der festen Meinung war, ich sei der einzige Mensch, der jemals geflogen war. »Wie ein Vogel flog«, bestätigte Angelino Feistl, »diese Vermessenheit. Gott der Herr hat Federvieh geschaffen, das fliegt. Den prächtigen Bussard, den kühnen Adler, die Amsel, den Sperling und die Meise. Uns Menschen hat er Beine gegeben zum Gehen. Was dem Faß den Boden ausschlug, war, daß es eine Lutherische war, die während meiner feierlichen Predigt in unserer Kirche herumflatterte. Eine Protestantin, die spätestns bei der Gegenreformation Gelegenheit gehabt hätte, in den Schoß der alleinseligmachenden römisch-katholischen Kirche zurückzukehren.« – »Das sind nicht unsere heutigen Probleme«, seufzte ich. »Das sollten sie aber sein«, sagte er mißmutig, »wie soll ein heutiger Mensch je das Himmelreich erlangen?« – »Was geschah mit ihr?« fragte ich, um die Konversation so schnell wie möglich zu beenden. »Wir mußten sie leider der Heiligen Inquisition überantworten«, sagte Angelino Feistl, »leider, leider!« Er lachte gallig auf. »Die ihr dann die Flügel stutzte!« – »Inwiefern«? fragte ich. »Insofern, als sie auf dem Scheiterhaufen endete.« – »War denn die Heilige Inquisition um diese Zeit noch aktiv?« – »Leider so gut wie nicht mehr, deshalb mußten wir auf spanische Kollegen zurückgreifen.« – »Auf dem Scheiterhaufen! Barbarisch!« sagte ich voller Ekel. »Meine Kirche ist schließlich kein Zirkus«, sagte Feistl, »wenn sie eine Leiter benutzt hätte, um zum Markhofener Himmel hinaufzusteigen, wäre das als Blasphemie geringerer Schwere eingestuft worden. Da wäre sie mit einem Leben im Narrenhaus davongekommen. Aber zu fliegen, das bedeutete ihren Tod.« – »Und Erdmute würden Sie am liebsten auch auf den Scheiterhaufen bringen?« – »Selbstverständlich«, sagte Angelino Feistl. Ich verabschiedete mich abrupt von ihm, strebte, weit, weit ins Hinterland hinein, überquerte auf Brücken aus Gras mehrere Straßen, die ich ganz nebenbei tätowierte und sie so einer weichen, besseren Zukunft weihte. Ich strebte westwärts, der Hochzeit der mir angebeteten Elisa zu, die mit ihren siebzehn Jahren immerhin die Mitgift zweier Nächte mit mir in ihre Ehe einbringen konnte. Während mich noch dunkle Gedanken marterten, bemühte ich mich, ihre Ehe mit Johnny in einem verklärten Licht zu sehen, mir ihren Ehealltag vorzustellen, mir das elektrisierende Rascheln von Elisas Kleidern und Unterkleidern zu imaginieren, wenn sie zwischen Kisten und Kästen herumfuhrwerkte, und ich glaubte sogar, den Geruch ihrer Salbung zu riechen – die standesamtliche Trauung hatte immerhin schon vor Stunden, tagsüber als ich nicht vorhanden war, stattgefunden. Während ich so dahinschritt, sprach ich mit Holundersträuchern, mit Feldscheunen und Wegweisern über Elisas und Johnnys Glück, nahm einen metaphysischen Hammer, eine ebensolche Zange, einen Hobel und einen Schraubenzieher, zerschlug ein Reiskorn, um es auf verquere Art wieder zusammenzufügen, zog einen Nagel aus ihrem Brautbett, um ihn gegen ein Ingwerstäbchen des ewigen Schmeckenkönnens auszutauschen. Und als ich dieses Ritual auf einer mondbeschienenen Anhöhe hinter mich gebracht hatte, raste ich weiter durch die Zeit, verdammte meinen Zustand, der es mir nie erlaubte, Hochzeit zu machen, mich in irgendeiner Form zu binden, mich an den täglichen Vergnügungen der Lebenden zu beteiligen.

Ich strebte westwärts, ging durch das Hinterland und durch die Zeit, hobelte den Berg der sich bei Elisa und Johnny auftürmenden Jahre glatt, um aus den Spänen eine Silberne Hochzeitssuppe zu kochen. Dann gab ich ihren beiden Schrauben eine winzige Drehung, um ihre Liebe auch nach so vielen Jahren unter lustvoller Spannung zu halten. Über all diese Beschwörungen ihres Glücks war ich schon über Norning hinausgekommen und näherte mich Nußdorf, als ich den Blick zum Himmel hob, an dem sich mir ganz deutlich ein bethlehem'scher Hochzeitsschleier zeigte. Ihm folgend fegte ich übers Land, durch Nebelgassen genauso wie durch Feuerbäche. Und die trägen Kühe auf den Weiden am Wegesrand träumten einen Hochzeitstanz. Unter ihnen bewegten sich die Maulwürfe mit mir westwärts, dem Flusse zu. Vom See schwappte eine Riesenwelle ins Hinterland, vom überseeischen Grand Canyon kam ein tiefer Einschnitt angereist und die tüchtige Metzgersfrau aus Markhofen lieferte sogar einen Aufschnitt an. Der barocke Stahlbetonturm der Klosterkirche verneigte sich hinter mir, Flora und Fauna paarten sich hochzeitsnächtlich. Dem buckligen, für seine Machtintrigen bekannten Bürgermeister von Nußdorf blieb die Tücke weg, die Nachtvögelhochzeit vereinte sich mit Elisas Feier, widele, wedele, hinter Nußdorf hielt alle Mißgunst die Fresse. Und obwohl Wahldorf jenseits des Flusses lag und ich mich noch diesseits befand, spürte ich, wie sich ein kleines, aber starkes Gefühl in die Herzen der Brautleute schlich, sie zum Schwarzbrot hin adelte, Johnny die primären Geschlechtsmerkmale Claras aus dem Kopf verbannte, die Brautleute durch ein Ochsengespann weg von Glitter und gekaufter Pracht zu klaren, unspekulativen Gedanken gezogen wurden. Und Johnny der Pinsel geführt wurde hin zu Chagall'scher Qualität. Edel waren sie, Elisa und Johnny, hilfreich und gut. Zum in die Fresse hauen edel. Ich würde ihr nie verzeihen, diesen Johnny mir vorgezogen zu haben, noch dazu, wo er sterblich war, eine Eintagsfliege nur. Ich unterdrückte meine häßlichen Gefühle, überquerte eine Brücke aus Beton und wünschte dem Brautpaar Geschmeidigkeit ihrer Glieder genauso wie ihrer Kehlen, wünschte ihnen manche Flasche in den Hals. Warum hatte Elisa der Teufel geritten? Warum war sie jetzt Johnnys Frau? Als ich mich ihrem Elternhaus näherte, in dem die Hochzeitsfeierlichkeiten in vollem Gang sein sollten, lag alles in tiefem Dunkel. Ich blieb stehen. Hatte ich mich im Datum geirrt? Heiratete Elisa erst morgen oder hatte sie vielleicht schon gestern Johnny das Jawort gegeben? Schnell entschlossen kletterte ich auf die Pappel, ergriff das Seil und schwang mich in ihr Zimmer. Elisa schlief in ihrem rosafarbenen Bett und kein Johnny lag neben ihr. Kein Johnny, keine Hochzeitsnacht? Ich weckte sie und fragte nach ihrem Bräutigam, was bei ihr einen Lachanfall auslöste, der nicht mehr aufhören wollte. Durch die Zimmertür war schon Sekunden darauf die besorgte Stimme ihrer Mutter zu hören. »Warum lachst du mitten in der Nacht, Elisa?« – »Weil ich etwas Komisches geträumt habe, Mutter!« – »Gräm dich nicht, das werden dein Vater und ich morgen in Ordnung bringen!« flötete ihre Mutter. »Leg dich schlafen«, sagte Elisa böse. Wie es schien, folgte ihre Mutter dieser Aufforderung. »Dann hast du wirklich geglaubt, daß ich heirate?« Ohne meine Antwort abzuwarten, brach sie wieder in Gelächter aus. »Meinst du, ich bin bekloppt? Und noch dazu diese Lusche!« kreischte Elisa. »Ich weiß nicht«, stotterte ich. »Und außerdem hat er schon viel zu oft Geburtstag gehabt!« – »Ich bin bedeutend älter als er«, sagte ich. »Aber das merkt man dir nicht an«, sagte sie und umarmte mich. »Was hast du überhaupt mit diesem Johnny?« fragte ich sie. »Er zeichnet mich ab und zu«, sagte sie und lachte. »Und was zeichnet er?« – »Du kennst seine Vorlieben, weil es auch deine sind!« lachte Elisa. Zugegeben, es gab nichts Schöneres, als den weiblichen Schoß zu betrachten, aber mit Johnny in diesem Zusammenhang in einem Atemzug genannt zu werden, gefiel mir gar nicht. »Ich bin nicht Johnny«, sagte ich. »Natürlich bist du nicht Johnny, du bist Flann, er hat im Gegensatz zu dir etwas Echsenhaftes.« – »Die ewige Jugend«, murmelte ich, »das ewige Glück, die ewigen Umarmungen.« – »Hast du was dagegen, wenn wir jetzt heiraten?« fragte mich Elisa. Natürlich hatte ich nichts dagegen. Elisa sprang aus ihrem Bett, zündete zwei Kerzen auf ihrer Kommode an und dann begannen wir auch schon mit dem Hochzeitsritus. »Ich frage dich, Elisa«, sagte Elisa zu sich, »willst du Flann zu deinem Mann nehmen, so spreche Ja. »Ja«, sagte sie. Um dann fortzufahren: »Dann frage ich dich, Flann, willst du Elisa zu deiner Frau nehmen, dann spreche Ja!« – »Ja«, sagte ich. »Dann erklären wir uns zu Mann und Frau.« Wir küßten uns in der »Hochzeitskapelle«, die sich in ihrem Schlafzimmer befand, das sich im Haus ihrer Eltern befand. Der Form halber schoben wir uns imaginäre Ringe über die dafür vorgesehenen Finger. Dann zog mich Elisa zum Bett. »Jetzt mach mich schon zu deiner Frau«, sagte sie ungeduldig. Dagegen war nichts einzuwenden, wie auch nichts dagegen zu sagen war, daß Elisa mir meinen Hochzeitsanzug und ich ihr Hochzeitskleid auszog. Während wir die Ehe vollzogen, merkte ich plötzlich, daß wir nicht mehr allein waren. Elisa verdrehte unter mir ihre Augen, so daß nur noch das Weiß ihrer Augäpfel zu sehen war. Ihr Keuchen und Schreien veränderte sich, unmerklich zuerst, dann aber immer deutlicher zu einem Knurren und Fauchen, das immer tiefer klang, wie das Gebell eines heiseren Wolfes aus ihr herausdrang. Irgendwoher aus der Ferne hörte ich ihre Mutter rufen: »Elisa, was grollst du so mächtig?« – »Das ist der Teufel in mir«, schrie sie zurück. Ich erschrak. Ich wußte, daß ich nicht mehr allein mit ihr im Bett lag, sondern ein Dritter anwesend war, ein Dritter, mit dem ich einst einen Pakt besiegelt hatte. Langsam ebbte ihr Knurren und Fauchen ab. Viel später dann machten wir eine kleine Hochzeitsreise durch den großen Garten ihres Elternhauses und als der Mond durch die Wolken brach, erklärte Elisa ihn sogleich zum Honeymoon, und ich erklärte ihr, daß ich aufbrechen müsse, was unsere erste Ehekrise auslöste, die ich frühestens in der folgenden Woche zu beheben versuchen konnte.

Dreizehn

Wenn ich des Nachts erwache, schläft Markhofen. In meinem Haus, das schläft wie alles andere auch, ertönt eine mich traurig stimmende, kaum hörbare Melodie. Auch ich bin eingeschlafen, schon vor langer Zeit. Und lebe das des Nachts, was man so Leben nennt. Erschaffen, um hinauszugehen in die dunklen Wälder, bin ich erschaffen für die ew'ge Nacht. Erschaffen um Milena, Clara, Kitty heimzusuchen, wie auch die Witwe Färguson, die mich sehnsüchtig schon erwartet. Ich hoffte inständig, daß mir weder Angelino Feistl das Glück seiner Begleitung angedeihen lassen wollte, noch, daß mich Erdmute heute anspringen würde. Wie ich auch hoffte, daß mir die Witwe Färguson nicht heute nacht eröffnete, mit Johnny zu verkehren, diesem Johnny, der in letzter Zeit allüberall auftauchte. Ich schloß die Gartenpforte hinter mir, eilte in großen Sätzen den kleinen Fußweg hinab, vorbei am Seehotel, wo mir heute niemand über den Weg lief, überquerte die Mühlstraße, hielt mich links, ließ den Fischen im Weiher ihr grätiges Leben und erreichte das Seeufer. Wo mir, der ich glaubte, alle Angst, alle Skrupel längst hinter mir gelassen zu haben, mit einemmal wind und wehe wurde, mir meine so mühsame Vergangenheit begegnete. Als ich den See so daliegen sah in seiner bleiernen Unsterblichkeit, kam mir der rote Mantel meiner Mutter in den Sinn, das Grab meines Vaters verstellte mir den Blick und Großmutters List, mich ins Familiengrab zu legen, obwohl ich gerade erst das vierzigste Lebensjahr vollendet hatte, wurde mir schmerzhaft gegenwärtig. Der Pakt mit IHM, der mich zum ewigen Umtrieb verurteilte, das unbestimmte Wissen um etwas, was am Tag mit mir geschah, nahm mir den Atem, und ich war der tumbe Wächter des Morgengrauens, das immer wieder drohte, das ich in all meiner ewigen Freiheit scheute wie ER das Weihwasser. Und ich wußte, daß die dunkle Möwe auf dem rußgeschwärzten Schlot des Dampfschiffes tot war, nie gelebt hatte, und Bussardschwinge, Nest und Brut nur als verschwommenes Bild im Dämmer existierten. Und das erste Morgenrot am Horizont war tot, hatte es nie gegeben, hatte weder die sanfte Brise des Hinterwindes, noch den Tag und kalten Sonnenstrahl im Koma der verblühten Nacht verspürt. Auch drüben auf dem Dechser Kirchturm der goldene Hahn, der Wetterbot war tot, hatte nie gekräht, hatte Südwind, Wind aus Ost mit Hilfe Ariels im Traum nur gefühlt. Der alte Fischer Hierl in seinem schmalen Waidmannsboot war tot, hatte nie gefischt, hatte die Seeforelle, den Huchen, Saibling und den Kilch im Totenreich nur aufgetischt. Und erst Sankt Georg droben überm Dorf, der Ritter Tod und Teufel, längst vom Roste rot, war tot, hatte nie gestritten, hatte Feuerodem, Schwert und Drachenblut im Fahl des Zwischenreiches nur erlitten. Der Tag bricht immer wieder an, wie er mir droht, war nie gestorben, hat Regenschauer und verfluchtes Sonnenlicht in jener nahen Morgenstunde neu erworben. Noch war sie fern, diese Morgenstunde, doch welche Bilder überfielen mich? Mich, der ich doch über allem stand, seit ich das Ende nicht mehr zu befürchten hatte. War im Pakt mit IHM der kleine Zweifel mit enthalten, als Präambel vielleicht, die ich übersehen hatte? Oder war das ewige Feuer, in dem ich schmorte, das blödselige Sentiment, das mich jetzt so unvorbereitet anfiel? Sollte ich, von IHM geplant, nach und nach zum Spielball meiner unkontrollierten Gefühle werden, die mich jetzt am Seeufer so beutelten? Sollte ich dazu verdammt sein, mit mir und nur mit mir zu leben, weil mich der Tag einfach abschnitt, mich trennte von der angefangenen Stunde, mich trennte von der Liebe, mich trennte von der wachen Sicht?

Ich warf einen langen Blick auf den See, riß mich dann gewaltsam los und schlug den Weg zum Moor ein, fand schnell den vertrauten Pfad und wieselte dem kleinen Weiler Riedhausen zu, der am Südostende des Sees lag. Ich kam zu den verwachsenen Ufern des Flusses, der den See speiste, hielt mich flußaufwärts, Zweige von Weidenbüschen streiften mich, bis ich den kleinen Holzsteg erreichte, auf dem ich das Rinnsal überquerte. Schon bald war ich am Rande von Riedhausen. Kein Fenster war erleuchtet, kein Hund bellte, keine arme Seele, die gerade zum Himmel fuhr. Die tödliche Stille des nächtlichen Dorfes. Der Kirchturm, der schwarz in den Himmel ragte. Der Schlittschuhläufer auf der Sandbank. Der Hügel über dem Ort, auf dem die Witwe Färguson wohnte. Die einen Blick über die ganze Länge des Sees hatte, im Westen Markhofen mit der gewaltigen Klosterkirche und dem mächtigen Augustinerchorherrenstift. Und im Süden die Kette der Alpen. Ich stieg den Hügel hinauf, der wie ein Englischer Garten angelegt war, vorbei an alten Skulpturen, kleinen Pavillons, einem wasserspeienden Engel, bis ich vor ihrem Haus stand, das von ihrem Mann nach dem Vorbild des Goethehauses in Weimar errichtet worden war. Ich trat ein ohne zu klingeln. Ein Meer brennender Kerzen empfing mich. Kerzen überall, an den Wänden, an der Decke in hängenden Leuchtern und auf der festlich gedeckten Tafel, die ich ohne alle Leidenschaft durch eine weitgeöffnete Flügeltür sah. Aus der Küche hörte ich die vorwurfsvolle Stimme der Witwe Färguson. »Wo bleibst du denn?« fragte sie, ehe sie mich noch zu Gesicht bekommen hatte. Ich gab darauf keine Antwort, weil ich wußte, daß sie keine erwartete. Sie tauchte auf, nahm im Gehen ihre Schürze ab und umarmte mich. »Endlich«, sagte sie, »ich lebe verdammt noch mal nur noch auf diese Nacht hin, die ich mit dir verbringen darf.« Sie trug ein mit Spitzen besetztes, kurzes schwarzes Kleid, das in einem atemberaubenden Dekolleté auf wunderbare Weise unverwelkten Ansatz ihrer üppigen Brüste mir darbot. Ich küßte sie auf beide Wangen, schaute in ihre schwarzen Augen, in denen sich viele Flammen spiegelten und berührte dann flüchtig ihren feuerroten Mund, der aus ihrem blassen Gesicht herauszufallen drohte. Ich bewunderte in einer rasch hervorgesprudelten Folge atemloser Sätze ihre Beine und sie bat mich lächelnd, nicht zu übertreiben. Aber ich wußte, daß sie sich geschmeichelt fühlte, als sie sich bei mir unterhakte und ich sie zur festlich gedeckten Tafel führte. Als sie saß, nahm sie ein in Leder gebundenes Buch, das sie schon vor meinem Kommen aus ihrer wohl 35000 Bände umfassenden Bibliothek geholt und beiseite gelegt hatte, um es jetzt an einer markierten Stelle aufzuschlagen und mir den kurzen, banalen Satz vorzulesen: »Nun kann es beginnen.« Sie schlug das Buch wieder zu, worauf wir beide in sardonisches Gelächter ausbrachen, was bei ihr dragonerhaft, bei mir schafsmäßig meckernd klang. »Nun bist du dran«, sagte die Witwe Färguson, als sie wieder in der Lage war zu reden. »Du wünschst eine Flann'sche Originalansprache?« fragte ich sie. »In der Tat«, sagte sie, die sich inzwischen auf der anderen Seite des Tisches niedergelassen hatte.

»Zwischen gestern und heute, liebe Karoline«, begann ich und verwendete, was ich recht selten tat, einen ihrer zahlreichen Vornamen, »zwischen heute und morgen, zwischen morgen und übermorgen, zwischen Skylla und Charybdis, zwischen ja und nein, zwischen 1900 und 2800, zwischen oben und unten, zwischen rechts und links, zwischen Montag und Sonntag, zwischen Anfang und Ende, zwischen fünf und sechs, sieben und acht, zwischen zwei Zwischenräumen –«, ich holte Atem und registrierte, daß sich der Blick der Witwe Färguson, der zu Beginn meiner Tischrede ein beinahe spöttischer gewesen war, in einen leicht verstimmten verwandelt hatte. Und als ich jetzt fortfuhr, »zwischen Herr von Hagen und Kragen, Fragen und getragen, zwischen Laken und Magen, Spital und Kopenhagen« vorzutragen, unterbrach sie mich unwillig. »Das genügt Flann, das genügt! Zwischen zwischen! 27000 Mal zwischen, da hätte dir auch was anderes einfallen können. Ich bin in einem Alter, in dem ich jederzeit sterben kann, da ist die Zeit kostbar für mich.« – »Ich war noch nicht fertig«, sagte ich frostig. »Doch, doch, du sollst aufhören mit dieser Aufzählerei von Zwischenräumen!« – »Wie du meinst«, sagte ich leicht gekränkt. »Auch wenn wir keinen Sex miteinander haben, Flann, heißt das noch lange nicht, daß du den Langweiler spielen sollst. Ich sorge für Abwechslung, tue alles nur Erdenkliche, um dich zu zerstreuen, uns variable Treffen zu gestalten.« – »Das tust du«, stimmte ich ihr zu. »Ich sorge für Abwechslung, indem ich dir ein sechzehngängiges Menu auftische«, sagte sie und deutete mit einer großartigen Geste ihres nackten rechten Armes, dessen Haut ich voller Bewunderung als Pfirsichhaut bezeichnen mußte, auf den Tisch und in Richtung Küche. »Ich esse nichts«, sagte ich. »Mir zuliebe, Flann«, sagte sie. »Das hatten wir doch alles längst geklärt«, sagte ich müde. »Dann trinke wenigstens etwas«, sagte sie. »Ich esse nichts, ich trinke nichts«, sagte ich. »Dann tu wenigstens so, mir zuliebe!« forderte sie. Ich nahm ein leeres Glas und stieß mit ihr auf ihre Gesundheit, auf ihre Schönheit, auf ihr Ambiente an. Worauf sie sich ein wenig versöhnt zeigte, in die Küche eilte und sich den ersten Gang servierte, eine kleine Suppe, die nach frischer Kresse roch. »Guten Appetit«, sagte ich, und während Löffel um Löffel der

Suppe zwischen ihren makellosen Zähnen verschwand, fuhr ich mit meiner Tischrede fort, die noch lange nicht zu Ende war. »Zwischen zwei Tassen Tee«, deklamierte ich, »zwischen Wind und Tapete, zwischen Geburt und Geburtstag, zwischen zwei Augenblicken, zwischen zwei Ohrmuscheln, zwischen Nase und Mund, zwischen Hals und Krause, zwischen zwei Seelen und Brust, zwischen Knie und Stock, zwischen Fuß und Zeppelin.« Ich merkte, daß sie etwas dazu sagen wollte, die Suppe aber sie daran hinderte. Als ich jedoch fortfuhr »zwischen Frau Meier und Eier, Dreier und viel zu teuer, zwischen Auto und Pfeffersteuer, Euter und Hundesteuer« auszurufen, fiel sie mir ins Wort und schob dabei heftig ihren Suppenteller weg. »Welche Frau Meier denn, welche Eier? Welcher Dreier überhaupt und warum?« – »Darum«, sagte ich, »weil die Verse meiner Kindheit für einen Tag wie heute wie geschaffen sind.« – »Kindheit schön und gut«, rief sie schrill, »aber irgendwelche Zusammenhänge sollte ich erkennen.« – »Ich wüßte nicht, welche Zusammenhänge es zwischen meiner Kindheit und meinem jetzigen Zustand geben sollte!« sagte ich. »Mehr als du denkst«, sagte die Witwe Färguson, »zum Beispiel, daß du Mangel empfindest. Warum sonst würden dich die Zwischenräume so interessieren?« – »Mangel? Überhaupt nicht«, sagte ich. »Auch wenn wir keinen Sex miteinander haben, lasse ich es für dich an nichts mangeln, wenn du mich besuchst«, sagte sie. »Etwas anderes habe ich auch nie behauptet«, sagte ich. »Dann zieh schon in Gottes Namen meine Lippen auseinander und steck deine Zunge rein«, seufzte sie. Ehe ich mich ihr erwehren konnte, saß sie schon auf meinem Schoß, packte meine Hände und führte sie zu ihrem Mund. »Faß sie an, meine Lippen, los, los. Wenn das alles ist, was du willst«, schrie sie. Da ich meine Hände sinken ließ, zog sie Ober- und Unterlippe selbst auseinander. Ich wandte mich ab und sie sprang auf. »Was willst du überhaupt?« Da ich ihr keine Antwort gab, fuhr sie fort, auf mich einzureden. »Wollt ihr denn immer nur das eine? Wir haben immerhin unser gemeinsames Essen, Flann!« – »Liebe Sophie«, sprach ich sie mit einem anderen ihrer zahlreichen Vornamen an, »wie du weißt, esse ich nichts!« – »Auch nicht mir zuliebe?« – »Das hatten wir doch längst geklärt«, wiederholte ich mich. »Dann trinke wenigstens«, bettelte sie. »Ich esse nichts, ich trinke nichts!« »Dann tu wenigstens so«, sagte sie jetzt beinahe flehend. Ich stieß mit meinem leeren an ihrem mit Rotwein gefüllten Glas an und sie trank es in einem Zug aus, sprang dann auf und servierte sich den zweiten Gang, einen Salat aus vielerlei grünen Salaten, den sie in sich hineinaß. Dabei stieß sie zwischen jedem Bissen hervor, »zwischen Tag und Nacht von mir aus, zwischen See und Wald, zwischen Sauerampfer und Asphalt« – sie kicherte kurz – »zwischen Berg und Tal, zwischen drittem und viertem Glas, zwischen Kindheit und Dämmerung, zwischen Betten und Bumerang, zwischen Gardinen und Tür.« Der Salat war von ihrem Teller verschwunden und sie stand auf, um den dritten Gang zu servieren, eine Entenkeule auf Reisrand. »Geliebte Bettine«, sagte ich, indem ich einen weiteren ihrer zahlreichen Vornamen verwendete, »jetzt bin ich wieder dran.« – »Du hast hoffentlich nichts dagegen, wenn ich währenddessen diese Keule zu mir nehme«, sagte sie. »Nicht das geringste, wenn du mir nur dein Ohr leihst!« Die Witwe Färguson hielt ihren Kopf leicht schief, so daß ihr linkes Ohr mir lauschte, während sie an der Keule herumnagte. »Zwischen vielen Tischen, frischen und faulen Fischen, Klitschen, in denen Vögel zwitschern, zwischen Ratschen und Ritschen, Teufel und Kasperlepritschen!« Jetzt schien sie doch noch Gefallen an meiner Tischrede zu finden. »Kasperlepritschen«, kreischte sie auf, »Graf Pocci ging früher bei uns ein und aus. Er war ein Freund meines Großvaters.« Als sie mein ratloses Gesicht sah, erläuterte sie: »Den Kasperlpocci meine ich natürlich: Oda soll i eahna ganz oafach oane stieren, daß eahna die Zähn sektionsweis hint nausmarschieren?« Sie lachte und lachte, hob das Tischtuch hoch, beugte den Kopf hinunter und schrie unter den Tisch: »Seid ihr alle da?« Da niemand antwortete, sagte ich: »Zwischen den Reimen, frischen und faulen Träumen, Bäumen, in denen oimlige Säfte schäumen, zwischen Haifisch und Heu, Weizen und Spreu.« Wieder lachte die Witwe Färguson, hob das Tischtuch aufs neue und brüllte unter den Tisch: »Oda soll i's ebba umdrahn und ungspizter in Boden einisteßn, de Herrgottsappramenter, de ganz schlechten?« Lachend tauchte sie wieder auf, um mich plötzlich ganz erstaunt anzuschauen. »Warum ißt du eigentlich nichts?« fragte sie mich, als ob sie mir diese Frage zum allerersten Mal stellen würde. »Das hatten wir doch schon geklärt«, sagte ich gequält. »Ich hatte noch gar nichts geklärt«, sagte sie, »aber ich werde jetzt einiges klären.« Sie verschwand, schleppte dann einen hohen Abfalleimer an, den sie krachend neben meinem Stuhl stellte. Dann kam sie mit dem fünften, oder war es schon der neunte Gang, servierte den einen Teller sich selbst und kippte den anderen in den Mülleimer neben mir. »Gegessen«, schmetterte die Witwe Färguson, »ratzeputz verputzt!«

Ich ließ mir nicht die geringste Regung anmerken und komplettierte meine Tischrede. »Liebe Wilhelmine«, sagte ich und sprach sie mit wieder einem anderen ihrer Vornamen an, »zwischen Wind, Sand und Sternen, aber auch zwischen Tomaten und Sonaten, zwischen Sofas und Sonetten, bewegst du dich«, – ich stand auf und verbeugte mich vor ihr – »mischst täglich deine Zweifel, doch baust dir einen Turm dagegen aus Hoffnung, wie vor dir nur aus Stahl Herr Gustav Eiffel. Nicht in Paris, am See lebst du, reich an ereignisreichen Jahren, ich weiß nicht, ob ich, der ich ewig vierzig bin, in einem anderen, früheren Leben schon je in deinem jugendlichen Alter war. Ob ich, der ich oft müde auf meinem Alltagsesel ritt, schon je so glänzend, wunderschön und aufrecht durch das Leben schritt. Ich, der ich krabble, krieche, vegetiere, möchte nur fünf Sekunden, daß ich hinauf zu deinem gipfelhaften Leben konvertiere. Möchte dann schreien, singen, blöken, daß Färguson und ich dich auch ein bißchen mögen.« Die Witwe Färguson schaute mich gerührt an, kam um den Tisch herum und drückte meinen Kopf an ihre Brust. »Wenn du wirklich so die Zwischenräume liebst, Flann, sei's drum, ich bin bereit, eine Ausnahme zu machen.« – »Nein, nein, Helen«, stammelte ich, indem ich einen weiteren ihrer zahlreichen Vornamen verwendete, »das würde ich nie annehmen.« – »Ach du grüne Neune«, schrie sie und stieß mich von sich. »Habe ich dich beleidigt?« fragte ich sie. »Der verdammte Braten!« sagte sie und eilte in die Küche. Erst nach langer Zeit kam sie mit einem Stück angebranntem Fleisch wieder. »Wie am offenen Feuer gebraten«, lachte sie, »du probierst doch ein Stück!« – »Ich esse nichts«, seufzte ich. »Mir zuliebe«, lockte sie mich. »Auch nicht dir zuliebe«, sagte ich etwas ungeduldig. »Dann trink wenigstens etwas!« – »Ich esse nichts, ich trinke nichts!« – »Was machst du überhaupt, falls du überhaupt was machst?« fragte sie mich aufgebracht und säbelte mit fahrigen Bewegungen ein Stück Braten herunter, spießte es auf eine Gabel, kam um den Tisch herum und schleuderte das Fleisch mit einem Blick voller Verachtung in den Mülleimer vor mir. »Ratzeputz verputzt«, schrie sie, »der Junge hat einen begnadeten Appetit!« – »Liebe geht durch den Mülleimer«, sagte ich überflüssigerweise. Sie würgte ihr kurz aufbrandendes Lachen sogleich wieder energisch ab, setzte sich auf ihren Platz und verzehrte in aller Ruhe ihr Bratenstück.

»Sag was«, sagte sie mit vollem Mund. Ich sagte nichts, weil es für mich in diesem Augenblick nichts zu sagen gab. »Du bist ein Snob, Flann, weißt du, daß du ein gottverdammter Snob bist. Sitzt da und verzichtest auf all die Köstlichkeiten.« – »Ich esse nichts, ich trinke nichts«, gähnte ich gelangweilt. »Irgendwo imponiert mir das sogar, Flann«, lachte die Witwe Färguson, »irgendwie hat es Stil. Und ich liebe es, wenn Gegenstände und Menschen in diesem Haus erlesen sind.« – »Es gab Zeiten, da fraß ich große Mengen in mich hinein, aber seit ich« – »Seit du was?« fragte sie mich. »Seit ich nicht mehr so wie früher lebe -« Ich verstummte. »Sprich weiter, Flann«, sagte sie. »Das würdest du sowieso nicht verstehen«, wehrte ich ab, »ich gehöre zu den Schläfern« – »Papperlapapp«, rief die Witwe Färguson, »du bist sehr lebend für mich, sehr wach. Was du da zusammenredest, ist Ausfluß deiner zerrütteten Nerven. Wer nicht lebt, ist Färguson, der mir von der Fahne ging und mich auf meinem Hügel ganz allein zurückließ. Ganz allein. Was nur hat er sich dabei gedacht? Was nur, daß ich ihn jetzt schon dreißig Jahre überlebe? War es ihm mit mir zu langweilig? Dabei habe ich unser Leben sehr variabel gestaltet.« – »Mit sechzehngängigen Festessen«, sagte ich. »Sechzehn Gänge sehr wohl«, sagte sie entrückt, »mit Reisen um die Welt, mit ganzjährigen Faschingsfesten. Langeweile war ein Fremdwort bei uns, war ihm ein Fremdwort! Trinkfreudigkeit war ihm dagegen ein sehr geläufiger Begriff. Färguson war ein Mann, wie es keinen mehr gibt, Flann! Und ich kann ihm nur treu sein. Selbst wenn ich sturzbetrunken mit dir ins Bett stiege, mein kleiner Flann, wäre das, was sich zwischen uns abspielte, platonisch im Vergleich zu dem, was sich zwischen Färguson und mir tat: Raserei, Verlangen, Taumel, Besessenheit, Ertrinkungstod im anderen, pure Lust! Ein Kuß von dir ist immer nur ein Kuß von dir, und keiner von Färguson.« – »Weil ich Flann bin und nicht Färguson«, sagte ich. »Du hast es erfaßt, Flann. Du wirst nie Färguson sein. Es gab nur einen Färguson für mich und wird immer nur einen für mich geben.« – »Färguson«, sagte ich und hob mein leeres Glas. »Auf Färguson«, sagte sie und schüttete ein weiteres Glas Rotwein in sich hinein. »Ich werde ihn nie vergessen, nie!« – »Das ist es, was du mir jedesmal mitteilst«, sagte ich müde. »Solange ich noch nicht zu Staub geworden bin, werde ich mitteilen, daß ich ihn vermisse. Ich leide an dieser Welt, weil es eine Welt ohne Färguson ist. Warum hat er mich verlassen, der Schuft? Warum hat er sich so früh nach Sankt Johann begeben? Warum blickt er mich nicht mehr an? Warum streichelt er mich nicht mehr?« – »Weil er tot ist«, lachte ich, »wie all die anderen Männer.« – »Du bist für mich verfügbar, Flann, aber du bist weniger anwesend für mich als Färguson. Ich liebe den, der mir zwischen den Fingern zerronnen ist.« – »Ich bin da, da, da!« rief ich aus. Die Witwe Färguson lachte. »Warum willst du überhaupt, daß ich dich besuche?« – »Weil du lebst«, sagte die Witwe Färguson und trommelte plötzlich mit beiden Fäusten auf meiner Brust herum. »Ich esse nicht, ich trinke nicht, ich lebe nicht«, sagte ich müde. »Vielleicht mag ich dich deshalb nur ein bißchen, weil du lebst und doch nicht lebst. Färguson lebte und lebte. Er hatte Geld, Charme, Stil und einen wundervollen Körper«, seufzte die Witwe Färguson. »Willst du mich eifersüchtig auf ihn machen?« fragte ich sie. Wieder kam sie um den Tisch herum und preßte meinen Kopf an ihren Busen. »Mein armer kleiner Flann«, sagte sie. »Du liebst einen Toten«, schrie ich, »siehst du irgendwo Färguson?« Ein kleines, verklärtes Lächeln erschien in ihrem Gesicht. »Ich sehe ihn, Flann«, sagte sie. »Wie lange noch?« fragte ich sie. »Ich werde mich jetzt für dich betrinken, Flann, dann kannst du auf mir herumtoben, solange du Lust hast.« – »Alles hat Stil in diesem Haus, Karoline«, sagte ich »auch du.« – »Dann wollen wir es bei unserer jetzigen Regelung belassen?« fragte sie mich beinahe zaghaft. »Natürlich«, sagte ich. »Ich bin müde, Flann«, sagte sie. »Und ich muß mich beeilen, wenn ich vor Tagesanbruch zu Hause sein will.« – »Wann sehen wir uns wieder, Flann?« – »In einer nicht allzufernen Nacht werde ich dir wieder Gesellschaft leisten«, versprach ich ihr. »Dann werde ich für dich die köstlichsten Dinge kochen«, rief sie voller Freude. Ich widersprach ihr nicht, weil ich ihr, was diesen Punkt betraf, schon so oft widersprochen hatte. Genauso wenig wehrte ich mich dagegen, als sie mir an der Haustür einen Umschlag in die Hand drückte, der mit Banknoten prall gefüllt war. »Es macht Spaß, euch junge Leute zu unterstützen«, hatte sie beim ersten Mal gesagt und darauf bestanden, daß ich ihn annahm. In meiner Behausung lagen viele dieser Umschläge. Zu Zeiten, als ich mit ihrem Inhalt etwas anfangen konnte, war nie jemand auf die Idee gekommen, mir auch nur einen einzigen zu überreichen.

Vierzehn

Keine Pfeiler im Köcher wie Robin Hood, kein Bilsenkrautfläschchen im Wams wie Hamlets Oheim, nur meinen drachenvernichtenden Handbohrer bei mir, mein Samensäckchen, meine mondgeborene Erde und die Asche in der kleinen, tiefblauen Dose. Ich brach von neuem auf, wie ich schon tausendmal, unzählige Male aufgebrochen war, um die glatten, mir verhaßten, mich einschnürenden Bänder aus Asphalt zu tätowieren. Ich brach auf, um den kleinen Fußweg hinunterzuhasten zum See, die gegenüberliegende Dechser Anhöhe zu grüßen, nach Sanshaupt zu eilen, vorbei an Kittys Haus, dem tiefen dunklen Walde zu, in dem das Märchen von Flann spielte. Ich war entschlossen, heute an einer ganz anderen Stelle, weitab von den Schauplätzen meiner bisherigen Taten, ein Band zu tätowieren, die ganze Nacht dafür zu verwenden, weder Milena noch Clara, weder Elisa noch die Witwe Färguson zu besuchen, mich allein meiner nachtgärtnerischen Aufgabe zu widmen. Doch ich hatte wieder einmal die Rechnung ohne Angelino Feistl gemacht, der ausgerechnet in dem Augenblick aus der Weindorfer Kapelle trat, als ich sie gerade passieren wollte. Seine Finger hielten am sich stupid bewegenden Rosenkranz inne, als er mich jetzt erblickte. Und im Bruchteil einer Sekunde brachte er seinen fettleibigen Körper in Bewegung, um sich dem schnelleren Rhythmus meiner Schritte anzupassen. Wie ein zugelaufener Hund sprang er hechelnd neben mir her.

Ich zeigte mich von meiner unfreundlichsten Seite, beachtete ihn nicht, obwohl er mir mehrmals Gottes Gruß entbot, sprach lange gar nichts mit ihm, um dann umso heftiger seinen Gott mitsamt Sohn und Heiligem Geist zu verhöhnen. Ich tat es nur, um ihn zu ärgern, da es mich ärgerte, ständig von ihm behelligt zu werden. Seine einzige Reaktion auf meine Schmähungen war, daß er mich einen tiefreligiösen Menschen nannte, der das nur manchmal selbst nicht mehr wisse, um mir dann ein weiteres Mal seine Predigt, die er im September des Jahres 1739 gehalten hatte, herunterzuspulen. Aber selbst als er mit seiner nicht endenwollenden Rede, die schon damals den Gläubigen viel Geduld abverlangt haben mußte, abgeschlossen hatte, bedeutete das nicht das Ende unseres gemeinsamen nächtlichen Weges. Im Glauben, mir damit eine Freude zu bereiten, verkündete er, daß er mich heute nacht bis Weihershausen begleite. Er habe dem dortigen Frauenkloster einen Besuch abzustatten, einen letzten, da er ja bekanntlich der Beichtvater der dortigen Nonnen sei. »Was hat eine Nonne schon groß zu beichten?« rief ich verdrossen aus. Verdrossen, weil mir von diesem Feistl am Ende des zwanzigsten Jahrhundert Gespräche aufgezwungen wurden, die mir völlig irrelevant erschienen. Und auch seine Antwort entstammte einer vergangenen Epoche. »Der Teufel hüpft auch über Klostermauern«, sagte er. »Allenfalls kleine Sünden werden dort begangen wie das Naschen von Süßigkeiten in der Fastenzeit!« sagte ich. »Weit gefehlt«, lachte Angelino Feistl. »Wir hatten dort eine Äbtissin, die« – er stockte kurz und sprach dann flüsternd weiter –, »die einen Pakt geschlossen hatte.« – »Vermutlich mit dem Teufel«, sagte ich. »Leider«, sagte Angelino Feistl, »diese Frau hat dem Teufel die Seelen von siebzehn Novizinnen vermacht und später noch vier draufgelegt, als ihr auch noch mehrere Nebenteufel zu Diensten waren.« – »Und wie waren sie ihr zu Diensten?« fragte ich. »Sie war eine durch und durch verderbte Person. Sie

ließ sich von IHM und den Nebenteufeln nächtelang –«, er zögerte kurz, um dann verlegen das Wort »reiten« nachzuliefern. »Wir mußten sie exorzieren, dabei hat sie ihre Seele ausgehaucht. Die jetzige Leiterin des Klosters hat auch einen Pakt geschlossen, mit einem Immobilienmakler, an den sie die gesamte Klosteranlage verkauft hat. Heute muß ich Schwester Bonifatia, die noch als einzige dort die Stellung hält, ein allerletztes Mal die Beichte abnehmen, weil übermorgen das ganze Anwesen abgerissen wird.«
Wir erreichten schweigend Weihershausen und Angelino Feistl winkte mir zu, als er linkerhand den Hügel hinaufstieg, während ich weiter am See entlangwanderte und schon bald das große Band erreichte, das tagsüber aus Motorengebrüll bestand. Jetzt war alles still. Ich verlor keine Zeit, holte meinen drachentötenden Bohrer heraus und begann damit, den Rand der Fahrbahn zu tätowieren. Ich arbeitete konzentriert, steckte Samen in die Pflanzlöcher, fügte Erde hinzu und verrieb mit Asche die Oberfläche. Ich hatte schon über hundert Meter geschafft, als ich ein merkwürdiges Geräusch zu vernehmen glaubte. Doch als ich meinen Blick rundum schweifen ließ, konnte ich nichts feststellen. Weshalb ich in verstärktem Maße weiterbohrte, weitersäte, manchmal neben Huflattich-, Sauerampfer-, Klee- und Grassamen auch Distelsamen im Asphalt versenkte. Die strenge, asketische Arbeit bescherte mir aus heiterem Himmel taghelle Erleuchtung. Bis ich begriff, daß es nicht in mir war, sondern um mich herum, was aufleuchtete. Mehrere Scheinwerfer blendeten mich und von allen Seiten drangen uniformierte Männer auf mich ein, Polizisten, wie ich mit Schrecken konstatierte. Ich überlegte blitzschnell und kam zu dem Schluß, daß meine einzige Rettung das Fliegen war. Aber so sehr ich auch mit meinen Armen ruderte und sie zu Flügeln umzufunktionieren versuchte, gelangen mir nur einige lächerliche Bocksprünge. Es war also nur eine blödsinnige Anekdote gewesen, die der Literaturwissenschaftler in sei-

nen Vortrag über mich eingestreut hatte, um ihn auf billige Art aufzubrezeln. Gerade als ich mich in mein Schicksal ergab, von Polizistenhänden ergriffen zu werden, hörte ich Hufgetrappel, ein Pferd war neben mir, der Reiter riß mich zu sich hoch und schon saß ich auf dem Pferderücken hinter ihm. Wir bretterten eine Böschung hinauf, als mir klar wurde, daß der Reiter, an den ich mich klammerte, eine Reiterin, daß es Milena war, die mich gerettet hatte. Wir verließen den Wald und galoppierten querfeldein. Doch je weiter wir uns vom Schauplatz entfernten, desto unruhiger wurde ich. Eine solche Angst überfiel mich, daß ich nur noch in der Lage war, in Milenas Rücken hineinzuwimmern. Die mich zu beruhigen suchte, was ihr aber nicht gelang. Auch der Versuch eines heilbringenden Geschlechtsverkehrs auf moosigem Boden brachte meinem Tremor heute keine Besserung, eine Methode, die mir schon in minder schweren Fällen sofortige Gesundung beschert hatte.

Milena lud mich wieder auf ihr Pferd und brachte mich, bei sich zu Hause angekommen, sogleich zu Bett. Sie deckte mich, der nur noch ein Bündel bloßliegender Nervenenden war, mit mehreren Woll- und Federbetten zu. Und ich spürte, wie ein eisiger Gletscher in mir wuchs, wie meine bisherige Furchtlosigkeit zur alles beherrschenden Angst gefror. »Ich will sie noch einmal sehen«, flüsterte ich Milena zu. »Wen?« fragte Milena. »Kitty«, stammelte ich, »Elisa, Clara und all die anderen.« – »Du mutest mir jetzt auch noch in meinem Haus dieses Promiskuitätsscheiße zu«, empörte sie sich. »Ich muß es dir zumuten«, murmelte ich, »da der alte Flann mich wieder eingeholt hat!« Ich, der ich geglaubt hatte, der Angst für immer entkommen zu sein, seit ich nicht mehr in endzeitlichen Kategorien denken mußte, spürte die alten Gefühle wieder. Erst nur ein kleiner Verdacht, ließen immer mehr Symptome es mir zur Gewißheit werden. Angst, Eifersucht auf diesen Johnny und ein schwindendes Allmachtsgefühl, ausgelöst durch das Verhalten der Witwe Färguson, die es problemlos fertigbrachte, einem Unwiderstehlichen wie mir zu widerstehen. War es die eigentliche Verdammnis, sich zuerst befreit von allem zu fühlen, um dann seinem alten Adam wiederzubegegnen und den Zustand zurückzufallen, der einen zu Lebzeiten beherrscht hatte? Ich schlotterte vor Angst und bat Milena inständig, mich zu schützen. »Wovor denn?« fragte sie mich, den sie nur mutig und überlegen kannte. »Vor allem Unbill sollst du mich bewahren«, heulte ich. Milena küßte mir die Tränen weg, stellte ihre Heizung auf die höchste Stufe, rieb meinen nackten Körper mit vorgewärmtem Öl ein, aber mein Schlottern wollte nicht aufhören, und die echsenhafte Knochigkeit meiner überlebten Art wurde, wie mir schien, plötzlich für alle sichtbar. Als all ihre Bemühungen nicht halfen, setzte sie sich telefonisch mit meinen Gefährtinnen der Nacht in Verbindung. Nach nicht einmal einer Stunde saßen Kitty, Clara, Elisa, die Witwe Färguson und Erdmute an meinem Bett. Zunächst beäugten sie sich voller Mißtrauen und keine wollte sich etwas vergeben, indem sie das erste und womöglich falsche Wort sagte. Nicht nur Claras Hand schlich sich, wenn sie sich kurz unbeobachtet glaubte, unter meine Bettdecke, um durch flinke Bewegungen ihrer Finger meinen Kreislauf anzukurbeln, um den es trotz Unsterblichkeit sehr schlecht bestellt war. Und es traf sich, daß sich ihre und Elisas Hand unter meiner Bettdecke begegneten, was ein kicherndes Einverständnis bei ihnen auslöste und den Bann brach. Kitty bettete meinen Kopf in ihren Schoß, während Clara mir eine Hand hielt und Milena besorgt meine Stirn fühlte. »Er hat Fieber«, sagte sie, eilte in ihr Badezimmer und kam mit einem Fieberthermometer zurück, das sie mir überreichte. Da ich schon seit Urzeiten keine Temperatur mehr hatte, weder eine zu hohe noch zu tiefe, weder die eines normalen Menschen noch die einer Fledermaus, versuchte ich durch mechanische Reibung eine für Milena zufriedenstellende zu erreichen. »39,9!« rief sie. »Dann muß ich heute nicht in die Schule?« entfuhr es mir. Alle lachten. Ich war nicht der kleine Flann und auch Großmutter stand nicht an meinem Bett. »Sagte ich Schule?« stotterte ich verwirrt. Was ein neues Gelächter bei ihnen auslöste. Kitty schleppte eine Schüssel mit kaltem Wasser an, in dem zwei Handtücher schwammen. Sie wrang sie flüchtig aus und machte mir Wadenwickel. Milena massierte mir die Brust. Doch schon bald ließ ihr Interesse an meinem Leiden nach. Milena schleppte ihre mir schon hinlänglich bekannte Champagnerflasche an, öffnete sie und alle meine Gefährtinnen schlürften das prickelnde Getränk. Schon gickelten und gackelten sie miteinander, umarmten sich, und Elisa und Clara tanzten eng umschlungen. Dann veranstalteten sie ein kleines Mensch-ärgere-dich-nicht-Turnier, bei dem sich zu meiner Überraschung herausstellte, daß Milena nicht verlieren konnte, die Regeln stets zu ihren Gunsten auslegte und bei jedem für sie ungünstigen Zug einen noch unangenehmeren an den Tag legte. Ein heller Schein draußen vor den Fenstern versetzte mich in Panik. »Ich muß nach Hause«, schrie ich. »Aber keine der Frauen hörte mich. Ich rief es noch ein bißchen lauter, wiederholte es immer wieder, bis Milena sich herabließ, an mein Bett zu treten. »Ich muß sofort nach Hause«, kreischte ich mit angstverzerrter Stimme. »Du bleibst bei mir, bis es dir wieder besser geht«, sagte sie. »Das geht nicht«, widersprach ich ihr. »Warum sollte das nicht gehen?« – »Weil ich gleich nicht mehr vorhanden bin«, wimmerte ich. »Versuche, ein bißchen zu schlafen«, schlug sie mir vor. Ich wollte ihr etwas erwidern, aber meine Zunge wurde zu Stein und meine Glieder erstarrten, alles Leben entwich aus mir, und ich war nicht mehr.

Fünfzehn

Als ich von jenem Zustand, den ich nicht benennen konnte, wieder in einen anderen geriet, den man Wachsein nennt, war

Milenas Wohnzimmer in ein grelles Licht getaucht, das von vielen Schweinwerfern herrührte. Und was ich sah, ließ mich daran zweifeln, wirklich aufgewacht zu sein. Eine Crew überreizter Leute, unter denen ich einen Regisseur, einen Kameramann und das Skriptgirl glaubte ausmachen zu können, verfilmte ohne mein Einverständnis mein Leben. Und was mich noch mehr überraschte, war die Tatsache, daß in diesem Film Laurence Sterne mitspielte, den ich nun wirklich und endgültig für tot gehalten hatte. Er lag in Milenas Liegestuhl, lebendig zwar, aber in einem erbarmungswürdigen Zustand, totenblaß, mit einem etwas verzerrten Gesicht, als ob er unter großen Schmerzen litt. Neben ihm saß mit schamlos weit gespreizten Beinen Elisa, die sich also nicht nur Johnny und mir solcherart darbot. Zu meiner Verwirrung muß ich gestehen, daß ich sie in diesem Augenblick mit Clara verwechselte, die diejenige war, welche Johnny immer Modell lag. Am großen Tisch stand Jean Paul, auch er ein Wrack, und schüttete mit zitternden Händen braunes Bier in sich hinein. Bei ihm lungerte Henriette herum, die ich seit der Geburt ihres Sohnes nicht mehr zu Gesicht bekommen hatte. Ein vernünftiges Drehbuch schien nicht zu existieren, denn etwas abseits lehnte Flann O'Brien alias Brian O'Nolan alias Myles na g-Copalleen an der Wand, was keinerlei Handlung ergab, eine realistische schon gar nicht. Der Regisseur oder Flann O'Brien selbst hatten es nicht für nötig befunden, Hut und Mantel abzulegen. Überhaupt wirkte dieser Ire so, als ob er es schon bereue, nicht wie jeden Abend seinen Pub aufgesucht zu haben. Clara ging vor ihm schweigend auf und ab, ein bißchen so, als ob sie seiner überdrüssig sei. »Du kannst doch nicht einfach behaupten, daß du etwas mit mir hast, wenn du überhaupt nichts von mir willst«, sagte Clara. Das entlockte ihm keinerlei Reaktion, bewog aber den Regisseur, Clara diesen Satz siebenunddreißig Mal wiederholen zu lassen. Milena huschte von Gruppe zu Gruppe, spielte die Gastgeberin und lachte manchmal, wie es mir schien, nervös auf. Oder sie warf kleine Sätze, die von Pferden handelten, in die Runde. Die aber niemand auffing, da sich keiner für diese Tiere zu interessieren schien. Nachdem ich mich an das allgemeine Durcheinander gewöhnt hatte, drang Laurence Sternes Stimme an mein Ohr. »Geliebte Elisa«, sprach er, »ich war schon beim Aufstehen heute zittrig und schwach und spürte, daß du mir fehltest. Ich möchte dich bei mir haben, Elisa!« – »Du weißt, daß das nicht geht«, anwortete sie ihm ungeduldig, »ich muß erst noch die Schule fertigmachen. Und im übrigen bin ich schon vergeben.« Sterne beachtete ihren Einwand nicht und sprach in Formulierungen zu ihr, die nach Tagebucheintragungen* klangen. »Ich habe einen Tag dem Fasten und der Betrachtung gewidmet. Aber was mich am meisten beschäftigt, das weiß meine Elisa nur zu gut.« – »Natürlich weiß ich das«, sagte Elisa, »aber ich habe mich nun mal für einen anderen entschieden.« Wieder war das, was sie sagte, für ihn wie ungesagt, er reagierte in keiner Weise darauf. »Ich saß, den Kopf in die Hand gestützt, den ganzen Tag sehr niedergeschlagen am Tisch, das Bild meiner Elisa vor mir, dein Bild, Elisa!« – »Schon«, sagte Elisa ungeduldig. »Meine Freundin Mrs. James hat mir diesen Flann und seinen abstoßenden Ruf in Markhofen geschildert-« Ich horchte auf, einigermaßen befremdet, daß ein Laurence Sterne, der zeitlebens einer meiner Lieblingsschriftsteller gewesen war, mich glaubte herunterputzen zu müssen, um bei Elisa an Boden zu gewinnen. Oder war das nur ein schlechter Einfall eines schlechten Drehbuchautors? »Was für einem Schurken vertraust du da dein Leben an?« rief Laurence Sterne jetzt laut, oder versuchte es zumindest. Bei seinem angegriffenen Gesundheitszustand entwich seinem Mund nur ein Krächzen. »Du wirst von so einem wie Flann nur Kränkungen und Beleidigungen als Lohn

*Und tatsächlich existiert ein *Tagebuch für Eliza* von Laurence Sterne.

erhalten.« Ich wollte protestieren, brachte auf meinem Krankenlager aber keinen Ton hervor. Ich beschloß, diese verleumderische Karikatur meines geliebten L. S. zu bestrafen, indem ich jetzt einfach Jean Paul lauschte, der gerade Henriette etwas sehr Einfaches klarmachen wollte, was ihm aber nur schwer von der Zunge ging. »Alles wahre Wunderbare ist für mich poetisch«, lallte er, »das Wunder fliegt weder als Tag- noch als Nachtvogel, sondern als Dämmerungsschmetterling. Eine Geisterfurcht ist besser als eine Geistererscheinung, ein Geisterseher besser als hundert Gespenstergeschichten. Nicht das gemeine physische Wunder, sondern der Glaube daran macht das Nachtstück der Geisterwelt.*

Als ich mir noch über seine Definitionen Gedanken machte und auch darüber, ob es wirklich Jean Paul war oder ein Schauspieler, der ihn darstellte, strauchelte er, sein braunes Bier schwappte aus seinem Glas und er sank langsam nieder. Henriette versuchte, ihn aufzuhalten, war aber mit seinem Gewicht, zu dem sich noch das des braunen Bieres in seinem Körper addierte, überfordert, so daß beide am Boden landeten. Es war mir nicht lieb, den von mir so verehrten Herrn Paul hilflos, einem auf dem Rücken liegenden Käfer vergleichbar, zu erleben. Und die nackten Hautstreifen zwischen Strümpfen und Unterhose von Henriette hätten mir zu einem anderen Zeitpunkt vielleicht eine wollüstige Freude bereitet, aber so fand ich alles einfach nur stillos. Schnell wandte ich mich ab und Flann O'Brien zu, der aber mit Clara immer noch nichts anzufangen wußte. War er ein Klotz, wenn er auf lebendige Frauen traf oder war er die Verkörperung des Flann O'Brien-Bildes, das ein überforderter Biograph buchhalterisch von ihm gezeichnet hatte? Meine Wahrnehmung ging bizarre Wege, schenkte wieder Laurence Sterne Beachtung, der Elisa eine nicht

* Aus Jean Paul, *Vorschule der Ästhetik*, Hamburg 1804.

abreißende Liebeserklärung machte. »Wenn ich an dich denke«, klagte er gerade, »breche ich ein dutzendmal am Tag in Tränen aus. Ich bin sehr krank nach dir, Elisa. Mein Arzt läßt mich zur Ader und ich wäre für dich beinahe verblutet, ehe der Tölpel es bemerkte. Aber du warst nicht da, Elisa, um meine Wunden zu verbinden.« Ich erschrak, weil mir plötzlich klar wurde, daß Jean Paul und Laurence Sterne in einem Zustand waren, der mit meinem vergleichbar war. Nichts von unsterblicher Größe war bei ihnen nach der Loslösung von ihrem irdischen Dasein zu spüren. Nur gesteigertes Elend, das sie ausstrahlten. Und weder Elisa noch Henriette konnten das Geringste damit anfangen. Und wenn ich in meiner hypochondrischen Art so weitermachte, konnte es mir passieren, daß sie eines Tages auch mit mir nichts mehr anfangen konnten. Blieb mir dann nur noch die Nacht? Blieb mir dann nur noch meine fixe Idee, ihre Straßen aufzubohren? War es da nicht gescheiter, mich schnurstracks wieder ins Familiengrab zu begeben und mich dort möglichst still und würdig zu verhalten? Was nicht funktionieren konnte, selbst wenn ich es gewollt hätte. Weil es diesen Pakt gab. Weshalb ich alles mitmachen mußte, weiterhin mit ansehen mußte, wie Milena und Henriette dem alten Jean Paul wieder auf die Beine halfen, ihn zu mir führten und ihn einfach in das Bett legten, in dem schon einer lag, nämlich ich. Wie sie ihn mit ausdrücklicher Billigung des Regisseurs einfach auf mich legten, auf mich, der ich Nähe nicht vertrug. War ich für meine Gefährtinnen der Nacht schon gar nicht mehr vorhanden? Ich wollte protestieren, blieb aber stumm wie damals, als Großmutter mich ins Bad trug, wenn ich keine Luft mehr bekam. Jean Paul lag auf mir, lastete auf mir wie sein umfangreiches Gesamtwerk, das ich noch immer nicht vollständig gelesen hatte. Er lag auf mir, nahm mir jeden Atem und verhinderte meine eigenen Formulierungen. Mit dem, was er zwischen zwei Buchdeckel gepackt hatte, kam ich bedeutend besser zurecht als mit dem Zustand seines Körpers, der mich schwer zwischen ihn und Matratze klemmte. Und Henriette saß neben mir, neben ihm und tätschelte ihm auf Anweisung des Drehbuchs seine Wampe. Ich hörte Sternes Stimme Elisa anwinseln und schwor mir, im Tod »ein neues Leben« zu beginnen, wenn es mir vergönnt sein sollte, jemals von der Paul'schen Last befreit zu werden. »Flann ist einer deiner größten Verehrer«, sagte Henriette zu dem, der auf mir lag, »er kennt fast alle deine Werke.« – »Auf meine Werke geschissen«, sagte da zu meinem Entsetzen der alte Jean Paul, »ich gäbe sie alle dran, wenn ich noch einmal der sein könnte, dem in Weimarer und Berliner Salons die Frauen an den Lippen hingen.« – »Ihr Werk hat sie überlebt, nicht Ihr Gesülze in irgendwelchen Salons«, sagte Henriette respektlos, »ganz abgesehen davon, daß heute jeder, auch wenn er nichts zu sagen hat, drauflos redet. Ihr Werk hat Sie überlebt. Wenn ich einmal abtrete, bin ich sofort vergessen. Vielleicht, daß ich in meinem Sohn noch ein Weilchen weiterlebe.« Das erinnerte mich daran, daß ich es noch nicht einmal geschafft hatte, Henriette nach der Geburt ihres Sohnes zu besuchen. Ich nahm mir vor, das schnell nachzuholen. Doch ehe ich einen weiteren Gedanken fassen konnte, gab es einen Kurzschluß, die Scheinwerfer erloschen und ich war, obwohl es dunkel war, im Nichts verschwunden.

Sechzehn

Viele Nächte später sprach ich Milena auf diese merkwürdigen Vorkommnisse in ihrem Wohnzimmer an. Voller Mitleid fragte sie mich, wovon ich überhaupt redete. Ich murmelte etwas Unverständliches, da ich aus ihrer Reaktion sofort den Schluß zog, alles nur geträumt zu haben. Was mich beunruhigte. Denn bis heute war ich davon ausgegangen, keine Träume mehr zu haben. Und schon gar nicht Albträume, in denen von Alter und Alkohol gezeichnete Dichter auf mir lasteten und mir die letzte Lust an Literatur raubten. Wie es mir schien, mußte ich das Bild, das ich von mir hatte, einer Revision unterziehen. Ich hätte gerne mit IHM gesprochen, was eigentlich er mit mir vorhatte. Aber mir wurde mit einigem Schrecken klar, daß ich IHN seit der Zeit, als mich Großmutter durch eine List ins Grab gelegt hatte, nie mehr zu Gesicht bekommen, daß er sich überhaupt nicht mehr um mich gekümmert hatte. Daß er sich in Elisa aufhielt, als ein Teil von mir sich auch in ihr befand, war von mir eher eine vage Vermutung als Gewißheit gewesen. Gab es IHN überhaupt oder war es Großmutter, die mich durch ihre Satansgeschichten dahin gebracht hatte, an IHN zu glauben? Ob es IHN gab oder nicht, mußte ich mich auf alle Fälle mit der Tatsache abfinden, trotz meines außergewöhnlichen Zustands in einer Welt leben zu müssen, die sich als eine unwirtliche darstellte. Ich hatte mich in jener Nacht bei Milena als sehr schwach erwiesen und als sehr unvollkommen. Meine Aktivitäten, die das »Tätowieren« betrafen, hatte ich seitdem stark eingeschränkt, da ich nach meiner Furcht, von der ich ergriffen worden war, nicht auch noch von Taglingen ergriffen werden wollte, um in einem ihrer Kerker zu verschwinden, die nicht viel größer waren als meine achteckige Kiste in unserem Familiengrab. Durch die allabendliche Zeitungslektüre hatte ich erfahren, daß ich nach wie vor der großaufgemachte Titelheld war, die legendäre Gestalt ohne Furcht und Tadel. Ich war versucht gewesen, einen Leserbrief zu verfassen, in dem ich dieses Bild von mir zurechtrückte. Aber was hätte es gebracht, meine eigenen Legende zu zerstören. Wenn ich schon in der Wirklichkeit meiner Nächte nicht mehr der war, für den mich alle hielten, wollte ich es wenigstens in der fiktiven Wirklichkeit ihrer Journale und Fernsehsender bleiben. Und in ihren Herzen sowieso. Und manchmal gelang es mir, wieder selbst von mir begeistert zu sein. Aber die meiste Zeit war es ein anderes Gefühl, das mich beherrschte, die kleine Angst, das undefinierbare Unbehagen, der

Druck vom Magen herauf zum Hals, die tödliche Stille in meinem Haus, der ich Nacht für Nacht zu entkommen suchte, indem ich meine Streifzüge organisierte und mit den warmen, herrlich durchbluteten Körpern der Claras, Elisas und Kittys das Leben imaginierte, welches mir so gründlich abging.

Siebzehn

Wenn ich des Nachts erwache, in aller Ewigkeit des Nachts erwache und am Ziel meiner nächtlichen Streifzüge bei Kitty, Milena, Clara, Elisa oder Henriette bin, weiß ich, daß ich längst ihren Enkelinnen, Urenkelinnen oder Ururenkelinnen beiwohne. Elegische Gefühle und die Erinnerung überkommen mich, daß die, die leben, jetzt schlafen, und die, die einst mit mir lebten, sich schon vor langer Zeit zum ew'gen Schlaf niedergelegt haben. Unruhig geistere ich durch mein Haus. Nichts Lebendiges, wohin ich auch blicke. Ich erinnere mich, daß auch ich schlafe, auch wenn der Pakt mit IHM mich um und umtreibt. Daß ich schlafe, wie der alte Herd in meiner Küche schläft, daß Tisch, Stuhl, Bänke schlafen, die zugezogenen Gardinen im Staub der Jahrzehnte ersticken, die Feuerstelle aschekalt und tot darniederliegt, die Dielenbretter nicht mehr knarzen. Das lange Ofenrohr tief schläft, wie auch das Küchenbüffett jeglicher Lebendigkeit entsagt, die steinerne Spüle im wasserlosen Zustand nun versteinert ist, die Handtuchhaken nicht mehr atmen, die Bilder blind an toten Wänden hängen, die Suppenkelle, Gabeln, Pfannen, Töpfe in tiefer Ohnmacht ganz versunken. Die Fenstersimse, Fensterrahmen, die toten Scheiben nicht lebendig, die Treppenstufen, das Geländer wie erstarrt. Versunken in den Tod auch Betten, Schränke, Laken, Nachttopf, Teller, Tassen, Unterteller, Schmuck. Reiser der Ältere schläft längst in ew'ger Ruh wie auch sein Sohn dies tut. Die Nachbargärten schlafen und auch des Nachbars Tochter schläft, genauso wie sein Hausdach ruht. Das Kopfsteinpflaster meiner Straße tot, der

Kantstein tot, der schmale Gehweg träumt dahin. Toreinfahrt, Türen zeigen keinerlei Lebendigkeit. Und hinterm Haus die Bäume tot, die Sträucher, Stauden, alles ohne Leben. Markhofen schläft. Die Kühe, Pferde, Katzen, Hunde schlafen. Es schlafen unsere rollenden Gefährten, das Zweirad, auch das Vierrad schläft, es schlafen die Motoren. Großmutter ruht gleich hinter der Allee am See in der Familie Grab. Sie ruht, wenn Mondlicht unser Grab bescheint, sie ruht, wenn der Mond sich hinter Wolken feig versteckt, sie ruht bei Regen, Schnee, im Nebel oder wenn der Himmel klar. Auch Zoltan träumt im tiefen Grab des Stromboli, das ihn einst gnädig schnell verschlungen hat, um neue Werke seiner dilettierenden Palette zu verhindern. Eingerahmt vom großen Kraterschlund, wie kein Bilderrahmen es je vermocht. Es träumen bleiern Bruder Jean und Prior Laurens sowieso, mit ihnen träumt ihr Rosenkranz auf ihrem kleinen Friedhof zwischen Windrad und Vergangenheit. Ihre Gebete ruhen, es ruht der braune Saft, es ruhen ihre Kindheit und ihr Alter, es ruht ihr längst vergangener Leib. Professor Paradeiser ruht. Und seine Doktortitel ruhen auch. Wie seine Ambitionen ruhen. Es ruht sein kleines Alphabet, sein elektronisch fixes Ohr ist taub von Tod, es ruhen all seine Apparaturen. Professor Paradeiser, der Tod hat dich ganz schroff vom Leben exmatrikuliert. Und Onkel Georg schläft. Mit ihm schläft seine starre Sicht der Dinge, schläft seine besserwisserische Zunge, schläft seine Rechthaberei. Es schläft Tante Claudine, es schläft ihr Maulwurffellchen, es schläft ein rosa Schimmer, der mir verheißen war, es schläft ihr tantensüßer Leib, es schläft ihr Lachen und ihre unwirkliche Schönheit, es schläft meine Sehnsucht nach ihr. Jeans Schwester schläft, es schläft ihr großer Mund, es schläft ihre von mir ersehnte Nacktheit, es schlafen ihre Sommersprossen, und ihre neunundsechzig Phantasien schlafen auch. Auch ich bin eingeschlafen, bin erwacht. Auch ich bin eingeschlafen unterm Sternenzeichen des immer leeren Suppentopfs, um einer gläsernen Kugel Bilder Teil zu sein, auch ich bin eingeschlafen, um in der Dunkelheit für ewig wach zu sein. Auch ich bin eingeschlafen, wie fern ist mein leben-d'ges Leben. Mein Blick zurück ist stets getrübt, weil meiner Erinnerung Augen schlafen. Auch Laurence Sterne, auch der von mir stets verehrte Herr Jean Paul, auch Flann O'Brien, sie alle schlafen.* Es wacht eine unhörbare Melodie in meinem Haus, das schläft. Ich lebe oder lebe das, was man des Nachts so Leben nennt, bin halt erschaffen für die ew'ge Nacht. Und bringe nie ein Amen über meine Lippen. Falls ich je Hoffnung hatte auf ein Ende, so schläft auch diese tief...

* Auch Joseph Brodsky schläft jetzt schon.